无污染 无公害

大结局

No Pollution
No Public Nuisance

Priest —— 著

中国友谊出版公司

CONTENTS

目录

像是眷恋，
也像是
在问她——
那些浮尘，
都落定了吗

卷四

失焦

No Pollution
No Public Nuisance

第十九章

“丫头，我熬点玉米南瓜粥，你喝不喝？”张美珍在厨房转了一圈，探头问甘卿，发现她面无表情地坐在床边，膝盖上摆着一个拆开的信封，就奇怪地问，“谁给你寄的？什么东西？”

“孟老板，”甘卿眼波一转，像是刚刚活过来的石像，她随手收起了信，站起来伸了个懒腰，躺了一天的骨头“咯吱咯吱”地响了几声，“美珍姐，您刚才说什么？”

“问你喝不喝玉米南瓜粥……”

“喝，”甘卿一口答应，“放点牛奶，我能喝一锅。”

张美珍还是有点疑惑：“天意寄的？就这么两步路，吼一嗓子都听得见，他没事给你寄什么东西？”

“不是从他那儿寄的，”甘卿在喻兰川给她买的一堆药里翻了翻，找出个医用口罩，扣在脸上，闷声闷气地说，“老孟偷偷拿了我的身份证，给我报了个自考，这是考试中心那边寄来的东西。唉，美珍姐，您看看您这宝贝外甥，又调皮捣蛋，有工夫也管管行吗？”

张美珍总觉得这个小丫头片子在暗暗地占孟天意便宜：“他这回又给你报了个什么？”

“还是财会。”甘卿背对着她，披上一件外衣，“我不知道他是对财会有误解，还是对我有误解——来，我教您怎么做好吃，南瓜别放水——我高中的时候，文科数学卷，最高纪录做到了倒数第二题，还就一次。”

“不错啦，比天意强多了。”张美珍按照她的指点处理南瓜，“天意小学一年级数学考了三十二分，从那以后，一直崇拜能跟数字打交道的人，马戏团表演算数的狗都是他的偶像候选。”

甘卿正在清嗓子，一口气呛进去，咳了个死去活来：“天……喀……天赋异禀。”

楼下的“牛孩子”韩周，据说也是从三年级才开始不及格的。

“是有点早，”张美珍叹了口气，一脸感慨，“天意这孩子，从小就早熟。”

两个女人拿孟老板消遣了一番，同时笑出了声。笑完，张美珍忽然问：“你……本来想学什么？”

如果你拿到的不是“B卷”，如果你是普通人家的女孩，普通地长大，参加高考，毕业工作——你会过什么样的日子？

甘卿靠在厨房门口，大半张脸藏在口罩下，看不出端倪。

“没仔细想过，”好一会儿，甘卿才开口说，“我应该是属于那种考完试两眼一黑，然后报志愿的时候抓阄盲选的人吧。我记得我英语还行，数学拖后腿，其他科目平均，可能会报个语言类的专业。”

学语言类专业的人，毕业以后都在干什么呢？她没来得及了解过。可能是当翻译、文案编辑，或者到哪个跨国公司涉外部门负责接洽国际友人……也可能做一些不相干的工作。每天像那些一脸困倦的小白领一样朝九晚六，在奔三的年纪，不大敢想买房买车的事，业余爱好就是回家做饭，一发现电视里放外语节目，就赶紧换台，省得家里长辈又来问她“你听得懂吗？来，不看字幕给我翻译一下”。

如果毕业工作以后，还有除了同事以外的人来追她，那她一定很开心，既能满足虚荣心，又是平时循规蹈矩生活的绝好调剂，男朋友工作忙不能约会也没关系，反正她宅。就是家里人大概会不高兴，因为经济情况差太多，她又懒散，又能混吃等死，这辈子恐怕没什么出息，老人讲究“门当户对”，担心日子久了，人家嫌弃她。

甘卿出神片刻，突然发现在她所有的想象里，都有一个面目模糊的“老人”，充当一个配角，似乎只是道具与布景板之流，却又无处不在。她摇头失笑，心想：可我是孤儿啊。

张美珍看了她一眼。

“没什么，”甘卿摆摆手，岔开话题，“就是突然觉得，我就算考上大学，估计也比现在多挣不了几块钱……对了，美珍姐，杨老帮主怎么样了？”

张美珍顿了顿：“不知道，还在ICU，家属探视时间都有限，具体什么情况都得等医院通知。”

“抢救时间长的，最后好像一般都没事，”甘卿安慰她，又微微一顿，“如果……”

“这么多年的老街坊了，我当然还是盼着他好的。”张美珍打断她，“如果什么？如果我俩当年不顾一切地要在一起，现在没准已经相看两厌，还不如当邻居关系好呢。冷静下来想想，我跟杨清就不是一路人。”

杨帮主古板内敛，脸面和原则大过一切，干什么都得“不能让人挑理”。张美珍完全相反，离经叛道、任情任性，凡事都看自己心情。就算当年杨老帮主为了张美珍放弃丐帮，或者张美珍放弃尊严彻底背叛行脚帮，真的在一起了，这几十年下来，也少不了磕绊争吵，未必就幸福了。

男欢女爱并不能解决一切问题，再真挚也不行。

“人呢，排队的时候，总觉得别的队伍比较快。回忆过去的时候，总觉得自己如果在某个时点选了别的路，命运就能天翻地覆了，其实这都是自我安慰。怎么选，你也还是你，能比现在多多大出息？”张美珍很潇洒地说，“你看，你也承认，就算你当年按部就班地上大学，也不一定比现在过得好。”

甘卿的眼神落在锅里，玉米南瓜粥在小火上缓缓地冒着泡，眼神被感冒“感”出来的几层眼皮压得有点暗淡。温暖的甜味蒸腾出来，弥散在小小的厨房里，北窗外的公共走廊里传来了人声，上班、上学的都回了家。

好久，甘卿才回过神来，声音有些沙哑地说：“玉米粒再煮要老了，美珍姐，可以关……”

“可我还是后悔。”

甘卿诧异地抬起头，看着张美珍苍老沉静的侧脸，这个潇洒的老太太面朝墙壁，喃喃地说：“不管理智怎么说、阅历怎么说，我还是后悔。”

所有因为没有珍惜、没有拼命挽留而错失的东西，都会成为这一生中遥不可及的执念。它们就像黑洞一样，吞噬一切，而且永远不会被填满。

即使时过境迁，得到了当年的“求不得”。

“不过你就不一样了。”张美珍招呼甘卿盛粥，自己走到阳台上抽烟，错身而过的时候，她屈指在甘卿的下巴上弹了一下，“当年我众叛亲离，可没人盼我点儿好。你人缘比我强多了，活人和死人都盼着你过好日子，一个个都急得伸长脖子，恨不能替你过。你啊，好自为之吧。”

杨逸凡从医院出来后直接去了警局，常年冷着脸的苗队已经在那儿等她了。

警方抓获王嘉可之后，根据她的描述，连夜突袭了软禁过她的小旅馆。行脚帮跑得了和尚、跑不了庙，临时扒房逃跑是来不及了，那小黑店根本禁不起查，一查发现原先的证照早被吊销了，现在不但是无证无照经营，里头还收容了不少“黄赌毒”分子。涉事店主、店员还有袭击王嘉可的那个司机都被一锅端了。王九胜故意不让他们跑——事情越扑朔迷离，警察越是要深究，牵扯也就越大，还不如让这几个混混把罪顶下来，反正也关不了几年，家人都有行脚帮“照顾”。

这几位进去以后，把丐帮的“大马猴”、小翟他们那一伙人也供了出来——不供没办法，因为王嘉可肯定会跟警察说。

正邪两派警局聚头，都默契地不把各自的帮派牵扯进来，于是开始一通胡编乱造。

“坐。”苗队审视着杨逸凡——她这几天都在医院，化妆打扮早顾不上了，一张脸上清汤寡水的，不那么精致，却也不那么咄咄逼人，看着顺眼了不少，因此苗队难得说了句客套话，“老人家住院的事我听说了，怎么样了？”

“不知道，”杨逸凡面带疲惫地说，“您有什么事赶紧问吧，医院那边没准随时叫我回去签病危通知。”

“王嘉可承认那天宴会结束之后，涉嫌违法犯罪的人里没有你。”苗队正色下来，“至于网上传的其他言论，是断章取义也好，是真的也好，不归我们刑警管，你的嫌疑现在应该是洗清了。”

杨逸凡一挑眉，似乎在问“那你叫我来干吗”。

苗队说：“有几件事需要你配合调查。关于王嘉可绑架案。首先，吴国盛，男，四十六岁，声称自己身后有个老板能替王嘉可还高利贷，借此诱拐并绑架了王嘉可，其实是个开黑车的司机。他是这件案子的主谋。你认识这个人吗？”

杨逸凡：“听都没听说过。”

苗队点点头，吴国盛，也就是绑架王嘉可的黑车司机也是这么说的。他说自己认识几个帮人放贷、催债的地痞流氓，盯上了王嘉可这个“傻白甜”，一开始只想骗点色，没想到在她手机里还有意外发现。他挑了点儿劲爆的给朋友看，本想做个谈资，谁知道被人挂到网上，意外引起了轩然大波，于是这坏胚长了歪心思。他连蒙带骗地把王嘉可藏起来了，打算用这部手机去要挟那些有钱人。杨逸凡就是他挑中的倒霉冤大头之一。

“那么这个叫翟大安的人，你认识吗？”

杨逸凡一摊手：“哪根葱？”

苗队：“那杨平呢？这个名字你熟吗？”

杨逸凡的嘴角倏地绷紧了：“你说什么？”

苗队盯着她的微表情：“我查过你的资料，你高中毕业之后，紧急联系人、家庭成员一直都是杨清先生，也就是你爷爷。你母亲已经去世，父母没有离异，这些年，你父亲杨平实际上一直处于失踪状态，可你家人从来没有报过案，能说说原因吗？你和他关系怎么样？”

警方找到了翟大安，也就是丐帮的小翟，男，三十九岁，是一家酒店的大堂经理，自称喜欢交朋友，平时和社会上三教九流的人来往比较多。王嘉可被绑架后试图逃走，翟大安支使了几个人，中途想把人抢走，未遂，还跟原来的绑架犯发生了冲突。

行脚帮的人想把丐帮拖下水，一口咬定小翟他们是同伙，分赃不均才跟他们拆伙。

丐帮当然不能承认，他们的理由也很充分——小翟自称是杨平的朋友，杨平和家里闹翻以后离家出走，虽然很多年没回去过，但心里一直很惦记家人，杨逸凡是他唯一的女儿，听说女儿被卷进这么个破事里，老父亲急得到处找人。他们出于朋友义气，托各种关系找到王嘉可，想让她出面把话说清楚，消除舆论影响，结果意外发现女孩被那帮拉黑车、开黑店的人渣绑架了，于是设法营救。那些坏胚恼羞成怒，什么锅都往外甩，“交代”的任何事情都是蓄意报复，不可信。

双方各执一词，简直成了罗生门。事件中的关键人物“杨平”现在不知所终，警察只能把杨逸凡找来问话。

“他们说什么？杨平关心我？”杨逸凡嘴角挂起一个古怪的笑

容，“我以为自己算见过世面了，没想到在不要脸这方面的想象力还挺有限。”

她阴阳怪气的声音十分刺耳，苗队略微皱皱眉。

“知道我花了多少钱，做了多少医美，才把这个疤淡化成这样吗？喏，现在还有点印，‘喵’队，你知道这是怎么弄的吗？”杨逸凡一伸手，把左鬓的长发绾了上去，露出颧弓上面一个很浅的疤痕，“杨平出去跟人打架，打输了，被人教训了一通，我小时候在日记本里写了这件事，被他看见了……这是拿捅煤窝的铁扦子削的。”

苗队愣了。

“小女孩，十岁，”杨逸凡把鬓发在手指上打了个圈，倏地放下，“送医院一看，脸上三道伤口要缝针，总共缝了十八针，半张脸都是疤，可热闹了。要搁现在，大概能算是家暴。不过反正不会有人帮我报警，报了警，你们也不会管。”

苗队正色说：“如果嫌疑人确有虐待儿童的行为，我们一定会管。”

“得了吧，”杨逸凡半含讥诮地冷笑一声，“你可真能吹。一个孩子生出来，就是父母养的一头小牲口，所有权由这二位共有。自己的东西，当然是想怎么着都行，除非另一位所有人有意见。我的另一位所有权人——我妈，她除了哭，就是觉得家丑不可外扬，主动藏藏掖掖，你们外人怎么管，拿什么管啊，‘喵’队？”

“我免贵姓苗，”苗队终于听清了她叫自己什么，眼角直跳，“杨女士，你不是大舌头吧？”

杨逸凡眯起细长的眼，冲他假笑。

苗队板着脸，严肃地把话题扭回来：“所以你的意思是，翟大安他们在说谎，他们也参与了王嘉可绑架案，甚至还有你父亲杨平——为什么？你爸连你也要敲诈吗？”

“谁知道呢？我爷爷当年和杨平断绝父子关系这事，不知道公证没公证过，如果没有，搞不好他是回来抢遗产的。”杨逸凡低头一笑，“不过话说回来，这伙人居然主动承认敲诈勒索吗？真是配合你们警察同志啊。”

苗队觉得她话里有话：“什么意思？”

“没有，就是觉得很冤，”杨逸凡说，“我穷得就剩钱了，最不怕有人来敲诈勒索，要钱？没问题啊！问题是真的没有人来问我要过，他们通知都不通知我一声，直接在网上放视频搞事，唉，我头都要秃了。‘喵’队，要不您去问问其他几位跟我一样的倒霉蛋，有没有接到过勒索电话？”

苗队缓缓地皱起眉。

无论是行脚帮还是丐帮，不管私下里怎么狗咬狗，都心照不宣地不在公家面前牵扯出各自帮派，因为二十世纪八十年代末，曾经严打过一次“黑社会”。从那之后，不管是正派还是邪派，都学会了夹着尾巴做人。所以双方一起努力大事化小，想把两派争斗变成“个人行为”，在“敲诈勒索”这件事上，他们是统一口径的。

“我觉得你是在暗示我什么。”苗队坐直了，“等等，我听说你爷爷入院抢救那天，你们小区发生过一起聚众斗殴事件，因为没有造成什么严重后果，双方又都偃旗息鼓，所以我们派出所的同事只是批评教育了一下——这起事件里还有别的隐情，对不对？”

“我刚才说过，我爷爷将来会有遗产，”杨逸凡回答，“‘喵’队，我指的可不是老头那套奔三张的老破房。”

苗队顾不上纠正她的称呼，立刻追问，“那是什么？”

“那天我送爷爷去医院，不在家，这些人想直接冲进我家找东西，被多管闲事的邻居们拦住了。”杨逸凡掀开因疲惫而下垂的眼皮，眼睛里闪着灼人的光，一字一顿地说，“他们在找一根绿竹棒。”

她终于把这句话说出来了。

杨逸凡生于二十世纪八十年代初，基本是在“公民社会”里长大的。等她开始能记住事的时候，各大帮派已经在短暂的重新集结和辉煌之后，又重新转入地下。杨逸凡从未对丐帮有过什么归属感，只是记得很小的时候，家里经常来一些奇怪的叔叔伯伯，来找她爸喝酒。他们一喝酒就很吵闹，没有三五个小时不算完，弄得到处都臭烘烘的，喝醉了就到处躺，地上摊一堆横七竖八的胳膊和腿，把她们家弄得跟乱葬岗似的。

杨逸凡很讨厌他们，不单是因为他们很烦人，还因为每到这时候，她妈妈都会偷偷地抱着她哭，絮絮叨叨地说，家里都快揭不开锅了，连凡凡上幼儿园那两块钱都要公公出，男人到底什么时候才能立起来啊？他们娘儿俩命太苦了。

小孩子还没来得及理解钱是什么东西，对贫穷的恐惧就已经烙在了她的骨子里。

那时，“丐帮”对于学龄前的杨逸凡来说，就是一群把他们家吃空的蝗虫。

后来，杨平双手被卫骁打废了，那些人就不来了，原来总是不着家的杨平开始从早到晚地待在家里，从一个冷漠、不负责任的父亲，变成了阴沉古怪的父亲，有时候自己一个人喝闷酒，喝醉了说胡话，大骂丐帮里都是趋炎附势的人。

那时，“丐帮”之于杨逸凡，就像个败家熊爹沉迷的赌博游戏。

再后来，她被爷爷接走，住进“一百一”，终于对丐帮有了一个全面清晰的认识。

看清了更讨厌，因为这里面有不少人分明四肢健全，智力正常，就是混，美其名曰保留丐帮“污衣帮”的传统，乞讨要饭一点儿也不嫌寒碜，缺什么东西，就理直气壮地要人接济，一天到晚把“都是自家兄弟”挂在嘴边。游手好闲，没点正事，隔三岔五起点儿不着四六的冲突，弄些狗屁倒灶的事情来找老帮主调停。

而这些不务正业的流氓混混还不觉得寒碜，老以“名门正派”自居，优越感爆棚。

邪派总比正派灵活，行脚帮出了个王九胜，很快大刀阔斧地把自己洗得白白净净，摇身一变，成了“正经八百”的生意人，帮内弟子则各显神通，帮着公司以不正当手段盈利，大家一起吃香喝辣。反倒是他们“名门正派”和“人生赢家”之间，似乎总隔着一堵清高的墙，且不说杨清当了一辈子工人，不擅经营，就算他擅长，也不能像王九胜一样组织大家去赚钱。因为身在名门正派，“淡泊名利”是起码要求，大家走到一起，靠的必须是胸中道义——靠营业额，那像话吗？

大侠们从来只能追求“事业与爱情”，对“金钱和美女”必须敬而远之。大侠只有天理，没有人欲。

这两路人，在杨逸凡看来，一个是祖传的真不要脸，一个是扯着遮羞布、在混乱的价值观里不知所谓的伪君子。可是爷爷杨清从小被丐帮抚养长大，又因丐帮而少年成名，那里是他一生的精神归属，杨逸凡再看不惯，也只能捏着鼻子为他忍了。

既然现在她保不住这根绿竹棒，那也该是……

有人来掀这张旧棋盘的时候了。

“我给你听个好东西。”杨逸凡把自己正在振动的手机拿出来，在苗队眼前晃了晃，有人正打她的电话，来电显示是“赵长老”。

她一笑，按了免提和录音，接起电话：“喂。”

“小杨，是我，赵爷爷。”赵长老毫无所觉地说，先简单问了几句杨帮主的情况，很快忍耐不住了，话音一转，说，“你虽然是杨帮主的亲孙女，可算起来，你也没正式加入过丐帮，对吧？帮内事务你没管过，打狗棒法没练过，我看你做人做事的想法，也跟我们丐帮传统不合……打狗棒放在你那儿，就不太合适了吧？”

杨逸凡看了飞快记录着什么的苗队一眼，对赵长老说："这话是什么意思？我爷爷还没死呢。"

"咱们好好聊，不要闹脾气，老帮主年纪也大了，这次住院，肯定要伤元气，"赵长老说，"其实这么多年，老帮主他……"

杨逸凡打断他："没少挡您财路。"

"唉，你……"

杨逸凡："赵爷爷、赵长老，我想请问，你们丐帮的传统是什么？你纵容手下弟子时常干些跟踪、捉奸的勾当，还帮狗仔偷拍照片卖钱，这就是丐帮传统吗？弟子赚的钱孝敬你多少？"

"这是谁造的谣？无稽之谈！"

"那年初的时候，城郊有家酒店开业，您手下一伙弟子受雇于他们竞争对手，专程跑过去捣乱，搅黄了人家的仪式，还惊动了警察，这事有吧？"杨逸凡说，"就算您忘了，当地派出所还有记录呢。"

苗队觉得自己两只耳朵快不够使了，恨不能在头顶再立起一对。

杨逸凡："可是我听说，事后这些弟子放出来，居然没一个人受罚，全是您老特意嘱咐的。"

"那可不是我的弟子！"赵长老先是一口否认，随后，语气又温和下来，"我只是觉得，人都有不容易的地方，帮着说句好话而已。小杨，不是所有人都跟你一样有机会上大学、当老板的，咱们帮里的兄弟，到底还是苦人多，能帮衬就帮衬，不能帮衬……你至少也得体谅一下吧！"

杨逸凡嗤笑一声："可不是嘛，钱难赚，屎难吃。"

"这是什么话？"赵长老又说，"咱们丐帮是人心不如行脚帮齐，还是人气不如他们旺？凭什么行脚帮这些年坑蒙拐骗全不在意，能混得风生水起，我们就得一直蹉跎光阴、毫无作为？咱们祖上，可也是有产业的，只是在中华人民共和国成立初期上交国家了而已！逸凡，老帮主年纪大了，还是老脑筋，为了他的健康着想，咱们也不应当老拿这些鸡毛蒜皮的事去烦他，你帮赵爷爷把意思转达一遍，打狗棒交到我手里完全可以放心，我不像老田那么冲动，也不会像另外两位那样不管事。我保证……”

杨逸凡打断他：“我可转达不了，您自己跟他心电感应吧。”

“你这……”

不等赵长老说完，杨逸凡就挂断了电话。手机在她指尖转了个圈，她抬头看向苗队：“听见了吗？‘喵’队，水深得很，他们宁可认领绑架勒索的罪名，也不愿意跟警察说实话。你们是不是该好好查查了？”

“我再说一遍，我、姓、苗。”苗队站起来，转头吩咐同事：“召集开会，准备分头讯问嫌疑人！这可是燕宁！”

涨起的潮水终于冲上滩涂，沙砾里藏匿的一切都将无所遁形，暴露于天光下。

喻兰川充电的手机“嗡”一下，自己把自己从桌面上振了下去，他眼睛没离开电脑屏幕，就跟耳朵上长了眼睛一样，利索地伸手抄住，把书桌对面的刘仲齐羡慕得两眼放光：“哥，你能……”

“不能，有人敲门，开门去。”喻兰川打断他，接起电话：“喂，老咸，又干什么？”

“风头不对啊，兰爷！”于严在电话里压低了声音，“上面突然要查燕宁的非法民间组织！”

喻兰川：“又有搞鸡蛋批发的气功大师作祟？”

“不是气功大师！我听到的消息说是丐帮和行脚帮！点名说的，我级别不够，现在具体什么情况还不清楚。上次抓气功大师，那帮行脚帮的混混袭警，审了三轮，宁可认罪也不承认背后有组织。我心里知道啊，可我怕给杨大爷和美珍姐他们找麻烦，没敢说——你听我说，你别掺和，千万别管……”

喻兰川倏地一皱眉。

就在这时，他听见去开门的弟弟说："你找我哥吗？"

一个熟悉的声音说："是啊，劳驾。"

喻兰川手机差点儿没握住，本来属于于严的注意力立刻被这声音牵走了，心不在焉地胡乱应付一通，堪堪维持住了端坐皱眉的姿势，表情严峻得好像正在处理联合国事务。

戴着口罩的甘卿走进来的时候，喻兰川大尾巴狼似的冲她一点头，驴唇不对马嘴地说："行，我知道了，有什么需要我伸手的，告诉我一声……"

于严惨叫道："伸什么手啊，大哥！我刚才嘱咐那么半天是浪费唾沫吗？劳驾你快把小爪爪缩回去，猥琐发育啊，盟主！那天晚上你跟丐帮动手，苗队他们肯定是要找你问话的，你记得说自己什么都不知道……欸，反正你本来就什么都不知道。"

喻兰川："……"

甘卿听得一字不漏，连忙借着咳嗽掩饰住笑意。

喻兰川面无表情地挂断了于严的电话。

"笑什么笑？你……这是什么？"

甘卿在他桌上放了一个纸袋："自考英语试卷，找你请教几道题。"

在门口探头探脑的刘仲齐一听见"英语"两字，脑浆都要发酵了，转身钻进了自己房间，不敢细听。他自以为蹑手蹑脚，其实屋里两位早听见他的动静了。等熊孩子走了，喻兰川才打开纸袋："自考英语不是送分的吗？"

"不是，"甘卿几不可闻地说，"是送命的。"

纸袋里掉出了一沓照片和一张打印的表格，上面罗列了一串人名和地址。

"这是……"

"八年前，"甘卿说，"泥塘后巷……"

喻兰川先是一脸茫然，随后猛地反应过来什么，难以置信地抬起头。

“卫长生的家。”甘卿坐在台灯下，灯光照着她的眉眼，在那上面镀了层柔和的光晕，“小喻爷，那天在墓园里，你说你知道卫骁的死因，你可以帮我，还算数吗？”

杨逸凡一直在警局待到很晚，才由苗队亲自送出来。她忽然想起了什么：“Coco……那个王嘉可，不算是犯人吧？她还在这儿吗？能不能安排我见她一面？我有两句话想跟她说。”

王嘉可刚好在，她本来已经被父母带回家了，又被另一个专案组请回来，协助调查套路贷的事。

杨逸凡在一间小休息室里见到了她，上一次，两个人在纸醉金迷里相遇，一个春风得意、口无遮拦，另一个被浮华裹挟、无所适从。

这回倒是统一地灰头土脸。

王嘉可看见她，目光不自然地躲闪了一下，躲完又忍不住偷偷看她，做好了下一刻就挨个嘴巴的准备。

“Coco是吧？”杨逸凡在距离她两步远的地方站定，“我不是来找你算账的。”

王嘉可拘谨地说：“您坐……”

“不了，说两句话，说完就走。”

王嘉可紧张地搓了搓衣角。

杨逸凡看着这个女孩，想起了十年前的自己，年轻，一无所有，长着一双好奇又贪婪的眼睛。她那一副什么都想要的样子，可真是单纯极了。

“慢慢地你就会发现，就算再努力，也没法过上自己想要的生活，万事还是都不如你意，身边还是有一堆解决不了的麻烦，你一辈子都不会成功，一辈子都不会活成自己想要的样子。”

王嘉可呆住了，杨逸凡在当面挖苦她！

可是她仔细一想，自己还用别人挖苦吗？事实就是这样啊，根本无法辩驳。她顿时悲从中来，眼泪开始在眼眶里打转。

“懦弱的人就会假装自己一点儿也不丧，转而寻求更廉价的快乐，沉溺于食欲、购物欲……所有那些能得到短暂满足的东西。”杨逸凡轻轻地说，“因为心虚，还要喊出很大的声音标榜自己，号召别人都跟着学，拼命表现出理直气壮的样子。”

王嘉可透过泪眼，有些反应不过来地看向她。

“我就是那个懦弱的人，”杨逸凡说，“对不起，骗了你们。”

第二十章

有那么一瞬间，喻兰川几乎屏住了呼吸。

甘卿弯起来的眼角往下沉了沉，目光落在纹理优美的实木桌面上。她心里明白，给她寄这个东西的人不怀好意。她在行脚帮和丐帮面前露面，亮出了万木春的刀，就已经做好了别人不怀好意的准备，她甚至猜得出这东西是谁寄的。

“十五年前，”甘卿微微往后一靠，“我把你扔在垃圾场，不是舍己为人，是觉得装神弄鬼很好玩。我溜着行脚帮的一伙人跑了十公里，发现这里头一个能打的也没有，就自以为很了不起，有点得意忘形。我打晕了一个‘黑蝙蝠’，在他身上写了字，骂王九胜是个缩头王八，连这么一群废物点心都敢造他的反。”

喻兰川听韩东升说过，当年救他的人功夫尚浅，做事有点“活泼过头”，这会儿才知道，她是怎么“活泼”的。

甘卿笑了一声：“但王九胜不是废物。”

王九胜当然不是废物。他没有练过童子功，小时候可能连饭都吃不饱。长大以后，他又忙着四处钻营，功夫大概是十分稀松二五眼了，更不用说这时他已年过六旬，不少也不壮，要打死他，大概不用两刀。但他从社会最底层一步一步爬上来，像条如履薄冰的猎犬，敏锐地嗅着空气中的各种味道，杀伐决断，总是能揪住时代的浪，翻覆而上。

喻兰川说：“如果他是废物，现在我们也没必要再讨论这个人了。”

甘卿双肘撑着扶手，自由散漫地靠在木椅背上，轻轻地耸了一下肩：“照片上的人，除了杨平和那个丐帮九袋长老我见过一面外，其他人都不太认识，小喻爷，你给指教一下？”

喻兰川翻了翻，摇摇头：“这些人都没来过武林大会。”

“那就是退隐了。一帮退隐的人，一个丐帮弃徒，”甘卿的左手食指轻轻地敲打着另一只手的手背，往照片上田长老那张惊惧狰狞的脸上扫了一眼，“一个一脸找不着北的酱油长老，这几位居然能摸到泥塘后巷。我相信美珍姐的判断，卫骁的死，背后肯定有王九胜的影子。”

“所以照片也很可能是他寄给你的——除了幕后黑手，谁会保存这些？”喻兰川推了推眼镜，此人只有公事公办的时候最客气，心情一飞扬，就飘得又不说人话，“好在你还没笨到家，冲动得直接去按地址找人。”

“哪儿来那么多冲动？”甘卿不是第一天认识他了，也不跟他一般见识，懒散地说，“可是这不难猜，王九胜就没有想过，如果我没有那么火爆的脾气，没如他的意，收到这个，反而直接去找他这个罪魁祸首呢？毕竟我身边有个熟悉行脚帮的前任北舵主，他家的狗还在我面前说走过嘴。”

喻兰川沉吟片刻：“如果是我，我除了寄给你一份照片外，还会同时把你的行踪泄露给照片上的这些人，这才是重点。因为捕猎者有自主选择权，而猎物只能拼命求生。你可能很冷静，但这些得知万木春还有传人，还随时准备找他们报仇的人不可能冷静。他们这会儿一定是惶惶不可终日。即使你不去找他们，他们也不会放过你。”

田长老和杨平他们知道她住在一百一十号院，甘卿也收到了他们的地址，王九胜一道探照灯打过来，把双方都晾在了明处。

这就好像双方都已经亮出武器，抵住了对方的要害，大家都约好了“一、二、三，放下”，但数完“一、二、三”，谁都不会真放下武器一样。

“王九胜家大业大，有多少财产谁也说不清，据说他房子多得可以让他在燕宁滚着睡。你要想直接找到王九胜，恐怕得需要一段时间。”喻兰川冷静地说，“你只有一个人，而丐帮、行脚帮有无数眼线，他们锁定你，一定比你锁定王九胜容易，不把照片上这些人清理干净，你就会像跳过小关卡直接打boss一样，不但打不过去，还有可能腹背受敌。”

“所以如果我是个冲动的人，我一开始就会跳他的坑，”甘卿苦笑了一下，“如果我不是，想明白了，发现自己也只能跳他的坑。”

怪不得别人都混得风生水起、有钱有势，她只能在小黑店里忽悠中学生。老头总是叫她好好读书，可她没听，所以长大以后，成了个除了要小刀片以外一事无成的人。喻兰川的目光在所有照片上走了一遍，又仔细核对了夹在照片中的地址，最后锁定了杨平。

他把杨平的照片单独抽出来：“所有人里，只有杨平的地址不明。而所有照片里，也只有这一张拍到了血迹。我记得你说过，卫骁前辈当时是按照心脏猝死处理的，那他的尸体一定很干净。如果是一对多的打斗，一定会造成很多意外的痕迹，伪装难度很大——在这个前提下，观察其他的照片，你会发现其他人的表情都很奇怪，要么是茫然，要么是震惊，有的还有点恐惧，所以杨平是主犯。”

“这些是退隐的，现在大概不是在跳广场舞，就是在家带孙子。”甘卿伸手把其他照片滑开，随后，又点了点田展鹏的照片，“这个是被人当枪使的出头鸟，傻了吧唧的。也就只剩下一个杨平不好对付。丐帮内乱那天，我跟踪他们帮内弟子听见了点儿事，杨平勾结了行脚帮，是这次丐帮内乱的始作俑者。王九胜知道，在不久的将来，他一定会高调地跳出来。”

“所以假设你决定报仇，那么杨平一定是你的第一个靶子。”喻兰川说，“这样，即使你接到消息以后，在第一时间离开一百一十号院，把自己隐藏起来，王九胜也能预知你的行踪。如果是这样，那么我猜，这些照片杨平肯定没有，其他人会人手一张。”

甘卿：“嗯？为什么？”

“为了让杨平继续无知无觉地当出头鸟，而其他收到照片的人，则会顺理成章地认为，这是来自杨平的要挟，要挟他们站在他这边，帮他重回丐帮，否则就借万木春的刀搅得他们不得安生。”喻兰川说，“一个软弱的人，会因为被人威胁而投降，但是一群人……即使都不是什么硬气的人，也会自发抱团。”

“有道理。”甘卿侧了侧头，“抱团之后呢？”

“田长老是丐帮九袋长老，手下有弟子、有资源，这个人会成为领导核心。”喻兰川说，“如果是他，会先利用无孔不入的丐帮，把同伴和家属都藏起来，自己假装和其他长老拆伙，支持杨平，最好能让杨平上蹿下跳地吸引注意力。然后以牙还牙，找机会把‘真相’透露给你，让你去找杨平算账，最好能两败俱伤，他们好黄雀在后——我跟田展鹏接触了一会儿，了解不深，但根据对他这么多年的经历分析，我觉得这个人智商不高，眼界也很有限，这是对他思维方式的合理推测。”

甘卿：“……”

以后绝对不能和喻兰川打麻将、玩牌，不然牌局没过半，他就能根据对别人智商的了解，把牌猜个七七八八。

喻兰川假装没注意到她叹为观止的目光，其实心里得意得尾巴都要杵到天花板上了，还故作矜持不解地一挑眉：“怎么？有什么问题？”

甘卿看着他，忽然叹了口气：“没有，突然觉得活着真是艰难。”

喻兰川顿时自我感觉能顶天立地，保护欲和力量感爆棚，一句大言不惭的“这有什么？你有什么想不通的事，随时来找我”即将脱口而出，就听甘卿接着说：“像小喻爷这样的人才，每天也得为了房贷走路上班，起五更，爬半夜的，更不用说别人了……唉，真是太艰难了。”

喻兰川：“……”

这女的实在太讨厌了，不行就换人吧。

甘卿一看他脸变黑，又连忙往回哄了一句：“当然了，能去银行贷款也很了不起了——要是我去贷，人家肯定就不给。买房对我们来说是想都不敢想的，难度跟上天也差不多。你虽然现在比较艰难，但那就好比是得道飞升之前的历劫嘛，人间就只有你们这些大能和避雷针才有引雷功能，好棒棒的。”

突然和避雷针肩并肩的喻兰川从牙缝里挤出一句话：“你要是不想说人话，就滚回去入土为安。”

“别，我这还有求于你呢。”甘卿因为感冒，说话时声音听起来像她当“梦梦老师”时装神弄鬼的声音，她每天都拿这个声音叫人“宝宝”，尾音拖得长长的，钻进喻兰川的耳朵，像是无数小沙砾磨着他的耳膜，听得后脑勺发痒。

喻兰川的手指不由自主地蜷了一下。

甘卿又漫不经心地问：“那照你这么推断，现在我是不是应该去申请警察保护了？”

喻兰川心里像是有道门没关好似的，顺着她的话音，冒出了一个小小的声音——“你可以申请我保护”，差点儿脱口而出。

好在他反应快，及时把这话咬断了：“你一个月纳多少税，这么耗费公共资源？”

甘卿用一种意味不明的目光上下打量着他。

喻兰川：“看什么？”

“看小喻爷……”甘卿微妙地顿了一下，“眉清目秀，盘靓条顺。”

居然还能保持单身，全凭自己功力深厚。

喻兰川觉得甘卿的表情和语气怪怪的，有点像调戏他，还有点像骂他，总之，听着内涵丰富，不像好话。

甘卿连忙给他倒了杯水：“您接着说。”

“好消息是，丐帮和行脚帮的人现在不一定顾得上你。”喻兰川说，“你找回了王嘉可，把行脚帮和丐帮都卷进了局子里，我现在不知道是哪一边的人说漏了嘴，警察好像正在追查丐帮和行脚帮，这两拨人都是人多事多，这回要是屁股不擦干净，很可能会被当成非法团体取缔，我想他们现在应该都收到消息了。”

丐帮四大长老的电话已经被打爆了，田展鹏把发烫的手机静了音，匆匆走进订好的包间里，被暖气扑出了一脑门热汗。

立刻有人问：“老田，你怎么才来？”

“这两天搬家，事有点多……老赵呢？”田展鹏心不在焉地说，目光在屋里转了一圈，没找到赵长老，“怎么？他也没来？”

“老赵被带走了，我们舵下面好多污衣帮的兄弟也被带走了，一开始还以为是城管严打乞讨卖艺的，后来才知道不是城管，是警察！”

“老赵又怎么了？什么情况？”

“我就说那天你们去‘一百一’闹事不该惊动警察！”

“就去派出所坐了一会儿，当时不都没事了吗？”

“小翟他们也是，好几天没消息了。”

田展鹏被这一屋子的七嘴八舌吵得头昏脑涨，他自己身后还一堆焦头烂额的麻烦，一时间血压都飙上去了。

就在这时，有人忽然小声说了一句：“我师父今天给那个谁打过电话……”

田展鹏：“哪个谁？”

“就……老帮主的孙女。”

“杨逸凡就杨逸凡，还‘那个谁’——你是结伴上厕所时偷说人坏话的小学生吗？”田展鹏暴躁道，“还有老赵什么意思？撺掇大家一起行动，然后他自己私下联系杨逸凡，想捷足先登吗？”

“少安毋躁，田长老，”另一个人说，“我手下盯着医院那边的人回报，说今天杨逸凡去了公安局——赵长老几点打的电话？”

两边人把时间一对，屋里空气都安静了。

过了不知多久，才有人小声说："她、她再怎么说也是老帮主的亲孙女……她就不怕把老帮主陷进去吗？不至于吧？"

田展鹏阴恻恻地抬起眼皮："这是看老帮主能活着出院的概率不大，她打算釜底抽薪了。这个……"

他低低地骂了句很不好听的，花白的鬓角旁跳起了青筋。

"把人叫来问问，"另一个长老开了口，"她是要毁了祖宗基业吗？"

"家属注意一下时间。"ICU病房的护士小声提示，杨逸凡应了一声，表示自己听见了。

杨清身在一堆仪器中间，显得又瘦又小，大概谁也想象不到，当年五绝之一的"穿林风"会变成这么一副干瘪的皮囊吧。杨逸凡记得，他总是羡慕楼上的喻怀德爷爷，喻怀德爷爷去世以后，杨清说过好几次"要是将来能像大哥一样就好了，说要死，找地方一坐，闭眼就死，来去无牵挂"。

可他的牵挂太多了，连生老病死都显得比别人拖泥带水。

等你一觉醒来，就会发现我把你一辈子的心血都毁成渣了。从此以后，丐帮没准真的只能在武侠小说里出现了。她想，你会怪我吗？

家属不能在重症病房久待，杨逸凡深深地看了他一眼，被护士领了出去。

ICU不用陪护，杨逸凡在医院耗着也没什么事，换下隔离衣，就打算回公司住几天——"一百一"那边老有丐帮的人在探头探脑。

晚上没事，再斟酌一下，就用公司的公号把声明发了吧。杨逸凡一边走一边想。医院附近交通拥堵，还不好停车，她把车停得有点远，为了赶时间，就抄了近路走过去。

突然，她后脊一紧，来不及细想，已经侧身一步躲开了。这一步迈得有点大，细细的鞋跟一下卡在了下水道口的细缝处，把她别得趔趄了一下。

杨逸凡蓦地回头，只见她身后站着一个身上有补丁的陌生男子。

“杨小姐，”对方不怎么客气地开口说，“我是田长老门下四袋弟子。今天长老们聚会，希望您务必赏光，我是特意来接您的。”

杨逸凡把鞋往外拽了一下，那鞋跟好像是专门照着下水道口配套生产的，卡得严丝合缝，她没拽出来：“不好意思，我没空，我也不是丐帮的人。”

穿补丁衣服的男人露出为难的表情：“上面吩咐的，请不到您，长老们要怪我办事不力了。”

“你们这是请，还是绑？”

“当然是请，”穿补丁衣服的男人说，“只是‘务必请到’。”

杨逸凡冷笑了一声，悄悄把手伸进兜里掏手机：“我要是就不想去呢？”

那男人说：“不好意思。”

说着，他伸手去抓杨逸凡的胳膊。杨逸凡一矮身躲开他的手，同时一把扯下高跟鞋的拉链，光脚从鞋里跳了出来，抬膝往人下三路一撞，趁着对方退后一步时，转身就跑，眼角余光扫过手机屏幕，狂按紧急拨号。

当代智能机就这点不好，一整块屏幕，不能靠摸，遇到紧急情况的时候报警特别不方便。

很小的时候，被杨平逼着练过功夫，没少挨打，以至于她一想起这些事，就全是痛苦的回忆，后来无论如何也不肯再碰，到了三十多岁，童子功早成花架子了，打架斗殴都不行了。

男人立刻追了上来，杨逸凡本来就不如人家腿长，还一只脚光着，一只脚踩着八厘米的细高跟鞋，跑起来像个杂技演员，冷汗都下来了。这时，前方路口传来脚步声，杨逸凡眼睛一亮，刚要开口叫，就看见那路口被几个流浪汉堵住了！

电话刚通，杨逸凡还没来得及听清里面的声音，就被人从身后一把拧过了胳膊，手机立刻掉了出去，她一脚踢过去，穿补丁衣服的男人趁机在她膝盖上狠狠踩了一脚，杨逸凡有小二十年没吃过皮肉的苦，当场直接跪下了。

那男人冷笑：“现在你能跟我们走了吧？”

这天闫皓下班早，回来帮江老板看店。他正猫着腰在洗衣店门前扫地时，忽然耳朵一动，像个大耳朵蝙蝠似的，灵敏地捕捉到了身后的声音。闫皓转过头去，看见十字路口对面站着悄悄。

悄悄已经好几天没来上班了，据说是请假，隔壁穷酸宠物店雇不起第二个店员，只好由老板亲自出来接待客人——老板是个三十来岁的光头男子，身高近一米九，一膀子横肉，胳膊上还文了条摇头摆尾的大青龙，把宠物店里的小动物和宠物店的邻居闫皓吓坏了。

闫皓一看见他，在两米以外腿肚子就开始转筋，至今没敢把罐头给隔壁送过去。

好不容易盼回了悄悄，闫皓又惊又喜，朝她拼命挥手，比画着还不太熟练的哑语对她说——你有东西在我这儿！

这时，一辆公交车开过路口，拦在他俩中间，闫皓只好缩回手，尴尬地抓了抓头发。

半分钟以后，公交车“嗡嗡”地开过，可是闫皓再一看，马路对面的悄悄已经不见了踪影。他吃了一惊，连忙跑过去找，空气中仿佛还留着女孩身上的水果香味。闫皓左顾右盼，在拐角处看见一道影子闪过。

闫皓师承堂前燕，轻功能让甘卿甘拜下风，悄悄的脚步轻盈得不像普通人，他当然早就看出来了，只是从来没打听过。他俩就像恰好住隔壁的网友，每天用文字和“表情包”交流，“三次元”的事，别人不主动说，也不方便随便打听。

她到底遇上什么事了？

闫皓犹豫一下，追了上去。

悄悄似乎在追踪什么人，这女孩真是猫妖转世，天生身轻如燕，闫皓把看家本事都拿出来了，几次三番差点儿跟丢，终于，悄悄停了下来。这时，闫皓已经有点弄不清自己在哪儿了，留着一只眼盯着悄悄，掏出手机来给自己定了个位，就在这时，瞥见了几个鬼鬼祟祟的丐帮弟子。

手机定位成功，闫皓定睛一看——不是杨老帮主住的医院附近吗？

他心里疑窦丛生，看见不远处的悄悄游鱼似的钻进了一条小巷。闫皓不假思索地跟了进去，同时，留了个心眼儿，把定位发给了喻兰川。

第二十一章

喻兰川觉得莫名其妙，把眉快吊出了发际线，回了闫皓一个问号。

甘卿：“怎么？有事要忙？”

喻兰川忽然抬头问她：“你们觉得我长得像‘人肉导航’吗？”

甘卿眨眨眼，没明白——这小喻爷平时自我感觉良好得爆棚，现在对自己最大的优势反而不自信了？

喻兰川狠狠地磨了磨牙：“那你们一个一个的，没事就给我发地图定位，到底是几个意思？”

闫皓那边发完地图定位就没回音了，甚至没来得及看喻兰川的回复。

悄悄的人影在墙角一溜，转瞬就不见了，把闫皓吓出一身冷汗，差点儿以为自己又跟丢了。好在这条路年久失修，两边的石砖翘了起来，露出柔软的淤泥，留了女孩半个小巧的脚印。闫皓顺着脚印找过去，才发现墙角有个小门——不知道出于什么原因，两院砖墙中间隔了个小空隙，非常窄，恐怕还不够一人通过，大概是怕不好清扫，所以在这儿加了道小门。

她准是从这儿穿到了别的路上，闫皓这么想着，纵身一跃，从小门上翻了过去，轻飘飘地落地……没落成。

这小空隙缺了大德，有一边院子的墙是斜的，于是把空隙夹得上宽下窄！

闫皓的骨架本来就比纤细的小女孩大好几圈，再加上常年坐在电脑前缩脖端肩，端出了一副格外厚实的肩背，纵身一跃，直接卡在了里面！

闫皓双脚悬空，脚丫子扑腾了几下，还是够不着地面，就着这么个上不着梁、下不着地的姿势，拼命地扭过头去，发现悄悄在小巷另一端惊讶地看着他。闫皓把脚丫子扑腾出了自由泳的动作，脸憋得通红。

悄悄回过神来，在局促的空间里艰难地冲他打手势："你跟着我？"

闫皓想回手势，可实在没地方放他的手，不得已，只好忍辱负重地张嘴，准备说话。

还不等他出声，悄悄立刻做了个"噤声"的手势——

木门不怎么隔音，闫皓跟着她的手势一侧头，听见另一端传来了嘈杂的人声。

"守住胡同口，别让人进来。"

"杨逸凡，如果不是你做事太绝，我们也不想动武！"

"赵长老不出来，这事完不了！"

杨逸凡？

闫皓睁大了眼睛。

悄悄矮身趴在小空隙另一侧的木门边，透过缝隙往外看去。

杨逸凡图省事抄了医院后面的小路，本来就背阴，两端的路口都被流浪汉和乞丐堵住了。西北风里，几个衣衫褴褛的流浪汉凑在一起，一副打算寻衅滋事的模样，即使有人经过，看见这么一伙人也都绕路了。

悄悄看见有两个穿补丁衣服的人扣住了杨逸凡，连拉带扯，不知道要把她带到哪儿去。

杨逸凡平时嘴不饶人，这会儿人在屋檐下，倒是很识时务，知道放开喉咙也喊不来人，所以干脆不费力气，只是刻意压低了重心，给对方拖拽制造难度拖延时间，同时打开了漆皮包，让里面钥匙、证件之类的小东西滚得到处都是。这样，只要这些丐帮的渣滓稍有不注意，她就很容易在现场遗漏东西，如果有人来找她，能提供些线索。

悄悄像只警惕的猫一样弓起了后背，这时，听见身后传来窸窸窣窣的动静，分神回头看了一眼，只见闫皓差点儿把锁骨折了，才堪堪侧过身。他深吸一口大气缩回肚子，总算是落了地，正艰难地迈着螃蟹步往悄悄这边挪，绝望地朝她伸出了一只手——救命，拉我一把！

悄悄："……"

她往小木门外看了一眼，又看了一眼快被憋死的闫皓，犹豫再三，还是选了生命比较"垂危"的一方——挤过来抓住了闫皓的手，把他往外拔。

可是闫皓这枚萝卜体型太大，周围土质又实在是不松软，悄悄使出了移山的力气，只把闫皓拖出了五厘米。她汗都流下来了，不得已停了下来，朝闫皓摇摇头，又忧心忡忡地回了下头。

闫皓看懂了她的肢体语言：那边比较紧急，要不你先在这夹一会儿？

闫皓二话没说，目光一沉，一把攥住了她的手腕。

他刚才感觉到了，悄悄虽然轻盈灵活，但手上没多大力气，就她拖自己的动作看，闫皓觉得她哪怕有点功夫，可能练得也不太扎实，所以绝对不能让她一个人出去。

悄悄跺了跺脚，挣扎着掰他的手，闫皓五指收拢，把她捏得更紧，连连冲她摇头。闫皓来去无踪，不光轻功好，靠四肢的力量，能仅凭单手五指就把自己悬挂在高楼外，手劲非同小可。悄悄觉得他的手指像铁钳一样，怎么掰也掰不开，气得作势要咬他。

闫皓扭头不看她，豁出去似的让她随便咬，反正皮糙肉厚。他另一只手艰难地摸出手机，给喻兰川发信息：绑架，快来！

不料字没打完，悄悄就对他发了大招——胳肢了他。

闫皓手一哆嗦，“来”字打成了“啦”，就猝不及防地发送了出去。他被两面墙固定着，躲都没地方躲，又不敢出声，被悄悄蹂躏得眼泪都快下来了。

喻兰川又回了一串问句：谁绑架谁？多少人？什么情况？你好好说话，发什么嗲！

闫皓：“……”

要老命了！

被丐帮堵在小胡同里的杨逸凡余光瞥见路口来了辆灰扑扑的车，压低声音说：“你们带走我有什么用？是让我交出打狗棒，还是让我给你们写道歉声明登报？我说句话，警察就不查了吗？”

“那不归我们管。”

杨逸凡冷笑：“丐帮‘疑似’非法民间组织，你们现在既然非得把疑似坐实，我也可以舍命陪君子——放手！我自己走！”

她猛地抡开抓她的人，面沉似水地拽出自己被下水道卡住的鞋穿上，气场宛如陡然长到了两米八。杨逸凡把乱发一捋：“走啊。”

这边，一身痒痒肉的闫皓终于难以为继，手一松，悄悄就游鱼似的滑了出去，纵身往小门另一边冲去。

闫皓一把没拉住，剧烈的挣动间，连外衣带毛衣全被两边墙壁的摩擦力卷了上去，闫皓情急之下乱拱一通，从自己的衣服底下钻了出去，身上只剩下一件“二杆梁”小背心，终于能勉强移动了，可是已经来不及去抓悄悄了。

悄悄一跃而起。

闫皓表情都裂开了——慢着，别去！

就在这时，警笛声倏地划破了所有人紧绷的神经，双脚已经腾空的悄悄反应极快，把两只脚往两侧一撑，固定住了自己，守在路口的乞丐流浪汉们全体紧张了起来，打算用来绑人的车立刻从路边溜走了。

警笛声越逼越近，紧接着传来人声：“干什么的！”

丐帮弟子们再也顾不上杨逸凡，一哄而散，小空间里的悄悄和闫皓屏息凝神，悄悄小心地从木门缝里往外看。

只见一个浓眉大眼的黑脸男人带着一帮穿制服的警察进来，杨逸凡好整以暇地冲他露出一个笑容：“我还以为刚才那通报警电话没打通呢，怎么？‘喵’队，现在社会治安问题也需要刑警出警了吗？”

“我姓苗——不是，”苗队捡起她的手机递过去，“你说的这些组织无孔不入，我想你可能会有危险，所以找了几个兄弟在你周围盯着，没想到他们还真敢！这就是黑社会！”

杨逸凡却没接。

苗队抬头：“怎么？”

“‘黑社会’前任老大的孙女有个烫手的山芋，”杨逸凡低头看着他，“‘喵’队，你想接管吗？”

一百一十号院里，喻兰川刚用手机叫完出租车，忽然意识到不妥，偏头看了一眼跟出来的甘卿：“我自己过去就行了，你先回去。”

甘卿抬起一双被寒风刺得眼泪汪汪的眼睛，瓮声瓮气地回答：“廉颇虽老，能饭。”

“我知道你是饭桶，”喻兰川嫌弃地把她的围巾往上一拉，遮住了她的口鼻，又正色道，“没说不给你吃……但你还是先回去吧，闫皓这个时候给我发消息，搞不好是丐帮的事，你……”

甘卿：“你怕我冲动坏事？”

喻兰川：“我怕你冲动犯法！”

甘卿忽然笑了，喻兰川皱着眉：“没跟你开玩笑。”

“什么岁数了还冲动？”甘卿摇摇头，“就我这贫血样，勉强够用就不错了，哪儿有余力上头？再说卫骁跟我早就一刀两断了，要不是当年他藏身的地方暴露多少有我的关系，我才不会管他的闲事。”

喻兰川犹豫，不是很信她的鬼话。

“真的，不骗你，人在这个世界上，就算拼了老命，能感动的也只有自己，指望别人会领情吗？”甘卿带着几分玩世不恭，淡淡地说，“没有的事，还不如活得自私冷漠一点——小喻爷，有人接单了。”

喻兰川一低头，还没来得及看清接单司机的位置，就又收到了闫皓的消息。

这三脚踹不出一个屁的“蜘蛛侠”在发了几条莫名其妙的求救消息后，又来了一句：“没事了，警察来了。”

连外衣扣都没来得及扣好的喻兰川：“……”

闫皓发完信息，就觉得鼻子有点发痒，怀疑是盟主在骂自己。

“悄……”

背对着他的悄悄伸出一只手，打断了他，闫皓方才放松的神经一紧，片刻后，他俩听见了很轻的脚步声。

杨逸凡跟苗队走了，剩下的警察去周围搜捕方才那伙丐帮弟子，一个西装革履的男人缓缓地走进来——举着手机的袖子上有一个装饰性的小补丁。

“跟警察走了……嗯，打狗棒恐怕也要落到他们手上……我知道，杨长老，信物不是问题，这回丐帮遇到了大坎，反而是我们的机会……兄弟们都藏好了，您放心，我这就过去。”

好不容易挤过来的闫皓听得云里雾里，低头去看悄悄，却发现那女孩脸上镀了一层浓厚的阴影。

闫皓拍了拍她的肩——你怎么了？悄悄没理会。

那人一边打电话一边走远了，悄悄轻轻地扒住木门，一撑一跳，就从小空隙里挤了出去。

闫皓只好跟上。

那个穿西装的人很小心，每经过有反光的路口，都要停下来左顾右盼，以防有人追踪，可惜耳力和功夫大概不怎么样，被两大轻功高手跟着，一路也没察觉。

不到五分钟，悄悄和闫皓就看见了他要见的人。

那人有着花白头发，走路有点瘸腿，又矮又瘦，眯着眼蹲在路边抽烟，正是杨平。

闫皓不认识杨平，但能感觉到，悄悄的身体一瞬间绷紧了，大大的杏仁眼里有了血丝。

闫皓想了想，把手机镜头焦距调近，偷偷拍了杨平的照片，再一次把定位发给了喻兰川。

喻兰川刚跟司机协商完取消订单，客人无故取消订单，司机也很不高兴，冷冷地说了他一句："您倒是想好了再叫啊，我这都走一半了，溜傻小子呢！"

喻兰川理亏，挨说也只能忍了，谁知电话撂下还没晾凉，又收到一个定位，他简直要疯。

"淡定，冷静，"甘卿赶紧哄，"这回车我来叫。"

喻兰川冷着脸，专心地在旁边不高兴。

甘卿抹掉了眼睛里的泪膜，扒着眼在手机上翻了半天，喻兰川不耐烦地说："还没人接？你什么人缘？"

"不是，"甘卿吸了吸鼻子，瓮声瓮气地问，"你那打车软件全称叫什么来着？我下载一个。"

喻兰川："……"

这些人怕是要气死他，再篡夺盟主之位！

闫皓这边刚发完微信，就见悄悄越来越压抑不住呼吸，那双平时温柔呵护小猫小狗的手攥紧了拳头，青筋从手背一路延伸到了胳膊上。

抬头和手下说着什么的杨平脸色突然一变：“你带了什么脏东西回来？”

手下觉得莫名其妙：“什……”

他话没说完，杨平手里点烟的打火机倏地飞了出去，裹着厉风，直冲着藏在远处树后的悄悄打去。闫皓一把拎起悄悄的后颈，猛地把她往后一拽，打火机擦着她撞在树干上，当场炸了，一声巨响。

被发现了！

杨平嚼着烟尾，缓缓站起来：“哪儿来的两只小耗子？”

闫皓不能让悄悄出头，一咬牙一跺脚，愣头青似的从树后面蹿了出来，挡在悄悄面前，跟杨平大眼瞪小眼。

杨平把烟头从嘴里薅出来，睨了他一眼：“哦，闫家的小崽子。”

闫皓愣住了：“你……你认识我？你是谁？”

杨平露出一口黄牙：“什么都不知道你管哪门子闲事？我见过你那三脚猫的功夫，趁我心情好，懒得跟你一般见识，快滚吧。”

这时，闫皓身后突然传来一个机械的声音：“你是杨平。”

他回头看去，悄悄拿着个手机，不知用了个什么软件，能读出她输入的字。

杨平眉梢一动，目光落在那不起眼的小女孩身上。她看上去也就二十岁，脸上还带着少女的稚拙，嘴唇抿成一条线。

“我是朱俏，三十年前，我祖父是丐帮九袋长老之一，你还记得吗？”

杨平缓缓站直了。

“祖母和小姑姑就是被你出卖给行脚帮，后来被烧死在仓库里的。我祖父去找行脚帮的人报仇，却因此入狱，死在了里头。我父亲当时才十三岁，因为贪玩睡在了同学家，躲过去了。他永远也忘不了一夜之间家破人亡的那天，到死都在追查当年那件事。”

悄悄打完最后一句话，把手机塞给闫皓，从裤腿里抽出了一把半尺来长的匕首。

手机尽忠职守地替她说完最后一句话：“他看不见了，我来替他问清楚。”

“你？”杨平嗤笑，随后又叼出一根烟，“唉”地叹出一口大气，漫不经心地说，“好像是有这么个人，哦，你也是丐帮故人，缘分。”

闫皓手足无措地捧着悄悄的手机，看看这个，又看看那个。

三十年前，行脚帮和丐帮结仇的那场惨案，闫皓听老人提起过，但那些事离他太远，听过也就算了。

可是刚才悄悄——朱俏，说了什么？

什么叫作“那些被大火烧死的人，是因为杨平的‘出卖’”？而这么大的罪名，杨平居然也没有否认？

“一百一”的老人们还留着些江湖义气的老传统，碰到后辈会很照顾，悄悄既然也算“丐帮故人”，还是曾经为了丐帮家破人亡的故人，如果杨老知道了，一定会把她当亲孙女疼。她一直在“一百一”门口的宠物店里，为什么从来没有和杨老透露过自己的身份？

她到底是凑巧在那儿工作，还是在暗中盯着……杨老？

闫皓只是在为人处世方面反应慢，并不是迟钝，相反，因为社交恐惧症，他比普通人还要敏感一些。惊骇交加地盯着悄悄的背影，闫皓忽然意识到，悄悄是怀疑杨老包庇自己的亲生儿子，所以一直在“一百一”盯着杨老！

“悄……”闫皓刚想说什么，声音陡然变了调子，“慢着！”

作为一个哑巴，悄悄才是真正做到了“能动手就不叨叨”，不等闫皓开口，她已经一刀朝杨平捅了过去，把闫皓吓得魂飞魄散。仗着自己腿长，他几步蹿到悄悄面前，挡在两人中间，一把隔开她手上的匕首："你冷静！"

悄悄一把抓住闫皓的肩头，把他当成了一个大木头桩，以他为重心，穿花绕树的蝴蝶一般轻盈地"飞"了过去，闫皓反手一抓，女孩却像纸片一样，轻飘飘地擦着他的手指滑过。悄悄越过他的肩头，举着匕首，直朝杨平头顶扎去。

闫皓大叫一声，以为就要看见血溅三尺的场面。谁知杨平却只是轻描淡写地一抬手，一把攥住了悄悄提刀的手腕。

悄悄匕首落地，杨平叼着烟，一手背在身后，一手攥着她的手腕，把人往地面抡去。闫皓耳边传来"咔"的一声脆响，后脊汗毛倒竖，来不及细想，冲上去用双手接住悄悄。方才还轻盈如纸的女孩被杨平抡成了一把大锤，闫皓双手一沉，肩关节险些脱开，狼狈地被她撞出了两三米远，一屁股坐在地上，给悄悄当了肉垫。

悄悄的手腕折了，软绵绵地垂着，她疼得浑身发抖，蜷成一团。

闫皓惊骇地望向杨平——他从小练功夫，一直自以为混迹高手中间，挑战过喻兰川，被甘卿追捕过。他觉得这些邻居都比他厉害，可那都只是普通的厉害，还从来没有人让他产生过这种恐惧感。

眼前这个又瘦又小的男人躯壳里，仿佛藏了个非人的怪物，使用的是某种未知的力量。

杨平居高临下地看着他俩，因为赢得太轻松，还显得有点和颜悦色。他弯下腰问悄悄："小丫头，我问你，是谁告诉你，当年你家里人的死跟我有关系？"

悄悄的长发从鬓角散了下来，这么一会儿工夫，已经被冷汗浸透了。她从发丝缝隙里抬起头，露出一双让人心惊胆战的眼睛，闫皓感觉到她的身体骤然绷紧，张嘴喷出了一簇寒光，兜向杨平面门。

闫皓一开始没反应过来那是什么，傻愣愣地顺着悄悄的目光看去，见杨平狼狈地往侧后方向一仰，脸上和脖子上各留下一道抓痕似的伤口。

闫皓都傻了——传说中含在嘴里，往外喷暗器的“含沙射影”居然真的存在！

他小时候在故事里看见，无数次产生过疑问，嘴里含着这玩意儿，说话的时候不小心喷出来怎么办？

现在他终于得到了答案——因为人家从来不开口说话！

就在他满脑子跑火车的时候，悄悄已经从他怀里一跃而起，嘴里接二连三地喷射了几次细针，趁杨平狼狈躲闪，她就地一滚捡起自己掉落的匕首，划向杨平膝盖，重心不稳的杨平没躲开……

不，是他故意没有躲！

杨平只是略一抬腿，锋利的匕首就撞在他的小腿上，“当啷”一声，杨平的腿弯都没弯一下——他裤腿里有东西！匕首撕破了裤腿，露出里面金属撑的一角，就是这东西，把裤子撑出了形状，让他看起来除了有点瘸以外，与常人没什么不同。

闫皓看得目瞪口呆——那他的腿是得细成什么样？弯成什么样？

“找死！”杨平一巴掌朝悄悄拍了下去。

悄悄单手举匕首隔挡，没来得及把手抬起来，刀刃就被对方用手指夹住，她听见厉风响起，再要松手躲闪已经晚了，杨平一脚踹上了她的小腹。悄悄半个身体疼得没了知觉，这一脚把她从半跪的姿势踢趴下了，不等她缓过神来，喉咙就被一只手扼住了。

杨平压低声音，阴恻恻地笑了起来：“我看你再喷一次。”

闫皓顾不上再研究杨平是个什么程度的怪胎，一跃而起，从后面撞向杨平。杨平头也不回，极精准地略一侧身，避开正面，这一下宛如是毫米级的操作。闫皓顿时觉得往哪个方向使劲都不得劲，他不是个爱惹是生非的人，跟别人动手的经验不足，很微妙地卡了一下壳，杨平把手里的悄悄当成了武器，拎着她往闫皓身上甩。

闫皓投鼠忌器，怕撞坏悄悄，连忙放松肌肉，被撞得连退三步。而悄悄脸上充血，手脚好像开始抽筋了。

闫皓深吸一口气，扯开喉咙预备叫：“救——”

可是“命”还没喊完，他后背就挨了一闷棍，方才那个被他俩跟踪的西装男趁他注意力全在可怕的杨平身上，不知从哪儿找了根棍子，偷袭得稳、准、狠。

闫皓眼前一黑，“扑通”一声跪下了，差点儿直接断片儿。

“堂前燕？”杨平皮笑肉不笑地一提嘴角，“呵，傻大个，一代不如一代。”

他说着，看向手里意识已经模糊的悄悄，不知想起了什么，手背上突然暴起青筋——人手上的青筋一般发绿，有个别皮肤特别白的人会发蓝，然而杨平手上暴起的青筋是一种浑浊的紫色。

闫皓拼命撑着暗下去的视线，想爬起来，可是四肢仿佛和中枢断了联系，就是不听使唤。

悄悄……

就在这时，突然一声警笛响起，偷袭闫皓的西装男吓了一跳，棍子脱手。此人做贼心虚，整个人一缩，下意识地想跑，连杨平的手也不由自主地松了一下，空气从缝隙里涌进悄悄的喉咙，她撕心裂肺地咳了起来。

然而杨平丝毫不慌——警笛一般是安在警车上的，可他并没有听见车声：“什么人装神弄鬼？！”

回答他的是一块石头，从很刁钻的角度飞了出来，撞向他抓着悄悄的手，杨平侧身躲开，与此同时，有什么东西朝他躲闪的方向呼啸而来，恰好兜住了他一头。那是一件男式大衣，罩在杨平身上，就好像当空盖了一张大被一样，把他整个人蒙住了。有人趁他视线受阻，一棍砸向他的胳膊，逼他放手，抢下了悄悄。

杨平气急败坏地把大衣从身上扯下来，看见了三步以外的喻兰川。他觊觎“一百一”很久了，当然认出了这个“小喻爷”。

杨平：“你？”

“不是装神弄鬼。”喻兰川小心地把悄悄放在地上，收起了模拟警笛声的报警器，“是预演一下，警察说马上就到。”

杨平捂着被他砸了一棍的胳膊，忽然嗤笑出声：“我早听说老喻家出了朵‘奇葩’……哈！杨清当年对我横挑鼻子竖挑眼，他老人家眼界高，看不上我也很正常，我一直等着看他能找个什么样的接班人……”

喻兰川拎着随手带出来的球杆，眉目不动，并不觉得报警丢人：“客气了，不敢当，至少看着比您略微有点人样。”

杨平脸上的笑容渐隐。

“小喻爷，”他略微咬着牙说，“您多金贵啊，浑身上下买了八十种保险吧？我劝你啊，躲远点，别回头泥点子、血点子溅在你身上，不好洗。”

喻兰川把眼镜摘了下来，放在悄悄身边，目光扫过那小女孩肿起老高的手腕：“好的，谢谢，我也不愿意动手，所以咱们找个地方坐下聊好吗？等警察来调停你们二位的恩怨。正好他们最近也在找……”

他话没说完，杨平就突然动手，虚晃一招扇向喻兰川的耳侧，同时一阵风似的卷过，打算脱身。

喻兰川把高尔夫球杆挥出了“潇湘剑”的潇洒，往身前一横就拦住了杨平的去路。杨平轻哼一声，黑紫色的爪子从球杆底下伸过来，像一块有毒的烙铁打向喻兰川的胸口，喻兰川手上的球杆灵活地旋转起来，一钩一挑，卷起了杨平的手腕。

杨平根本懒得躲闪，细细的腕骨好像铁铸的，把金属球杆撞得一阵乱响，两个人在非常狭小的空间里拆起招来，杨平的手越来越快，几乎是一片虚影，喻兰川与人动手一向自认是走“技术流”，还是头一次被逼得这么左支右绌，更可怕的是，球杆和人手相撞，对方仿佛不知道什么叫疼，他的虎口和手腕却已经开始隐隐作痛，只能下意识地后退。

喻兰川的脚跟碰到了硬物，他已经退到了墙角——

“你和警察？”杨平一掌打过来，喻兰川侧脸躲避，分明没碰到，那一侧的脸和耳朵却火辣辣地疼，像被掌风扇了一巴掌，水泥黏着的砖墙竟松动了，簌簌地尘土飞扬起来。喻兰川把球杆往前一突，一“剑”刺向杨平小腹，杨平倏地一缩，一把攥住了球杆的另一端，冷笑着说：“留得住我吗？”

杨平说着，倏地把球杆往下一压，喻兰川的手腕被球杆别了过去。他也不跟杨平较劲，立刻松了手，在球杆弹起的瞬间一脚横扫，球杆被他踢得飞上了天，被人一抄手接住。

那人接话说：“那谁知道？说不定呢。”

甘卿拎着喻兰川的高尔夫球杆，缓缓地从小巷另一侧走过来，戴着口罩和兜帽，像一团飘过来的乌云。

杨平脸上终于露出了异色：“卫……”

“认错人了，”甘卿慢吞吞地走过去，踢了刚爬起来的闫皓一脚，把球杆和打车小票一起递给喻兰川，“盟主，你跑这么快干什么？回去别忘了给我报销——别人认错也就算了，您怎么也能认错呢，杨长老？卫骁……不是您亲手杀的吗？”

杨平那个西装革履的手下见事态不妙，已经跑了。说话间，喻兰川接过球杆，闫皓捡起了方才差点儿把他打晕的棍子，甘卿双手藏在外衣的长袖里——三个人正好把杨平团团围住。

杨平：“你是那个……”

“欸，是啊。”甘卿把有点闷气的口罩取了下去，鼻尖有一点红，一直被口罩覆着的脸上结着一层极细腻的水汽，嘴唇上似乎都有了点血色，看着却并不楚楚可怜。她长得分明不像卫骁，神情举止却无端让杨平陡然想起了那次噩梦一样的比武——

年轻的卫骁长着一张沉默寡言的脸，以一对五，整个人却无懈可击，他的眼神冷冷的，总是垂着，貌似谦逊，其实不怎么正眼看人。挑战者们苦心多年练就的功夫在他面前仿佛无理取闹，杨平虚张声势的自信也在那眼神下一点一点溃败崩塌，荡然无存。他半辈子都没能走出这个眼神，即使亲手打死卫骁，一雪前耻，午夜的噩梦仍然被这双眼睛如影随形地罩着。

“我以前在万木春门下学过一点皮毛，不讨师父喜欢，没学好就被逐出师门了。”甘卿轻轻地一提左手长袖，露出指尖雪白的刀片，“巧了，我有点残疾，您也有点残疾，咱俩谁也不算欺负谁。”

第二十二章

杨平这一生，最恨的就是别人说他“残废”，被甘卿扎得肺泡膨胀，气成河豚，当场克服了对万木春的心理障碍。他身如鬼魅似的欺到甘卿面前，作势要打扁了她。

而与此同时，甘卿也向后飞掠，她的脚步不像悄悄那么轻灵，似乎没怎么从地面上抬起来，拖着走，但每一步都刚好让过杨平撞过来的拳头和掌风，像是多一分力气也不肯使。轻浅的灰尘与落叶被她的脚步荡起，随风而动。

杨平袖子里突然冒出了一根伸缩棍，横扫甘卿胸口，甘卿倏地往后一折，起了球的破外套边角飞起，像一朵突然绽开的花，与此同时，喻兰川高尔夫球杆横空插入，正砸在那根伸缩棍上。

甘卿大大咧咧地笑了一声：“我踩您哪条尾巴了，杨前辈？一上来就要把平原砸成盆地……嘶……”

杨平双手把长棍往上一撬，把喻兰川逼退了几步。喻兰川被甘卿灌了一耳朵的口无遮拦，一时走神，手忙脚乱地踩了她一脚。

甘卿鞋尖都被他踩扁了，单腿蹦了起来，高手风范荡然无存：“小喻爷你哪边的！”

喻兰川无暇理她，紧跟着变招。

寒江七诀原本是重剑的剑法，有点“大巧不工”的味道，与花花绿绿的小喻爷气质不合。这位帅哥原来在阳台练剑的时候都得对着镜子，剑法可以不到位，但是姿势不能。所以他的“寒江七诀”，一直是潇洒灵动有余，欠了那么几分剑法本身的意思。然而此时，重量压手的高尔夫球杆限制了他的发挥，逼他删繁就简。而杨平是他生平罕见的高手，见招拆招的时候，他隐约触碰到了一些从未接触过的东西，窥见了先贤在寒江伴雪垂钓，空旷而幽寂，自生机断绝处远眺流淌的光阴，心忽然静了。

其实每一家武学体系，都不是比画拳脚，流传几千年至今，各有各的一套想法，大抵都可以归于“天地山川、人事起伏”八个字，这是喻兰川师父传功时教的第一课。只不过第一课就像课本前言，看似提纲挈领，其实一点也不重要，总是学着学着就被人遗忘。

追求比谁更厉害、比谁更能打，这都已经能算是“不忘初心”；更多的人追逐“排面”不算，连排面背后的势力利益也要一并揽进怀里。

抱着它们走火入魔，不死不休。

甘卿手指一弹，一把小刀片就冲杨平的脖子飞了过去，咽喉是要害，杨平凭本能躲了过去，小刀擦着他的前襟弹到了喻兰川的球杆上，喻兰川将那刀片轻轻一挡，刀片掉转方向，重新被甘卿捏在手里。

杨平双手架住球杆，不等重心稳住，要命的小刀就封住了他的走位，杨平大喝一声，才挥开甘卿，闫皓又一棍扫他下盘。这三个人都是且战且扰的打法，都知道自己和杨平的武力值有差距，谁也不跟他缠斗，过来沾一下就跑，换其他人上，既不让他走，也不与他正面交锋。

杨平磨了磨牙，他看出来了，这几个小崽还真妄图拖住他，等警察赶到。

他手中的短棍突然化成了一道虚影，打着旋地撞偏了喻兰川的球杆，与喻兰川错肩而过，随后短棍骤然伸长了几寸，精准地在闫皓手腕上一敲，闫皓手腕一阵发麻，武器脱了手。甘卿比他俩都机灵多了，根本不跟杨平对招，一触即走，翻飞的小刀片始终如影随形地拦着杨平的路，给了那两位随时追上来的时间。

杨平将短棍往地上一杵，与她隔着一米站定，忽然冷笑了一声：“无处不在、无孔不入的万木春，现在连光明正大地和人正面动手都不敢了！”

甘卿不怎么在意地回答：“没办法，残了嘛。”

杨平的眼角跳了几下，余光扫见戒备地包围过来的闫皓和喻兰川，缓缓地说：“当年卫骁签生死状比武，是以一对多。他虽然不是什么好东西，但好歹是知道要脸面的，如果他知道自己后辈儿孙从鹰狼变成豺狗，不知道有什么感想。”

甘卿混成这样，早就没有一颗晶莹剔透的玻璃心了，连“神婆”都当得风生水起，既不怕激将，也不要脸，根本不在乎：“那还能有什么感想？一代不如一代呗，您爸爸的口头禅。”

杨平：“……”

喻兰川每天被甘卿噎得上蹿下跳，好不容易有机会旁观她刀锋向外，心里说不出地爽。

甘卿发出诚恳的邀请：“您还有什么想人身攻击的，尽管张嘴。”

杨平双颊紧绷片刻，不知想起了什么，忽然又笑了：“你们想拖到警察来，又能怎么样？”

喻兰川：“不怎么样，但你要是想像打我们一样打警察，就是袭警，下一拨来的可能就是枪子了。”

“实话告诉你，就算他们抓了我，我想越狱也不是越不了。”杨平冷笑着说，“就算我老老实实地跟他们走，他们又能把我怎么样？我有什么罪名？打伤那个小丫头？是她持刀行凶在先，我只是捏断了她拿刀的手腕，都没要她的命，过分吗？”

甘卿意识到了什么，眼神冷了下来。

“至于组织参加黑社会？我已经被逐出丐帮十八年啦，诸位，丐帮的事，找得着我吗？”杨平把伸缩棍一竖，搭在臂弯里，“你们说我三十年前烧死了谁谁谁，八年前又打死了谁谁谁，真是血口喷人啊，有证据吗？”

悄悄强撑着站了起来，小哑女张开嘴，奋力地“啊”了一声。

杨平根本懒得给她正眼，浑浊的眼珠锁定了甘卿：“死人骨头都烂成渣了，卫骁那三间半小破房也早就变成草坪了，我不承认，你能拿我怎么办？啊？你又能拿王九胜怎么办？”

甘卿的声音压在沙哑的喉咙里：“果然是王九胜？”

“不然还能有谁？”杨平说，“当年我众叛亲离，丐帮这帮孙子一个个忙着舔老帮主的脚，捧他‘大公无私’，谁也不听我调配。除了行脚帮，还有谁能掘地三尺，挖出卫骁这条藏头露尾的蚯蚓？”

甘卿的手指尖来回摩挲着手中的刀刃。

杨平：“怎么样？是不是想杀王九胜？杀去吧，杀完你可就得隐姓埋名躲通缉令了。”

喻兰川：“这你就不用管了，你……”

杨平朝甘卿举起伸缩棍，指着她说：“不如你和我打个赌。”

甘卿撩起眼皮。

“让闲杂人等都走开，你也不要躲躲藏藏了，过来跟我分个高下，让我见识见识，‘庖丁解牛’的神技还在不在。输了，滚回去当你的缩头乌龟，这辈子再敢来找我麻烦，你师父就下十八层地狱，剥皮抽筋，永世不得超生。”

甘卿：“要是我赢了你呢？”

杨平像是听见了什么天真烂漫的孩子话，忍俊不禁：“那我就自己向警察自首，并且保证绝不独自倒霉，一定帮你把王九胜拖进去当——垫——背！”

喻兰川一皱眉：“甘卿……”

甘卿冲他一抬手。

喻兰川：“他只是想趁机脱身，智障才会上这种当！”

甘卿的目光钉在杨平身上，从兜里掏出缠手的布条，一圈一圈地绑在右手上。

喻兰川：“你要干什么？”

说好的不冲动呢？说好的冷漠自私呢？

甘卿把外衣脱下来，递给瑟瑟发抖的悄悄：“我就是智障，见笑。”

方才还在暗爽的喻兰川结结实实地吃了一记现世报，抬腿就要上前，忽然眼前有什么东西破风而来，喻兰川倏地顿住脚步，缓缓地低下头——一枚小刀片当当正正地钉在了他皮鞋前端的沿条上！

“别捣乱，乖。”甘卿轻轻地说，“不然我还得分神对付你。”

杨平龇牙笑了起来，三对一的局面彻底回不来了，因为甘卿这样说了，她就真的会跟同伴动手，而围剿杨平这样的高手，别说分神内斗，就是配合不当，都会被他轻易钻空子溜走，喻兰川他们只要还有理智，现在最优的选择就只能是观战。

“胆子不小，你还真敢，”杨平说，“卫骁当年可是败在我手上的。”

“卫骁没有败在你手上，”甘卿一字一顿地说，“他是败在王九胜手上的，你只不过是受王九胜驱使，过去收了个尸，还有——上一个用你这种语气，说我‘胆子不小’的人是卫欢，尸骨早就被蛆舔完了。”

杨平双手握紧了拳，随着他双臂充血，嶙峋的皮下暴起的血管越发狰狞，远看，那双手有点发紫。他猝不及防间率先出手，这一次，甘卿没有左躲右闪，“嗡”的一下，刀刃和伸缩棍摩擦出了让人牙酸的动静。

闫皓下意识地往后退了一步，有那么一瞬间，几乎觉得那刀光就在他眼前闪过。

生在和平年代的观战者们第一次实实在在地感受到什么叫逼人的杀机——喻兰川和闫皓都跟甘卿动过手，知道她挺厉害，但大体上来说，类似于班级里每次考试都拿“优秀”的同学的那种厉害。

喻兰川甚至一度觉得她就是个小花招比较多的“失足少女”。

直到这时，他才后知后觉地意识到，当年的少女“失足”，是因为她在十七岁的时候手刃了卫欢。

那不是什么手无缚鸡之力的猫狗，是血债累累、穷凶极恶……她的同门师兄。

原来甘卿从来没有跟他们认真过。

就这么一晃神的工夫，杨平和甘卿已经错身而过，杨平的伸缩棍敲在了甘卿的肋骨上；与此同时，他不自然地一偏头——眼皮上被小刀划了一道细长的伤口，要不是他闭眼快，这一刀是要落在眼球上的。

甘卿结结实实地挨了一棍，上身略微晃了晃，因为感冒而透出几分血色的眼圈好像又红了几分，她没吭声。

但她反应慢了。

她这些年浑浑噩噩，随波逐流，满脑子都是下班后的烤串，刀钝了，手也软了。喻兰川自以为把她从违法犯罪边缘往回拉，几次三番地跟着提心吊胆，其实没有必要……真到那个关头，她也不一定下得去刀。缠了布条的右手不抖了，却仍然没有抬起来的力气，像条假肢似的悬在她身上，挨了一棍的右肋火烧火燎的，内脏都跟着震了几下。

杨平当然看出来了，他缓缓地用拇指抹去眼皮上的血迹，舔了一下：“你是功夫都还给师父了吧？”

话音没落，刀锋已经落到了他颈侧，杨平猛地将伸缩棍往上一抬，隔开她的刀片，那只惨白的左手却灵活得出乎意料，刀片迅速地从食指“游”到了小指，致命的刀锋凝成一线，兜过伸缩棍，转向杨平的喉管。然而就在要划破油皮的刹那，她突然觉出不对。

杨平的手掌从底下穿出来，手腕折成了一个常人折不到的角度，一掌打向她胸口，手掌紫得发黑。

卫骁就是被这一掌打死的。

情急下，甘卿只来得及把右臂挡在身前，骨头断裂的声音响起——她整个人被推出了将近十米，后背重重地撞在一根废弃的电线杆上，垂下来的右臂让喻兰川怀疑她断开的骨头戳破了皮肉！

身材比较单薄的人是最禁不起撞击的，甘卿几乎眼前一黑，有那么一两秒，甚至怀疑自己是不是晕过去了，耳畔轰鸣作响，随即又被剧痛强行拉回神志。

喻兰川扑了过去，闫皓双手握紧了他的棍子，紧张地瞪着杨平。

杨平居高临下地睨了甘卿一眼，好整以暇地笑了。

"万木春，显赫一时，"他说，"有什么用呢？时过境迁，再回头看看，卫骁也好，后辈也好，都是浪得虚名啊……亏我记挂了那么多年。既然这样，我就先走了，万木春一门已经沦落到了这种地步，总不会说话不算话吧？"

喻兰川一把揽过甘卿："慢着，她输了，我可没说让你走！"

"小喻爷啊小喻爷，"杨平慢悠悠地把短棍往袖子里一收，摇头叹了口气，"你见过血吗？"

喻兰川无言以对。

"家猫，"杨平笑了一声，"就别在野外张牙舞爪了——乖。"

喻兰川长到这么大，在练武这方面一向很佛，很少有什么求胜欲。毕竟他活得"主流"又成功，从小到大都是"别人家的孩子"，熟知社会上的各种明暗规则。

无论是闫皓迫于长辈期望的挑战，还是那些人为了面子起的纷争，在他看来都幼稚可笑得很——自己把日子过得跟狗屎一样，还急赤白脸地争这些没用的东西，跟沉迷网游的小孩有什么区别？甚至那一次，杨老和韩东升他们为了从保健品传销窝点里捞人，亲自打上门去，他也觉得他们这种意气用事治标不治本，不够高明。

喻兰川平生最不缺的就是自信，寒江七诀作为一项兴趣爱好，只是无足轻重的锦上添花而已，练得好不好，有什么关系？这还是他有生以来第二次，心里被浓浓的无力感拥塞，恨不能舍弃这具肉体凡胎，突然长出三头六臂，变成他很小的时候幻想过，长大后又嗤之以鼻的大侠形象。

上一次他被无力感压得喘不过气来，是在十五年前的那个垃圾填埋场。

两次竟然都是因为同一个人。

可是，没人能上天入地、无所不能。

哪怕喻兰川能调动无数社会关系，横扫燕宁的非法保健品传销市场，也还是在杨平这种死猪不怕开水烫的人面前束手无策。就像当年卫骁继承了万木春的绝技，隐姓埋名，也没能带着他的小姑娘得一个好下场。

警察还在路上，旧案的线索却已经湮灭无痕。

他打不过杨平，就是打不过。

“万木春不应该是这样的，”杨平好整以暇地抬脚就走，一边走，还一边说，“我听说过你师祖春先生……应该是这个辈分吧——他动手杀人的时候，哪怕对方的刀剑抵住了他的喉咙，也会送出自己的刀，就赌谁的喉咙裂得快。你方才要是不收，也许是你先割了我的喉，也许是我先把你打死，这都没准，可你收了。”

甘卿单手试图把自己撑起来，无意识扣紧的左手被剃须刀片割得鲜血淋漓，被喻兰川强行捏开，扣住她的手腕。

“功夫姑且不论，你根本就不敢赌。”杨平说到这里，正好走到甘卿面前，低下头，轻蔑地看了她一眼，“真是你杀了卫欢吗？看不出来啊，不会是卫骁那老小子干完不敢认，推你出去顶罪吧？那你可真孝顺。”

甘卿缓缓地抬起眼。

"你没有血性，"杨平略微前倾，压低了声音对她说，"这正常，女人都没有血性，天生的，平时嘴上可能比谁都狠，一到生死关头，就全显出来了。我走了，记着你说过的话……不过你就算食言而肥也没事，手下败将，哈！敢来找我，我随时恭候。"

就在这时，一根高尔夫球杆横在了他面前，喻兰川冷冷地说："慢着。"

"小喻爷，"杨平假笑一声，"还有什么指教？"

喻兰川小心地把甘卿放好："跟你打赌的是她，我没同意你走。"

闫皓没什么主意，但够义气，方才还手足无措地站在一边，一听喻兰川表态，立刻也跟着扛起了棍子："小喻爷，你……你小心！"

闫皓的话音突然变了调，因为杨平猝不及防地动了手，一掌劈向喻兰川，这一下的声势比方才打飞甘卿那一下还可怕。他掌风没到，喻兰川已经有了窒息感，一个文明人，哪儿见过这种搏命的打法？

喻兰川当场就连退了七八步，球杆在手，差点儿把从小练熟的招式都忘了。

闫皓心惊肉跳，看得一阵绝望——这还打什么打？能把大魔头安全送走就不错了。

杨平一挑眉："还来吗？"

喻兰川紧绷的嘴角忽然往上一翘："来。"

可就算打不过，又怎样呢？

总有那么一些时候，是要放下理智、放下一切，忘记那些高高在上的"策略"，忘记得失，朝着本能和勇气指引之处，头破血流地走。

"你这是找死。"

"我听人说，你从小就因为身体发育不良，练功事倍功半，"喻兰川飞快地说，"练了小半辈子也没见练出什么名堂，跟人比武还采取围殴攻势，围殴之后还被人打得屁滚尿流。后来蹉跎岁月，又被打断了腿赶出丐帮。好的时候功夫不成，断手断脚了反而能逆袭？我不信。像您老这样的人品，居然说比武就比武，打断她一条本来就不听使唤的胳膊就放嘴炮走人，这么得饶人处且饶人吗？我也不信。”

杨平眼角倏地一抽。

“你说证据不足，所以你不怕警察，我同意。那么既然你不怕警察，为什么还要急着脱身？”喻兰川轻轻地眯了一下眼，“我找不到别的解释，只能想到你用了某种作弊的方法，让自己突然变得很厉害。邪功的原理我不太懂，但药物的可能性更大，它的功效有时间限制，是不是？所以你想把我们吓唬住，再也不敢挡路。这个时间限制是多少？五分钟？十分钟？还是限制你用邪功的次……”

喻兰川没说完，杨平好像为了证明他说得不对一样，突然朝他扑过来，球杆和诡异的手掌短兵相接，传导过来的力量竟然比方才还要骇人，喻兰川双手险些脱力，寒江七诀在他手里也走了样，被杨平狠狠地一扭，他右手手腕一阵剧痛，关节瞬间脱开，球杆掉了！

喻兰川平平安安地长到这么大，连运动事故都没出过一次，还是头回体会到“伤筋动骨”，真的疼，恨不能满地打滚的那种疼。那一瞬间，他忍不住想：挑断自己的手筋是什么滋味？

也是这种疼法吗？

不……应该比这更痛苦吧？甘卿这个女人到底是什么做的？怎么能下这种狠手？

闫皓大叫一声，举着木棍抡向杨平后背，杨平一横胳膊肘就撞飞了闫皓抡过来的木棍，泛着血丝的眼睛恶狠狠地看过去，透出近乎兽类的凶光——发紫的血管已经爬到了他的脸上，蛛网一样黏在太阳穴两侧，这让他看着有点不像人。

闫皓吃了一惊，下意识地往后退。

杨平朝他逼近。

喻兰川呼出白雾，不住地颤抖，强忍着没叫出来，硬是挤出了一个冷笑："这……算什么？新型毒品吗？你跟人分享过吗？你那些拥趸不会也有吧？杨前辈，你说警察抓不着你旧案的把柄，那……吸毒贩毒了解一下？"

杨平怒吼一声抓向喻兰川的肩膀，突然寒光闪过，正戳向他手肘关节，杨平躲闪不及，袖子上被划了一条破口，沿手筋方向，三寸两分！

"别跟他们玩了，"甘卿吊着一条胳膊，单手捡起了悄悄方才掉的匕首，指尖微松，几个带血的剃须刀片掉了下来，指尖扫过刀刃和血槽，缓慢而坚定，就好像她的左手不是成年之后才凑合着用，而是从小锤炼过一样，从来没有哆嗦过，"热个身而已，我什么时候……咯……认输了？"

杨平快被他们几个搞疯了，如果说之前动手还讲究个比武的姿态好看，这回就是"爆种"后彻底什么都不顾及了，完全成了一条疯狗。

伸缩棍一棍敲碎了墙砖，暴风骤雨似的朝甘卿砸去，甘卿右臂折断，基本是半身不遂状态，左躲右闪的时候显得拖拖拉拉，几次三番都是快要砸到她的时候才险险躲过。杨平当然发现了，专门针对甘卿右侧，看她哪边不灵活就瞄准哪边……就像当年他们几个人围攻卫骁，看似是卫骁狂妄，以一对多，其实他们几个早就暗中分工明确。那一次也是有同伴使出"缠"字诀，纠缠住卫骁拿刀的右手，好让他趁机动手。

他们并不觉得这样不公平，因为同辈都是这个水平，你卫骁凭什么出类拔萃？凭什么这么狂呢？所以一定是你作弊了，或者万木春一派本身就是邪术，不配和他们名门正派并列五绝，不配和正经武功相提并论。

既然是邪术，不能用常理看，那么多人打一个，当然也是有道理的。

只要能赢。

此时两人动手的速度，旁观的闫皓已经看不清了，这时，远方终于响起了警笛声。与此同时，杨平一拳砸向甘卿的太阳穴。她右臂骨折，根本不可能隔挡，如果低头躲，杨平的伸缩棍就会顺势砸在她头顶。

但这一次，甘卿没有躲。

锋利的匕首划破了杨平的胳膊，毫厘不差地沿着那手臂上狰狞的疤痕挑了上去，与多年前卫骁挑断他手筋的那一幕离奇重合，杨平发出了一声惊恐到极致的惨叫，而与此同时，一条胳膊凭空插了进来，正挡在杨平的拳头和甘卿之间，手背碰到了她的脸。

甘卿以左脚为轴旋转出去，匕首划到了底，一扳一卡，把他整个人掀了下去。

杨平像是遭受了极大的痛苦，蜷成一团倒在地上，浑身不断地抽搐，赶来的警察一拥而上。甘卿举起左手，把匕首扔在地上，几不可闻地冲杨平笑了一声："你也配说血性？"

不明情况的警察冲上来，迅速把在场的所有人都隔离开："有人受伤！叫救护车！"

杨平嘶声惨叫："我的手筋！我的手筋！"

"天！手筋？是刀伤，匕……"两个警察艰难地按住杨平，把他翻过来，看清了他紧抱的那条胳膊——上面有一条血线，刚好沿着他胳膊上的一道伤疤划的，与伤疤重叠在一起，显得格外狰狞可怕……

然而再仔细看，那刀伤只是破了表皮，才刚刚触及真皮层的深度，既没伤筋，也没动骨。这人凝血功能还真不错，这么一会儿，伤口已经有止血的趋势了。

警察莫名其妙地看了看在地上滚的杨平，又看了看狼狈的甘卿，这么一对比，地上躺的这位宛如一场失智的碰瓷。

"哎，"一个警察头疼地掀开大盖帽，抓了一把稀疏的头发，无奈地说，"大爷，您这手筋是画的吧？醒醒，别装啦。"

杨平充耳不闻。

他曾经以为自己在阴暗狭窄的泥塘后巷里，亲手了结了自己一生的噩梦。为了雪耻，他不辞辛苦地把那些废物都找来旁观，让他们做人证，证明他把卫骁打得跪地求饶。

可原来没有。

噩梦是不吃自欺欺人那一套的，他粉饰多年的假象薄如蝉翼，被小刀轻轻一刮，就露出狼狈的真相来——

那一次，卫骁是先被王九胜派人用阴谋撞伤，内脏出血、行动不便。如果不是这样，杨平根本没有再次与他动手的勇气。

“这人怎么回事？”警察看出了杨平的神志不清，疑惑地问，“精神不正常吗……我去，他这脸上和手上是什么东西？文身吗？”

“不知道，”没穿外衣的甘卿好像才感觉到冷，吸了吸通红的鼻子，被冷风一刺激，眼泪又下来了，瓮声瓮气地说，“突然就这样了，跟犯病了一样，凶得要命，吓死人了。”

警察的表情严肃起来，显然是联想到了瘾君子的症状：“叫救护车，再联系一下法医同志，都带回去……哎，这怎么还有个小女孩伤成这样？跟你们是一块儿的吗？成年了吗？”

一个女警连忙跑过来查看悄悄的情况，警察们脚步匆忙，杨平几十年份的惨叫声听起来撕心裂肺。

甘卿有些出神地看了一眼自己的手——她的右手是著名的万木春杀人刀，天赋异禀，锋锐无双。

但……当年被她亲手废了。

只剩下一只天生不是惯用手的左手，最开始是在她最茫然无措的几年里，为了方便日常生活随便锻炼的。

这只手以前还没有沾过血。

她抬起左手，轻轻地抹了一把方才被喻兰川的手背磕过的脸颊，隔着人群，向他的方向看了过去。

她看见喻兰川托着一只脱臼的手腕，正低声跟旁边的警察说着什么——对了，他们几个人在这里，拿着棍棒和管制刀具，打得一地狼藉，这事肯定是得跟警察解释的。

可要怎么说清楚呢？甘卿漫不经心地想。

她脑子里只是闪过了这么个疑问，问完就完，也没打算自问自答。她像是处于某种灵魂脱壳的状态，什么都懒得想，骨折的右臂和喘口气都疼的胸口也被她暂时放在了一边，周围的人声、惨叫声、风声，一起清寂了下来。

她神奇地走了神。

“万木春的刀有魂，你要学会顺着刀锋走，不要自己跟自己别扭。”

她很小的时候，卫骁随口对她这么说过。

“什么叫顺着刀锋走？”

“就是该怎么样就怎么样，有一天你玩刀不切手，大概就能懂了——你的刀准备好的时候，你是有感觉的。你什么时候退缩了，它比你先明白。”

卫骁说得对，她对杨平出第一刀的时候，心里是有犹疑的，因为左手并不是她的惯用手，她既没有信心，也拿不准自己能出什么样的刀。她已经将近十年没有真正意义上跟人动过手了，像一块用过的餐纸，蜷缩着自己的生命力，期待岁月抹去那些难解的恩仇。

十年，废一个人，足够了。

她甚至没想好应该怎么办——万一真的一刀挑了杨平，就算她死猪不怕开水烫，喻兰川和闫皓会不会也被她连累呢？她的刀锋上压着里三层、外三层的犹豫，不堪重负，所以才会在杨平动手的一刹那，本能退避，差点儿被对方一巴掌扇死。

真正让她找到第二刀的感觉的，其实既不是杨平的嘲讽，也不是喻兰川和闫皓的死不退让，而是……喻兰川当时说的那些话。

有那么一瞬间，甘卿意识到，杨平对周遭一切，可能也是充满彷徨恐惧的，他的邪功、战绩，都是吓唬人的幌子，他因为内荏所以色厉……就像她自己一样。

成年之后，吃饭、写字之类的小事换惯用手都很艰难，何况是万木春的刀法？她为了这手左手刀，多少次把自己割得鲜血淋漓，手心、手背，几乎每一寸肌肤都是破损后重新长的。她一边绝望地磨炼自己，一边还要装神弄鬼，做出一副“跳出三界外”的不问世事模样，总在避免正面对抗，唯恐别人知道自己的底牌，发现她不是什么神秘的世外高人，而是个把日子过成“日”的二百五。

第二刀出手的时候，她知道刀往哪儿落，落多深，所以心无旁骛，并没有在意杨平那能把人头打爆的拳头，也没有来得及细想是对方的拳快还是自己的刀快……这不是杨平说的“血性”“豪赌”之类的，只是祖辈传下来的千锤百炼的直觉。

可她没想到，有个傻子居然伸手替她挡。

他没有常识吗？不知道两大高手争斗的时候容不得别人插手吗？如果不是杨平被她那一刀吓破了胆，拳到一半走了样，他那只手还在吗？

“我年轻的时候，你师祖告诉我，不管过去是什么样，现在是什么样，未来又会是什么样，你都不用有那么多犹疑，沿着刀锋一直走就对了。谁还不是如履薄冰呢？我们啊，争的就是一线生机和决断。”

“甘卿，往事不可谏，来者犹可追。”

喻兰川似乎感觉到了什么，皱着眉抬头看过来。当他看见甘卿的时候，紧绷的眉目无意识地松动了一瞬，但随后又不知想起了什么，很快阴云遍布起来，大步朝她走过来，打算好好跟她清算一下她临阵自作主张的账。

“你……”他还没来得及开骂，就看见甘卿突然笑了。

她笑起来眼睛动得比嘴角多一些，略微有些瘦削凹陷的两颊忽然被笑肌填满，看起来小了好几岁，像是清泉流过、霜尘退尽，透出一股狡黠纯粹的天真意味，在喻兰川的心里投下了一串石子，搅起没完没了的涟漪。

喻兰川右半边脑子里只剩下这些泠泠作响的涟漪，左半边脑子里的愤怒还在垂死挣扎，并叫嚣道：她还有脸笑！

于是两个脑半球之间的胼胝体撂挑子罢工，喻兰川自己跟自己斗了个死去活来，斗得他失智又失语，“你”了半天，没“你”出个所以然来。

这时，甘卿抬起没断的手，搭在他的肩上。

“小喻爷啊……”她叹息似的说，喻兰川皱着眉等她接下来的话，甘卿却一边笑，一边低下头，额头抵住了自己搭着他肩的手背，就像扒在他肩头一样。

这么突然！

喻兰川脑子一炸，正在交战的两个脑半球一起人仰马翻。他喉咙轻轻地动了动，屏住了呼吸。

下一刻，甘卿整个人朝他压了下来。

喻兰川手忙脚乱地接住她：“喂！”

但她已经没了意识。

甘卿很轻，是他一只手就能接住的重量，修长的四肢像一副徒有其表的空架子，只要松弛下来，随意揉搓一下，就能归拢成很小的一团。

喻兰川心里无端生出一个念头：要是沥干了血肉，她在人间也许就剩不下几两了。

这让他的心狂跳起来，揽住甘卿的胳膊下意识地收紧，又被赶来的医护人员强行扒开。他们七手八脚地扑上来，把人从他怀里抢走。

“等……嘶……”喻兰川下意识地想护住她，却忘了自己脱臼的手腕，一使劲，半边身体都疼麻了。

“先生，你的手要看一下！”

“慢点，小心！”

喻兰川想追上甘卿的救护车，被人强行拦下来，又兵荒马乱地塞进了另一辆车送到医院，拍片、关节复位……刚冷敷上，又让警察叫去反复盘问，做了笔录，好一通折腾。

小说里写到大侠们“事了拂衣去，深藏身与名”真是太省事了，这些大侠背后肯定都有团队和助理！

再看他这边的几位“队友”，有不会说话的，有会说但是说不利索的，还有一位直接躺下装死、一点儿事不顶的，只剩下喻兰川一张嘴，单枪匹马，累得心力交瘁。

直到天完全黑了，喻兰川才消停下来，又赶回医院去看甘卿。

医用冷敷用品贴着他的腕骨，他用余光瞄着病床上的人，有一搭没一搭地听医生说：“她身上最重的伤是右臂骨折，这个右手以前也受过伤，还有病根，以后千万要注意保护啊，不然会影响日常生活。其他倒是问题不大，主要是重感冒加上撞击，可能会有点轻微的脑震荡，醒过来以后也许会有头晕呕吐症状……你是家属吗？”

喻兰川心不在焉地一点头，下巴尖刚落下，才反应过来不对，连忙又摇了摇头：“就……朋友。”

“哦，”医生说，“那麻烦你打电话通知一下她的家属吧，没什么大事，就是可能会感觉不太舒服。”

医生随口叮嘱完，也没等他回答，就去忙别的了。

喻兰川按着冷敷袋，干站了一会儿，在病床边坐下。天光暗淡，细细的点滴打进甘卿的血管，她的手像透明的。

“我通知谁啊？”喻兰川无奈地想。

虽然是互殴，而且杨平实在不像什么好东西，但最开始确实是朱俏先动的手，她还带了有血槽的匕首，这个瞒不住。所以在事情完全调查清楚之前，小哑女暂时还被拘着，喻兰川叫来了一个律师朋友帮着跟进，才知道俏俏原来还没到十八岁。这就还好，不管怎么说，肯定会酌情从轻发落。

闫皓他们仨都属于试图阻止行凶的，又有闻讯而来的于严帮忙回转，所以目前还都没事，就是得随时听候公安局召唤，配合调查。

闫皓受的主要是精神创伤，医院不管治，于是就先回家了，甘卿的情况则更复杂一点。

她毕竟有案底。

尽管喻兰川再三说明，甘卿是接到朋友定位以后，跟自己一起去的，还有出租车行车记录和她手机上的付款信息为证，但警方仍对她在其中掺和的一脚非常警惕，要不是她晕过去得及时，这会儿大概也要在公安局里接受盘问。他们用一种谈不上恶意，但很奇怪的语气问喻兰川：“你跟她挺熟啊？啦……你一个好好的……怎么跟这么个人混在一起？哦……是邻居，那怪不得了。你们这楼也住得够杂的，什么人都有啊。”

喻兰川明白他们的意思——她的人生是有“污点”的，因此格外引人怀疑。

尽管大家其实都是在淤泥与浊浪中起起伏伏，没有人能活得天真无邪，可是每个人都恐惧“污点”标签。严重的如“案底”“失足”，不严重的如“离婚”“传染病”，性质都类似，一旦被烙上，就一辈子也无法摆脱。

白璧微瑕了，仍然是璧，但人生有瑕，似乎从此以后，也就只有当人渣一条坦途了。

喻兰川喉咙里像是堵着块石头，上不来、下不去，噎得难受极了。

这时，隔壁床一个勤快的护工顺手帮他端了个痰盂过来，打断了喻兰川的思绪。

喻兰川："哦，谢……"

"不用谢，我刚才听见大夫说了，"护工说，"脑震荡可是很难受的啊，会吐成海参的！"

喻兰川："……"

护工前脚出去，他就听见病床上有人轻笑了一声，猛地一回头，就看见甘卿睁开了眼睛。

甘卿的眼睛一睁开，蜷缩成一团的四肢就像又重新长出了筋骨，她的眼神点亮了一口活气，充进肉身，立刻就既不脆弱也不孤独了。

"你醒了？"

"能不醒吗？那么大嗓门儿，都咒我变成海参了。"甘卿动了一下，低头看了一眼自己的两条胳膊——她的左手挂着点滴，右臂上着夹板，没有富余的手了。

喻兰川意识到她是想坐起来，刚要伸手扶，就见她垂着两只手，用腰腹的力量轻轻松松地把自己折了起来。坐到一半，她突然不动了，眼睛盯住了病床一角。

喻兰川半跪下来紧张地问："想吐吗？"

甘卿略一摇头，随后狠狠地一咬牙关，硬是把一个喷嚏逼了回去——她确实还头晕，不敢大张旗鼓地喷个痛快。虽然她鼻子不痛快，眼睛里也总有没完没了的泪水，心里却是痛快的。

十年蒙尘，她把蜷缩成一团的自己伸展了，重新亮出了刀刃。

喻兰川起身探了探甘卿额头的温度，检查挂水进度，又给她倒水，团团转了好一会儿，才想起来忘了问医生她现在吃东西有没有禁忌，又急急忙忙地走出病房找人打听。

甘卿在他身后吹了声流氓哨，还带拐弯的。

喻兰川："……"

“别忙，小喻爷，”甘卿冲他招招手，“我没什么胃口，你过来跟我说说，警察应该还会单独找我问话，串个词，省得给你穿帮。”

“实话实说，什么叫给我穿帮……你干什么！”

甘卿直接把吊针的针头拔了。

“麻烦，”她随手揪了根棉签按住血管，略微活动了一下发麻的手指，“我一年到头感冒药都吃不了半片，打不惯这个，看见它就想上厕所，你又不能扶我去。”

喻兰川：“……”

甘卿从下往上地望了他一眼，笑了：“我知道你是没什么意见，但别的病人可能不同意，让人当流氓打一顿多不好，都不好意思还手。”

喻兰川从牙缝里挤出一句话：“谢谢你的经验之谈，以前没少……”

他话没说完，甘卿忽然攥住了他脱过臼的胳膊。她的手仿佛比冰敷袋还凉，喻兰川轻轻地哆嗦了一下，僵住没敢动，任凭她用带着薄茧的手指尖一寸一寸地在伤处逡巡了一圈。

“还好，”甘卿说，“不算伤筋动骨，肿得不厉害，没有多余的肌肉拉伤。”

喻兰川这才回过神来，一把抢回自己的胳膊，板起脸：“瞎摸什么！”

“要钱吗？要钱就用车费抵吧，不用给我报销了。”甘卿摆摆手，脸上不正经的笑容还没退下，话音却忽然一转，“尝到过杨平的厉害，怎么还敢给我挡一拳？吃一堑不长一智啊？”

她不提还好，一提这茬，喻兰川气都不打一处来：“我不挡，你的脑袋现在就不是震荡，是爆浆了！”

甘卿听他有理有据地对自己的脑浆成分展开了长篇攻击，插了几次话，未果。甘卿只好一边听，一边坐在旁边喝水，喝完刚把水杯一放，喻兰川就像上了发条的机器人一样，自动站起来又给她续了一杯。

水是温水，温度熨熨帖帖的。

喻兰川：“……说好了只是把他先控制住，等到警察来再交差，你非得来‘江湖事江湖了’的那一套不可吗？你知不知道‘见义勇为’和‘互相殴打’的区别？你知不知道你还有……”

“案底。”甘卿接话说。

喻兰川倏地哑了。

“怎么？”甘卿不怎么在意地抬起头，“警察找你问话的时候应该重点问过了吧？你这么一个社会精英人士，是怎么跟前任杀人犯扯上关系的。”

喻兰川的嘴角轻轻一绷。

“我也想问啊。”甘卿冲他摊开手，“小喻爷，你不忙着出任CEO、迎娶白富美，整天跟我混在一起，不觉得跌份儿吗？你辛辛苦苦地奋斗事业，念书比谁都好，工作也出类拔萃，本来就应该过一帆风顺的生活，有我这么个不定时炸弹，就不怕哪天办出点儿出格的事来，连累你……”

“我会负责。”沉默了好一会儿的喻兰川忽然说。

“不、不用了吧，”甘卿舌头磕绊了一下，“咱俩还是清白的。”

“我是说我会为了我的选择负责，”喻兰川咬着牙，一字一顿地说，“就算真有那么一天，我也愿意承担自己有眼无珠的后果，不用你指手画脚，多管闲事！”

甘卿“欸”了一声，轻轻地说：“友情提醒嘛……”

喻兰川：“我想要的不是友情提醒！”

甘卿顿了顿，架在膝盖上的几根左手手指互相搓了几下，从喻兰川眼睛里的反光看见了自己——狼狈又落魄，还吊着一条不听使唤的胳膊，像条流浪了半辈子的土狗。

甘卿短促地笑了一下："小喻爷，你要不要先戴上眼镜再说？"

"行，"喻兰川说，然后真就从兜里摸出了眼镜戴上，"现在我可以接着说了吗？"

甘卿："……"

"你方才说那么多，是什么意思？"喻兰川居高临下地看着她，把眉挑过眼镜框，"我以为像你这样的人，没有配备自卑功能。"

"小喻爷，你好好说句人话，是不是能伤及性命啊？"甘卿叹了口气，"我只是觉得……不搭，呃……你懂，你跟我，各种意义上的。"

喻兰川嗤笑一声："前些年，全世界的时尚写手都统一认为运动鞋和'时尚'俩字不搭，谁要是胆敢在西裤底下穿一双白球鞋，基本就跟白衬衫下露出红秋衣一样罪孽深重。但是这两年运动风又成了时尚代言人，正装底下不搭一双不正经的鞋，反而像个卖保险的。搭和不搭，到底是谁说了算？"

"不知道，"甘卿想了想，一摊手，回答，"我买鞋都是去超市或者卖场，看谁家打折多就去谁家买，以耐脏为挑选标准。"

喻兰川："……"

甘卿笑了笑："我还没来得及举例子呢，你就替我举了——你看，这就是不搭。"

恍如一个在桃花源，一个在武陵源。

在江湖旧梦里偶遇。

梦醒，总归要桥归桥、路归路的。

喻兰川看着她的眼睛，觉得她眼睛里有种很特别的宁静，像一汪波澜不惊的湖面，原汁原味地倒映着周围的一切。

"你看我虽然没钱，但是花钱如流水，每个月最精细的规划就是提前把房租钱留出来，其他一分不剩。没事就爱躺着，业余爱好只有撸串，脖子上面的这个器官大部分时间都在休眠，说明书超过三行就觉得太长懒得看。我都不知道我能在燕宁待几年。”甘卿顿了顿，“……也许待不了几年吧。”

因为燕宁是个热热闹闹的大城市，大城市里，都是怀揣梦想逆流向上的人，她混在这中间怎么都不合群。这里对于她来说，只是个没着没落的故人故地。哪天她真的放下了，也就该走了。

喻兰川听完，就断言说：“像你这样的混混，将来会晚景凄凉的。”

甘卿的左手手指互相搓了一下，心里默念流氓从业准则——不能殴打长得漂亮的异性。

“我父母就是因为性格不合分手的。”喻兰川的头略微往后一仰，靠在墙上，他双手抱在胸前，静静地说，“我爸不喜欢束缚，特立独行，想起一出是一出，穷得叮当响，自己也不在乎，到处漂，饥一顿饱一顿的，他还觉得挺美。离婚后这么多年了，我妈还一直偷偷给他交着养老保险，过了六十就能领，就怕他将来去要饭。”

“感情挺好。”

“一直挺好。可惜……”喻兰川说，“套用土味网络流行语，就是‘爱上一匹野马，家里没有草原’。有了他俩当前车之鉴，我一直就觉得，被荷尔蒙影响的个人喜好是很愚蠢的，生活必须有条理。按照我的情况，我最好跟一个不太有钱、工作清闲稳定的居家型女性在一起。居家，这样她能通过照顾家庭改善我的生活质量；工作稳定，她自己赚钱自己零花，短时间之内不会给我造成额外的经济负担；不太有钱，自己迈不过首付的门槛，跟我在一起，她可以分享固定资产所有权——这种大家都能得到好处的关系才有意义。除此之外，为了方便长期相处，我还希望她跟我有同等的精神层次和自我要求。后来我发现这样的女孩一般都不居家，所以对我来说，保持单身是最经济的，没有风险，也能维持生活质量。”

甘卿作为一条头脑空空的咸鱼，听完别人条分缕析的人生规划，感佩得无言以对，只好赞颂道：“您可真是个善于总结经验教训的伟人……”

“可我心里这么清楚，”喻兰川打断她，“还是要重蹈覆辙。”

甘卿沉默下来，静静地凝视着他。

“我想试试，”喻兰川说，“看我有没有能力负担得起这样的生活……还有你。”

甘卿：“你这么说，我感觉自己就像杨总那些虽然不知道厉害在哪儿，但血贵血贵的‘兜子’。”

“不，”喻兰川低声说，“你是一场冒险。”

他透过镜片，目光细细密密的，流露出了一点湿润的情愫，像是清晨的露水，日出前才出现那么一小会儿，等日头和风尘起了，就悄无声息地隐去形迹。

因为罕见，所以偶尔碰到，近乎惊心动魄。

甘卿听完张美珍漫长的故事，回头撞进他目光里的时候，惊动过一次；之前她跟杨平在刀尖上对赌，他不假思索地替她挡下杨平那一拳时，又惊动过一次。

至此，已经是第三次。

事不过三。

甘卿自言自语似的叹息道：“那你是什么？”

恶旅难途里的……温柔乡吗？

喻兰川想了想，一本正经地回答：“养老保险吧？”

甘卿的肩膀骤然崩塌，撑在膝盖上的左手抬起捂住了半边脸：“小喻爷，行行好。”

喻兰川扶了一下眼镜：“毕竟你晚景凄凉是大概率事件。”

甘卿感觉自己快压抑不住麒麟臂了，脑壳疼，她吸了吸鼻子，有气无力地说：“……滚吧，求你了。”

喻兰川嘴角忍不住露出了一点没藏好的坏笑，伸手揉了揉她的头发，抬腿往外走去。

喻兰川把甘卿收到的信和照片交给了于严，让他想办法匿名递上去，没过几天，喻兰川请来的律师朋友打回了电话。

“还算顺利，幸亏这小女孩说话不方便，没什么乱说话的机会，知道我是来帮她的，也比较配合。”律师说，“我现在尽量把这件事定性成冲突互殴，而不是谋杀未遂。毕竟杨平手里那根伸缩棍杀伤力也挺强，到时候看看管制刀具的问题能不能大事化小，她年纪小也是个优势。”

喻兰川问：“杨平呢？”

“还在医院，”律师说，“不过他的问题跟你们没什么关系。你推断得八九不离十，这个人应该是长期服用某种未知药物，现在警察的神经都很紧绷，因为如果证实这属于新型毒品，事情就严重了，具体情况我这边也拿不到内部消息。我觉得这边动手打架的小事，警察都懒得管了。”

喻兰川：“他身上的外伤呢？”

“哎，说起这个外伤，真是绝啊。”律师说，“差五毫米就到轻伤标准，敢信吗？我说，动手的是哪位朋友啊，改天能不能见一面认识认识，这人真是又神又鸡贼啊！”

喻兰川：“……”

怪不得某人从医院醒过来就简单问了两句，一点也不担心警察找她麻烦！

“凑巧而已，想什么呢？”喻兰川毫无诚意地搪塞朋友，“你一个讼棍，怎么还有时间看武侠小说？等爆肝吗？”

“那就更要见了！运气这么好，不得跟人形锦鲤一样吗？哪个社会人不需要吸一口欧气啊……”

喻兰川把电话挂了。

他推开家门准备上班，正好碰见甘卿买早饭回来。

甘卿“早”字还没说利索，喻兰川就突然上前一步，凑近她的头发，吸了一口开架洗发水的味道。

“好便宜的欧气。”喻兰川点评了一句，顺手从她手里钩走了一袋豆浆。

甘卿：“……不用谢。”

当代男青年蹬鼻子上脸、恃宠而骄的速度这么快！

苗队的电话打断了杨逸凡的一个会，她抬手中断会议讨论，到隔壁茶水间听电话。

“抓住杨平了，”苗队告诉她，“这个人涉嫌使用违禁药物，可能还跟多起谋杀案有关，我们正在调查……就是恐怕不容易，时间太长了，证据都湮灭了。”

杨逸凡接完这通电话，转身回到会议室：“就按方才定稿的那一版，发吧。”

两分钟以后，杨逸凡的个人公众号、公司的公号都转发了同一篇声明，她对自己言行不当造成的不良影响道了歉，并宣布除了正在进行的合作项目外，暂停了公司其他业务，准备转型。

她的人生走过了一小半，大梦初醒，正需要醒盹，于是给自己和员工都放了个长假。

田长老他们那一批出现在照片上的人也被警察带走了，紧接着，行脚帮手里的黑店、黑车队被大批查处，福通达集团被经侦立案调查，王九胜连夜跑到了国外避风头。

跟丐帮挂点边的也都被暴风雨般扫了一通，一时间，燕宁街头巷尾乞讨卖艺的几乎绝了迹。

曾经在历史上呼风唤雨、横跨黑白两道的两大门派，就像两艘庞大但老旧的破船，在风雨飘摇中相撞，然后一同缓缓下沉。

浮梁的月蒙了云，寒江的雪随水东流去，堂前的燕子躲进了泥巢里，穿林的风烟消火散。

这个锣鼓喧天的隆冬走到了尽头，但仿佛刚开春，天气就迫不及待地热了起来。朋友圈里都在抱怨燕宁没有了春秋，只剩夏冬。“梦梦老师”拆了夹板，准备迎来新的销售旺季。张美珍对着镜子抹口红，抹完擦、擦完抹，换了三四支，回头问甘卿：“哪个好一点？唇釉是不是比口红遮唇纹，显得年轻活泼一点？”

甘卿揉了揉眼睛，怀疑自己可能是有点色弱，实在没看出来有什么区别，只好干巴巴地拍房东的马屁：“我美珍姐淡妆浓抹总相宜，用什么都好看。”

“还用你废话？一点用也没有。”张美珍不吃这套，翻了个白眼，“你以后的男朋友真省事，逢年过节不用在化妆品专柜前现眼，给你开瓶啤酒就打发了。”

甘卿也不还嘴，笑眯眯地看着她。只见张美珍对着镜子严苛地打量了自己一番，确定无懈可击了，这才拎起包，准备出门。

就在跨出大门的瞬间，张美珍忽然顿住了，然后一言不发地又回到屋里，卸妆洗脸，把被发胶强行固定的白发梳平了，摇身一变，从“美珍姐”变成了“张奶奶”，就这么朴实无华地出了门。

“请问……杨清是刚转到普通病房吧？探病怎么走？”

“哦，杨爷爷，”值班站的小护士站起来，“他们家属跟我打过招呼了。奶奶，您是探视亲友是吧？我带您过去。”

病房门口的杨逸凡抬起头，远远地冲张美珍颔首示意：“我先出去买点儿饭。”

张美珍与她擦肩而过，缓缓地抬起眼，透过病房的白墙与白门，看见一双苍老浑浊的眼睛，从半个世纪以前望过来。

像是眷恋，也像是在问她——

那些浮尘，都落定了吗？

卷五

譬如朝露

No Pollution
No Public Nuisance

第一章

音乐声突然停止，钟也停了，像是走到了时间的尽头，幽暗的小屋里一片寂静。

女人脸上轻松愉快的笑容渐渐消失，开始露出不安的神色，仿佛垂死的动物嗅到了不祥的气息，然后一步、一步地……走向关着门的房间。她推开房门，轻轻地伸手去拉盖在人偶身上的白被单。

“别——别——别掀！”刘仲齐要疯，心都快跳裂了，“这女的手为什么那么欠！不欠能死吗？”

下一刻，屏幕里一阵乱响，女人像被卷进蛛网里的小虫，绝望又惊悚地挣扎着。刘仲齐浑身的血都凝固了，梗着脖根，眼珠却像早就飞到了天花板上，不敢往屏幕那儿看。

紧接着，像要震裂耳膜的尖叫声响起，刘仲齐“咔”一下，把塑料笔帽上的卡头拧折了。

不知过了多久，漫长的恐怖镜头才结束。背景音切换的时候，刘仲齐虚脱了一样，大喘一口长气。他战战兢兢地把自己飞走的眼珠安放回眼眶，重新看向屏幕，只见一个男人推门进屋，在瘆人的歌声里说了句什么。

刘仲齐惊走的魂魄还没来得及归位，旁边突然伸过来一只苍白的手，差点儿把他吓得从沙发上蹦起来。

“好，”那只手按了暂停，“这句简单了吧？”

刘仲齐木然地扭过头去，瞪向旁边的甘卿。甘卿横在沙发上，两只脚踢飞了拖鞋，跷在一张小板凳上，怀里抱着一盒Pocky。她大佬叼烟似的叼出一根饼干，门牙在饼干的奶油上磨了两下，才舍得咬断饼干棒：“看我干什么？这句话就仨词，小学水平，这都没听清啊？”

刘仲齐：“……”

这是一个水深火热的周末，刘仲齐那识人不明的“皇兄”照例加班，于是把他托付给了隔壁这个奸佞，奸佞对纯洁的少年施以惨无人道的迫害——不但让他听写外文电影台词，还是一部恐怖片！

美其名曰恐怖片台词少，难度低！

甘卿“啧”了一声，摇摇头，数落道：“马上就高三了，基础这么差能行吗？再听一次啊，这回听仔细一点。”

说完，还不等刘仲齐阻止，甘卿就按了回放，一不小心回多了，正好回到了刘仲齐没敢看的那段——女人苍白的手猛地从白被单下伸出来，她颤抖着挣扎出来，吐出一口血，然后猛地回头，发出骇人的尖叫，倏地被拖走了，只留下一道暗色的血印。

张大的嘴里吊着根带血的舌头，还有特写。刘仲齐简直不想活了。

喻兰川傍晚回来接人的时候，发现一天不见，他的拖油瓶弟弟成了一个落秧的黄瓜，见了他就像灾区人民见了解放军，眼泪汪汪地窜回了家里，一把薅起棉被，把自己埋了。

喻兰川：“你干什么呢？”

刘仲齐带着哭腔告状：“那女的让我听写《死寂》！”

喻兰川也不知道是压根儿没看过这部电影，还是被奸佞迷昏了头，莫名其妙地一挑眉，说：“听写个电影至于吗？我准备考试的时候都1.5倍速听写BBC的，明年就高考了，你长点心吧。”

“你长点心！”小少年屋里传来一声绝望的怒吼。

“宝贝，你忘了这个。”甘卿慢条斯理地从屋里踱出来，手里拎着个小纸袋。喻兰川接过来毫无戒心地打开一看，手一哆嗦差点儿扔出去，只见里面是一颗血淋淋的脑子，透过纸袋，还能感觉到是热的！

喻兰川使出了洪荒之力，总算绷住了霸道总裁的冷酷表情，强行逼着自己又看了一眼，这才发现那是一块做成了脑子形状的翻糖小蛋糕，色素调得足能以假乱真，还是渐变色的！

甘卿：“吃哪儿补哪儿。”

喻兰川：“……”

小喻爷长着一双“无情无义”的眼睛，弧度优美而冰冷，看人的时候不大会把眼睛全睁开，上眼皮总是微垂着，但眼珠又非常干净透亮，似乎完整地保存了天真的痕迹，于是那目光透过镜片定定地看过来的时候，就有了某种说不出的矛盾，几乎有些惊心动魄了。

甘卿从来都是个有办法让自己舒服自在的人，然而不知道为什么，她忽然在这种目光下紧张了起来。

喻兰川：“我怎么从来没有？”

“过年时候你吃的饭谁掌的勺？”甘卿后退了一步，靠在门边，把双臂抱在胸前，“摸着你的良心说话，小喻爷。”

喻兰川抬手按住自己的左胸口：“摸着我的良心说，你从来没给我送过吃的——你们女的不是就喜欢自己烤点心、做巧克力送人吗？我以前收到过很多。”

甘卿似笑非笑地问：“收到过很多，那你领情了吗？”

喻兰川本想不动声色地显摆一下自己以前有很多人追的事实，不料忽然被将了一军，觉得自己说领情不合适，说不领情更不合适。

“基本都是没吃就扔了吧？可拉倒吧，”甘卿摆摆手，“我这是哄小孩玩的。谁喜欢手工礼物？穷酸少女们偶像剧中毒才觉得自己的心意很珍贵……”

“偶像剧中毒”的穷酸“少女”喻兰川恼羞成怒，打断她：“哪儿来那么多废话？你到底做不做？”

“做做做，”甘卿“啧”了一声，“这还能强买强卖——吃哪儿补哪儿，盟主，我给你做一沓人民币造型的供奉，好吧？面值来他一个亿。”

喻兰川感觉她不是要供奉，是要上坟，正待奓毛，手机忽然响了，他拿起来看了一眼信息：“朱俏今天放回来了。”

正准备挽袖子制造假币的甘卿一顿。

闫皓托江老板借来了“一百一”楼下的老年代步车，开着车去接俏俏回来，代步车经过风吹日晒，“祖传艾灸针灸理疗”掉了一多半，变成了“祖传……针……疗”，跟后面的寿衣花圈优惠广告搭配成了一个阴森森的恐怖故事。

俏俏告别了一直帮她的律师，把后座几个坏了一半的花圈往旁边推了推，推出一个人能坐下的空间，爬上了代步车，就这么“花团锦簇”地上了路，她有种自己已经寿终正寝的错觉。

一路沐浴着路人猎奇的目光，他俩回到了“一百一”楼下的宠物店。

俏俏以前就住在宠物店二层的小房间里，不用交房租，也方便夜里照顾动物。这会儿，宠物店里那五大三粗的老板正在给狗剃毛，他嘴里叼着根牙签，皱着眉，顶着一脸准备去砍人的杀气，狗在他手里瑟瑟发抖，一动也不敢动。

“没……没事，不怕的，”闫皓停了车，回头看了她一眼，见那女孩坐在纸花堆里，柔弱得不知所措，那天红着眼拿刀捅人的，仿佛只是个上了她身的女鬼，“回去拿艾草洗个澡，去去晦气。我……我已经跟你老板说过了，他说只要你还愿意，还能在他店里干。”

俏俏低下头，跟着闫皓下车，抠着自己的手指，心里十分窝得慌——如果不是为了她，闫皓去银行贷两百个胆子也不敢跟她那个

“左青龙、右白虎”的老板说话。她闯了祸，自己收拾不了，还连累一大帮朋友受伤，这欠的人情可怎么还呢？

结果还没能手刃仇人。

“你可算回来了，阿……阿嚏！”宠物店老板一回头，打了个大喷嚏，“呸，这狗毛！我可不干了，剩下的活儿都是你的。”

悄悄紧张地在他面前站定。

宠物店老板掀开眼皮看了看她：“干什么？”

悄悄手足无措地比画：“对不起。”

宠物店老板伸出了蒲扇一样的大手，罩在女孩头顶上，把她的脸扳起来：“算了，谁还没点儿故事？”

悄悄愣愣地看着他。

老板又说：“可是要我说，你就不该有，一点儿大的小崽，心眼儿都没长全，心思那么重干什么？行……你们有话要聊吧？我先走了。”

门口狗笼里寄养的几条狗听了这话，如蒙大赦，耳朵都立起来了，被老板凶巴巴的目光一扫，又连忙趴着耳朵伏地，装好最后一班㞞。

甘卿和喻兰川来到宠物店的时候，发现动物们都在疯狂地撒欢儿，群狗大合唱，猫们在猫爬架上英勇跑酷。

喻兰川震惊地问：“这是怎么了？燕宁要地震了吗？”

悄悄刚洗完澡，头发没干，也像个落汤的小猫，臊眉耷眼地指了指甘卿右臂上的夹板，冲他们俩一鞠躬。

“没事，”甘卿冲她摆摆手，“没你我们也会找杨平，早晚的事。”

“以合理的方式找到他，想办法抓住他的把柄，把他送上法庭，”喻兰川瞪了甘卿一眼，转向悄悄，“不是冲上去砍死他等着被判刑！你九年义务教育没念完是不是？不知道杀人犯法？”

悄悄把头垂得更低，手里比画了几句话。

闫皓替她翻译：“真的没念完，初三辍学了。”

喻兰川："……"

当代武林少侠们的文化水平真让人头秃。

"你祖父是丐帮长老吗？"甘卿一伸手，抓住了一只不知怎么溜出来的小猫。刚才还竖着尾巴撒欢儿的小猫一到她手里，立刻哆嗦了起来，甘卿只好把它放下，摸了摸自己的鼻子——她从小就不招小动物喜欢。可能这些小东西看着傻，其实敏感得很，知道谁不是好东西。

悄悄拿出她的小本，一笔一画地写道："朱建军。"

"前任丐帮九袋长老，"喻兰川扫了一眼，说，"他给杨老当左膀右臂的时候，姓田的和姓赵的还不知道在哪个猴山上扯旗呢——因为家人惨死，他找行脚帮报私仇，被判刑了，后来死在狱中。"

悄悄眼神一暗，又在这个名字下画了个箭头，写道："朱聪。"

甘卿："朱长老的儿子，是你父亲？"

悄悄点点头。

喻兰川："他后来去哪儿了？"

"亲戚家，"悄悄一笔一画地写道，"很远，在外地。"

十三岁的少年留宿同学家，第二天回家时怕挨骂，揣了一肚子"写作业""复习功课"之类的借口，忐忑地往家走……谁知道他再也没有家了。

他红了眼的父亲见到他的第一时间，就是把他锁在了家里，谁也不让他见。

丐帮九袋长老，朋友遍布燕宁，江湖义气讲究"老吾老、幼吾幼"，自古托孤是常事，随便把这孩子托付给谁，他都能很好地在自己的家乡长大。可是朱长老秘密地把独子送到了亡妻在偏远农村的远房亲戚家里。

"那……"

"那……"

甘卿和喻兰川同时开口，对视一眼，甘卿退让："心有灵犀啊，盟主先说。”

喻兰川毫不客气地接过发言权，问了他觉得很重要的问题：“那你现在还有燕宁户口吗？”

甘卿：“……”

闫皓：“……”

悄悄摇摇头，茫然地看着他——以她的年纪，还不了解户口有什么用。

喻兰川严肃地皱起眉：“那就麻烦了，你要是想继续读书和就业……”

甘卿一巴掌拍在他后背上，不知用了什么手法，喻兰川的气息忽然哽了一下，后半句话断在了喉咙里。喻兰川一边咳嗽一边冲她怒目而视，甘卿不慌不忙地缩回爪子，转向悄悄：“也就是说，你祖父当时就对丐帮同僚有防备了？”

悄悄的大眼睛里冒出了一点血光，抿着嘴点头。

甘卿轻声问：“三十多年前的旧事，是你父亲告诉你的吗？”

悄悄摇摇头，写道：“他早就死了。”

喻兰川：“怎么死的？”

悄悄还是摇头，继续写：“不知道，只能确定他已经死了。我爸一直在不依不饶地追查那件事，听到点什么风吹草动都会去追查线索，一跑跑好几个月，所以正经的工作他都干不长，只能给人打零工。外面似乎有朋友帮他，经常给他传消息，但他从来不把这些朋友带回家，我不知道那些人是谁。他出远门的时候，跟我妈约定过，每月寄一封平安信回家，可是我十个月左右的时候，家里就再也没收到过他的信了。”

悄悄的笔越来越快，字也跟着飞了起来：“我妈说，我爸是顾家的人，小时候经历过那样的事，不敢不顾家。他就算只剩一口气也会给家人写信，给我们谋出路的。”

甘卿似乎想起了什么，目光落在悄悄的工作牌上，上面写了悄悄的名字和星座。“梦梦老师”不知道是不是被神棍附体了，若有所思地盯着那星座名称参起禅来，脸色还无端有点凝重。

悄悄接着写道：“我妈在我初三的时候没了，亲戚家来人，说我爸是我爷爷收养的，我又是个女孩，不该占着家里的房和地，我不能说话，争不过他们，所以干脆走了，来燕宁打工。我妈说，我们家的仇人就在这里。我打听到这里要开武林大会，混进来观察过一次，看见了那个杨清，他们说他大义灭亲，亲儿子做错事，也被他打跑了，我不相信。”

悄悄写字越来越快：“我爸活着的时候提到过好多次，那天晚上我爷爷就是被杨清的儿子叫走的，所以杨家人和这件事脱不开关系！杨清是个道貌暗（岸）然的伪君子……”

悄悄的字越写越凌乱，还出现了错别字，闫皓一把抓住她的手腕：“老帮主不是这样的人。”

悄悄愤怒地瞪向他。

“小姑娘，”甘卿问，“你父亲杳无音信的时候，你才不到一岁，这些事是谁告诉你的？”

悄悄挣开闫皓的手，写道：“我妈。从小我妈就跟我说，她这一辈子，我爸的一辈子，我们全家……都被这些坏人害了。我必须得报仇，哪怕什么都不干，也得报仇。”

在场几人团团围着桌子，三双眼一起盯在悄悄的小木上。过了好一会儿，他仨谁也没吭声，心有灵犀地想：令堂这脑子里是生了什么癌？

甘卿率先回过神来，开口问：“是你妈妈让你报仇？”

悄悄先是迟疑着点点头，随后又摇了摇头。

喻兰川：“到底是不是？”

甘卿抬手按住他，想了想，又问悄悄：“你的轻功不错，跟谁学的？”

悄悄写："我妈妈。"

她似乎不知从何说起似的，停顿了好一会儿，冲闫皓比画起手语。闫皓的手语未必过了"专八"，俩人比画一会儿，大眼瞪小眼一会儿，连手语带脑电波，无声地交流了好半天，看得外人一头雾水。

然后闫皓抓了抓头发，硬着头皮开了口，"喵喵"地说："那……我替她说吧……她说三十年前出事的时候，几个丐帮前辈都被杨平拖住灌了酒，杨平派人去挨家挨户通知，埋伏的行脚帮就是这时候趁机绑走了人……她的大舅舅就是其中一个报信人。"

悄悄打了两个手势。

闫皓："哦，她说她妈是苦出身，从小就是大哥养大的，兄妹俩一直相依为命。"

甘卿："美珍姐跟我说过，杨平串通行脚帮，报信人其实是给绑架犯开路……"

悄悄连连摆手。

甘卿："怎么了？"

闫皓结结巴巴地解释道："不、不是的，悄悄说，她大舅舅跟几位长老关系都很好，跟她爷爷还是同门师兄弟，第二天才知道头天晚上出了什么事，那次他送完信就走了，因为天太晚，连人家的门都没进，就在门口说了几句话。"

也就是说，三十年前，行脚帮的绑架犯通过某种方法，悄无声息地进了几个丐帮骨干的家，绑了人。几位骨干家里既不做买卖，大门也不是常打开，半夜三更，该有的警惕还是有的，所以从张美珍到甘卿、喻兰川，都一致同意，行脚帮的绑架犯之所以能成功，就是因为杨平跟他们暗中勾结，利用受害人家属对报信人的信任，骗他们开门，这才能偷袭。

"照你的说法，报信人是无辜的？"喻兰川问，"那这么一来的话，杨平也无辜啊，你还砍他干什么？"

悄悄听了，明净的小脸上又露出那种复仇女鬼似的怨毒。这个小姑娘天生长着一张楚楚可怜的少女脸，所以变脸之快、反差之大，看着就格外触目惊心，像个皮肤下爬满了荫翳的惊悚娃娃。

“杨平不是无……”她在本子上写，字迹像尖刀刻在石碑上，“辜”字比画了半天没写出来，字也越描越黑。她就像控制不住自己的手似的，在本子上涂了个一团漆黑的大黑圈，让人一看就知道她心里在“祝福”杨平早升极乐。

“别着急，慢慢说。”甘卿想了想，“当时丐帮出了这么大的事，肯定要彻查，这事我们从头看——你爷爷他们几个人是被杨平叫走的，报信人是杨平让去的，我不知道别人怎么想，反正当年如果我在场，会觉得太巧了，杨平很可疑，但是丐帮的人并没有怀疑。”

闫皓替悄悄说：“因为杨平第一时间站出来，痛哭流涕，说都是自己非得在那天攒局，才害死了那么多人，而那几个报信人都和她大舅舅一样，平时人品口碑都好，跟受害人也很亲近，怎么着也不可能同时背叛吧。”

如果报信人没有嫌疑，那杨平是不是也等于间接地撇清了自己——他只是攒了个局，好几位忠肝义胆的好朋友跟他一起攒的，能有什么问题呢？之后发生的一切，肯定都是不幸的巧合。

悄悄平复了片刻，写道：“我大舅舅说‘他利用我’，说了几遍。给我妈留了一封信，让她把信送到我爷爷那儿，爷爷看完以后就带着我妈赶回家去，结果发现大舅舅已经上吊了。后来，我妈就跟我爸一起，被爷爷送到了乡下。”

两个家破人亡的少年人，在陌生的环境里相依为命，大概后来也自然而然地走到了一起。悄悄写道：“后来有了我，我天生不能说话，我爸妈就商量着要好好过日子，不能再这样下去了。他们俩留下一个人照顾我，另一个人继续去追查。我看过我爸给我妈写的信，他说他什么都没有了，只剩现在这个家了，我这个样子，一定是报应。

他们约定了三年，三年之后就好好回来过日子，上一辈的事不管怎样，就让它过去，可是……”

甘卿往椅子背上一靠：“我有一个看法，不知道对不对。”

喻兰川：“什么？”

可是甘卿沉默了一会儿，又欲言又止地摆摆手：“没什么。”

她想，一些命运特别坎坷的倒霉蛋，没事最好多反省反省自己，不要总是瞎感慨当下，展望未来——这些人难道就没发现吗？像他们这样的人，每次说出“我什么都没有了，只剩……”这个句型的时候，也就快要失去“只剩”后面的东西了。

深渊下，还是深渊，蝼蚁的命运哪儿有什么下限？

甘卿弯起眼睛，冲悄悄笑了一下：“你接着说。”

悄悄接着写道：“我爸一天一天地没有消息，我妈也越来越不好。她从来没跟我大声说过话，可是我小时候总是做一个噩梦，梦里我温柔的妈妈总会突然变成凶恶的鬼脸，追着我，要掐死我。有一次我又做噩梦，害怕极了，爬到我妈屋里，却看见她披头散发地呆坐在那儿，突然用拳头往墙上砸，砸得白墙上都是血。我以前也见过墙上有血，可她都说是打蚊子留下的。我很害怕，坐在门口哭了。她听见后就把我抱起来，一边摇着我，哄我睡觉，一边说就算不做人，也要报仇。”

可悄悄睡不着，那女人颤抖的手就快要勒死她了。

所以悄悄身上有种很分裂的气质，一会儿像一块纯洁无瑕的水晶，一会儿又活像个磨牙吮血的鬼娃娃。大概她就是一面天然的镜子，忠诚地反射了她母亲白天和夜里的两副面孔。

喻兰川敲了敲桌面，煞风景地打断了其他人的百感交集：“等等，我还有个疑问：假设报信人是无辜的，那杨平勾结行脚帮，绑架长老家人的事，到底是怎么操作的？不会真是靠撞大运吧？”

悄悄茫然地看着他。

“你也不知道？”喻兰川头大地说，“你不知道，就直接拔刀砍人？”

悄悄低下头，好一会儿，在小本上写：“我听见行脚帮的张舵主说的。”

张美珍跟甘卿回忆青葱岁月的时候，居然都没注意到旁边有这么一只“小猫妖”，悄悄也真是天赋异禀了。

悄悄的眉目竖起来，又写：“否则那个杨老头怎么会驱走自己的亲生儿子？”

闫皓很尊重杨老帮主，听她又出言不逊，就制止道：“悄悄……”

悄悄双手要飞起来似的，给他打了一串手语。

甘卿：“她说什么？”

大概不是什么好话，闫皓憋红了脸，用力摇头，不肯转达。

喻兰川一摆手：“你爱怎么想就怎么想——不过这次是你运气好，杨平自己作死，没留下给你捅娄子的机会；下次再这样，就没人能捞你了，再过俩月你就满十八了，到时候你可是连从轻发落的理由都没有了。各位英雄，我麻烦你们都消停点儿，好好活着不行吗？”

悄悄被他训得抬不起头。

喻兰川：“还有，喜欢小动物是好事，但是好事也得有分寸，以后不放心领养人的人品，你可以不给他们，或者干脆实行熟人介绍制度——别、再、让、我、听、见‘高空入室偷盗’事件了，私闯民宅是犯法的，一个家用摄像头就能把你送进局子里。”

悄悄惊讶地看着他，目光一瞬间有些慌乱，咽了口唾沫。小女孩胸无城府，面部表情一目了然，简直像呈堂证供——虽然就是我干的，但你是怎么知道的？好惊讶。

“不是你还能有谁？”喻兰川心累，伸手在甘卿面前打了个响指：“我没什么要问的了，走了。”

“我还有一个问题。”甘卿问悄悄，“你父亲失去音信前，最后一次给家里写信，大概地址在哪里？”

悄悄在纸上回答：“邻省，具体地址不知道。我去追查过，但是人生地不熟的，什么线索也没有。”

甘卿的眼睛轻轻地眯了一下。

悄悄写道：“姐姐，怎么了？”

甘卿站起来，居高临下地看了她一眼，伸手捏了捏女孩尖削的小下巴：“我十七岁的时候，跟你一样满肚子仇恨。”

悄悄忽闪着大眼睛看着她。

“现在如果让我重新回到那一年，我会好好补课，考个大学。”甘卿低声说，“可是我没有第二个十七岁了。”

说完，她在一屋子猫狗的目送下，走出了宠物店。

喻兰川愣了愣，三步并作两步地追了上去，突然有种想做点什么的冲动，于是在甘卿过马路之前，一把攥住了她垂在身侧的左手。甘卿的左手手腕上藏着刀片，这只手相当于凶器。猝不及防间，她下意识地想挣开，喻兰川却张开五指，把她的“凶器”囫囵地卷在了自己手心里，严丝合缝。

甘卿惊讶地看向他。

“过马路不要闯红灯。”喻兰川的目光越过十字路口的斑马线，平直地钉在马路对面的交通灯上，不肯回视，“行人就能随便违反交通规则吗？”

第二章

喻兰川话音刚落，交通灯就变绿了。

喻兰川好像唯恐甘卿反应过来，刚一绿，就赶时间似的拽着甘卿奔过马路。他个儿高腿长，走路带风，把哭笑不得的甘卿拽得像个风筝。这人是个衣服架子，从后面看，他的背影不宽不窄，肩头平整极了，一丝褶皱也没有的薄外套透出轻薄的线型，袖口露出衬衫的一个边，白得一尘不染，一看就是精心生、精心长的。

不知怎么的，甘卿脑子里忽然浮现出了一段好像早已经消失的记忆——被她抛诸脑后多年的那个夏末之夜。她第一次见到喻兰川的那天。

十五年不算太久远，她也还没到老迈昏昏、张口忘事的年纪，可十七岁那年的入狱像一把巨大的镰刀，把她的今生劈出了前世。她很少敢往那道万仞深的悬崖后面眺望，于是少女时代的记忆越来越远、越来越模糊，褪成了昏黄的颜色。

可是此时她忽然抓住了一点线头，连忙扯到面前细看，模糊得只剩一条小狗裤衩的少年形象渐渐有了眉目，和眼前的人重合起来，爆出绚烂的火花。

那时候，他的眼睛比现在大，眼皮还没有薄成一张纸，锋利的颧骨埋在婴儿肥下面，因为黑眼珠比别人大一点，看人的时候目光显得特别沉静。在那个炎热又黏腻的夜里，他被行脚帮的乌合之众绑走了一天一宿，好像也是和现在一样地干净讲究。垃圾填埋场堪比生化武器的气味都不往他身上扑，明明是慌不择路地跟着自己逃窜，还有心情给她科普狗的嗅觉细胞。

让人感觉他不是穷讲究，而是有理有据地讲究。

对了，他那时候还一口一个“姐姐”呢，长大倒学会人五人六了！

甘卿鬓角的一缕头发被风吹到脸上，正好被鼻子卡住了，她摇了两次脑袋，那缕头发就是不依不饶地跟她的鼻梁缠绵，没有一点要下来的意思，发梢扫得她又痒又想笑，于是她“噗”的一声笑出声来：“小喻爷，我要打个报告。”

喻兰川：“什么？”

他话音刚落，就觉得甘卿的手一动，喻兰川的手指先是下意识地一紧，随即反应过来不合适，又连忙要松手，却发现甘卿的手是要往上抬的，就着他手背上突出的指骨，把那缕头发蹭了下去。乱发飞走，露出了甘卿一双不怎么正经的眼睛，被光一打，瞳孔里好像分了一千多层，一眼看不到头。那双眼从下往上地瞄着他：“打报告啊，用一下我的手。”

喻兰川：“……”

妖里妖气的！

他这一走神，不知不觉地过了马路，被甘卿抽走了手。喻兰川把拇指蜷在掌心，每根手指都捏了一下，开始在心里展开疯狂搜索，想找个话题填补俩人之间的空白。

“你刚才说的最后一句话，”他故作严肃正经地问，“是什么意思？”

甘卿似笑非笑地看了他一眼——小喻爷是个很少风吹日晒的白领，领白脸也白，小白脸藏不住血色，从耳郭到下巴红了一片，真是怪可爱的。笑完，她嘴角微微一顿，又有些无措。她像个从极寒里闯进人间的冰妖雪怪，习惯了空虚寂寞冷，乍一邂逅人间情意，就被暖风冲得头昏脑涨、“压力山大”，不知如何是好。

叹了口气，甘卿说：“悄悄提到了她父亲的失联时间，是她十个月左右的事，我看她工牌上写着双子座，那应该是五月底、六月初生日，到生日才满十八岁——这样算来，她爸失联时间应该是十七年前的春天。”甘卿说，“我对这个时间比较敏感，所以多嘴问了一句。”

喻兰川追问：“十七年前的春天怎么了？”

“没什么特别的，”甘卿说，“就是邻省有个小面粉厂爆炸，死了十几个人，其中有两具尸体脖子上有三寸二分长的伤口，所以人们都说是万木春把洗手金盆里的水喝回去了，要重出江湖。你没听说过这件事吗？”

喻兰川脚步倏地一顿：“她刚才说的寄信地址也在……”

“嗯，可能吧，也有可能是巧合。”

喻兰川心思急转：“我听老韩讲过，当年面粉厂爆炸，里面牵扯出了十八条人命，大部分都是无辜的普通人，还有小孩，死者身上有万木春的痕迹，卫骁一直不肯出来解释，所以到底是怎么回事？”

“三寸二分长的伤口，算是个防伪标识。”甘卿想了想，慢条斯理地解释说，“比如你雇我去杀一个人……”

喻兰川打断她：“我有病吗？”

“打个比方，”甘卿摆摆手，“雇主一般都得先下定金，放在古代，是提头来换尾款，现代没人要头了，所以收尾款得需要其他的信物，来证明这个人不是死于意外，我也没捡别人的漏——有些雇主为了保险起见，会雇不止一个杀手，我就得向他证明这活儿是我干的。特殊的伤口就是防伪标识，这是绝活儿，外人很难模仿，只要有这条伤口的，都是我的。但如果没人付钱，杀手就不会露出自己特殊的标记，没必要，你理解吧？毕竟江湖人多眼杂，多一事不如少一事，杀人放火不是什么光荣的事。”

喻兰川：“所以你的意思是，面粉厂事件是一起雇凶杀人案件？”

“卫骁那时已经改名卫长生，隐姓埋名，就算有人想请他出山，也没人找得着他。”甘卿平静客观地说，“这事儿确实是卫欢干的，你不要问我卫骁为什么要替他担这个罪名，我以前跟你说过了，我不清楚，也许我那个离经叛道的‘大师兄’才是万木春的正根，他是不是卫骁亲生的我不清楚，反正老头教他，比教我用心良苦多了。”

她果然是跟万木春断绝一切关系了，谈起师长，直呼大名不带磕巴的，冷淡得事不关己。

喻兰川皱了皱眉：“但你为什么会把这两件事联系在一起，只是因为时间、地点的巧合吗？”

“说不清，直觉。”甘卿顿了顿，抬起头，道路两侧夹道而立的树已经绿了，夹出窄窄的一条天，远处飘着一点迷雾，“仔细说的话，可能是因为行脚帮和王九胜吧——美珍姐说，是因为我手欠嘴欠，骂王九胜是王八，激怒了他，才招了祸。但……不是我为自己开脱，我后来把这件事翻来覆去想了很久，总觉得我充其量是暴露了卫骁的位置，不至于是那个导火索。”

王九胜固然不是什么好东西，但一个人，能把自己洗得洁白无瑕，稳坐行脚帮北舵主的位置几十年，呼风唤雨，不会连这点心胸都没有——当大坏坯也是有门槛的，像杨平这样内心比较脆弱的，一般就只配当个流浪的小变态——甘卿当年写那行字纯属孩子心性，小恶作剧而已，就算真的碰了王九胜的逆鳞，他有必要直接跟万木春对上吗？卫骁就算变成卫长生，也绝不是那么好对付的，必须得一击必杀才行。要不然，王九胜家大业大，万木春无孔不入，明显是王九胜比较危险。如果为了小女孩的一句话，王九胜就得布局多年、机关算尽要了卫骁的命，那这个人未免也太无聊了。

“我总觉得，王九胜和万木春之间早就有什么。”甘卿一边缓缓地往“一百一”方向走，一边若有所思地说，“还有悄悄说的话漏洞百出，你听出来了吗？”

“是啊，尤其关于她的报信人大舅舅那里。”喻兰川推了推眼镜，“只是我不知道这是因为她年纪小，转达长辈的话表述不清，还是故意编来骗人的。”

悄悄不能说话，她的手语，甘卿还能看懂几句，喻兰川就一窍不通了，所以她只能在纸上写字跟他们交流。写字比较慢，偶尔提笔忘字还要卡个壳，本身就留给人更多的加工时间，比直接口头交流更容易说谎。

可是她有什么必要撒谎呢？喻兰川觉得现在眼前的一切都像是雾里看花。

五绝那一辈人生逢乱世，四方硝烟，赶上了英雄辈出的时代，他们是武林最后的辉煌。再后来，是时代剧变的几十年，沧海桑田、深谷高山，他们的青春动荡、喧嚣又荒诞。起落沉浮之间，无数门派就此销声匿迹，英雄幻梦成了泡影，有人黯然神伤，也有人抱着旧梦，至今不肯醒。

而到了甘卿他们这一代，一切都变了，社会规则不等老人们适应，就自行重塑完毕，老家伙们被远远地抛在后面。他们做不到像王九胜一样无耻地随机应变，只能寄期望于年轻一代，笨拙地想把“侠义”“责任”“坚韧”“海内皆兄弟”的武道精华传承下去，摒弃掉那些龃龉和糟粕，最好连提都不要提。他们好像打定了主意，把所有的恩怨情仇埋在上一代，不往现代文明里带，于是什么都不告诉晚辈。

可凡事一体两面，哪儿有全是正能量的事？未免太一厢情愿了。

老家伙们藏藏掖掖的结果，就是留下一堆历史遗留问题给满头雾水的后辈。

喻兰川忽然说：“聊聊你师父吧。”

甘卿一愣。

还有你。喻兰川心里这么想着，可是又把头扭到了一边，借口说：“其他人的事还能旁敲侧击地找别人打听，你们万木春太离群索居了，只能靠你回忆。”

“行吧，卫骁……”甘卿点了头，却一时语塞，不知从何说起，“卫骁……不是，你想问什么？”

“我不知道，说点儿你记得的事。”喻兰川忽然又放软了声音，“不着急，慢慢想。”

于是甘卿长久地沉默了下去，直到他俩已经走回了“一百一”门口，她才突兀地开口说：“他一度想让我学医……”

喻兰川倏地站住，在三步以外看着她。

甘卿自己也不知道为什么要说这些，可是她脑子里实在是空空如也，只好信口而至，想到什么说什么：“……我们那边每年只要有小孩高考，他都撺掇人家报医科。天天在我耳边说，要学一门对社会有用的手艺，不知道他是怎么想的。可是那么多年，我就没见他撺掇成功过一例。”

“为什么？”

“泥塘后巷的孩子，就算上了高中，也大多是十三中的嘛。”甘卿说，“三中跟十三中，不到两站地，就差一个字，你们培养栋梁，我们培养栋梁脚底下的烂泥，考完收的都是来自门口搬砖工地的录取通知书，学什么医？”

喻兰川忽然睁大了眼睛：“你是十三中的？”

甘卿冲他一耸肩，不以母校为耻——她跟母校是一路货色。

喻兰川眼睛亮了起来：“我们去十三中打过篮球，你记得吗？全市青少年篮球赛，就办了一年，第二年就被几所重点高中的校长联名上书举报了，因为耽误学生学习，还容易受伤——总决赛我们是客场，就在十三中，那天你们学校的看台上人都满了，我是控球后卫。”

其实他不单是控球后卫，还是队长，带着学霸组合，在十三中的垃圾犯规打法下，硬是从小流氓们手里抢下了总冠军。那场球打得他们热血沸腾，直到十年后想起来，喻兰川还得用力压下嘴角保持着自己的矜持，装作一副偶然提起的样子，暗暗地把“我是不是很帅”顶在头上，等甘卿自己来摘。他还要干咳一声，故意摆出若无其事的表情，说：“球是随便打的，好像是赢了吧……唉，记不清了，就记得你们学校附近的小饭馆不错，你去看我们比赛了吗？”

“应该没有，”谁知甘卿一句话浇灭了他眼睛里的火苗，“毕竟我在十三中属于文雅的学霸，不爱凑这种热闹。”

喻兰川：“……”

他的话像是另一条引线，随机地刺激起了甘卿又一段记忆，甘卿脱口说：“不过你们比完赛还不快走，在学校后面散德行，差点儿被人堵住打一顿的事我还记得，最后是跳墙跑的，听说不知道哪位英雄还把裤子扯了。”

“你笑什么！有什么好笑的！”喻兰川意识到自己装模作样被识破，额角青筋暴跳，“你不爱凑篮球赛的热闹，去围观打架？从小兴趣就这么清奇吗……不对，我们打架是在校外挺偏僻的一个小饭馆，你是怎么知道的？”

甘卿：“……”

那小饭馆就是卫骁干活儿的地方，她当时在小饭馆的后厨里吃饭，突然进来一帮汗流浃背的男孩子，吵吵闹闹地在隔壁桌吹牛，闹腾得她心烦，于是一时使坏，拿MP3把他们吹的牛录下来，叫了人。

喻兰川的眉高高地挑了起来。

甘卿干咳了一声：“我……咯，我这也是听人事后说的。”

喻兰川把眉吊得更高。

“要不这样吧，”甘卿企图糊弄过去，“今天周末，你要是晚上没事，我再带你去那个小饭馆吃一次，还是阳春面，我请客，别嫌便宜。”

喻兰川：“你连我们点了什么都知道？”

甘卿：“……”

喻兰川：“没想到，你能掐会算还是童子功。”

甘卿：“你到底去不去？”

喻兰川打量了她片刻，嘴角要笑不笑地翘了一下，好整以暇地抻了抻袖子：“行啊，走。”

十三中在一条十分幽静的小街上，是个外表看上去挺像那么回事的学校。建筑已经颇有年头，老出了古意，临街的教职工办公楼外挂着大片的爬山虎，清风过处，涟漪四起。学校因为近年来名声欠佳，学生越来越少，门口也不像别的学校一样堵满私家车，乍一看，清净得有几分书卷气。

喻兰川仰头与高楼上挂的大钟对视了一眼，撞见满眼的碧森森，于是感叹道：“你们学校的气质，真是……”

这一句还没夸完，他就看见清幽的大门里猛地蹿出一道黑影，一个“雄性人类幼崽”旋风似的“刮”了出来，后面追了一帮嘴里污言秽语的同龄人。这伙人手里拎着不知是从墩布还是椅子上拆下来的木腿，连追带逃，风风火火地从喻兰川面前“扫荡”过去，没一口呼吸的光景，就跑到了路口。

路口的自行车铃响了一声，几个跨在共享单车上的小流氓应声露了面，头顶五彩缤纷的毛，朝学生们吹口哨。被追的那位一头扎进了这个“自行车帮”，腰杆顿时直了三分，掉头就骂：“你们他妈的过来啊！”

接下来，路口就展开了一场复杂的“认亲大会”，两路人马互相喊话，招呼着对方的姑姨娘舅，喊声都带着回音。

喻兰川喃喃地说：“……十年如一日啊！”

十三中差不多是专门给泥塘后巷开的，盛产各种“野生动物”，人到了上高中的年纪，天真无邪是丢得差不多了，一些坏坯已经初步长成。据说在这里，想要认真读点书，必须得有点“校霸”的本事，才能镇得住那些企图拉着所有人一起沉沦的坏孩子。

甘卿倒是已经见怪不怪，但很不巧，想走到他俩的目的地，必须得先经过群架现场的小路口，人家那儿正忙得热火朝天，他俩也不好过去掺和，只好站在路灯下等这场“官司”结束。

“不是，”喻兰川说，“为什么要把饭馆开在这种地方？天天门口闹事，路人都绕着走，生意能做吗？”

“还行吧。”甘卿说，“也不是天天打，小店里头就四张桌子，客人太多了本来也接待不过来。据说店面是他们家自己的，不用付租金，凑合能活。”

甘卿站了一会儿，累了，靠着路灯杆蹲下，把打着夹板的右手往膝盖上一搁。

喻兰川也在旁边找了棵树靠着，忽然想起了什么：“我记得，当年我们学校还闹过一个新闻。在我高二的时候，隔壁班有个女生，跟十三中的学生早恋，逃学的时候被老师逮住了，还从她包里翻出了情书。”

老师和家长都疯了，那天喻兰川参加完奥赛培训回教室，老远就听见隔壁班的老师近乎崩溃的声音：“你喜欢他什么？那不就是个小流氓吗？你将来是要考大学的，要深造、出国，他呢？没准哪天就进去了！你俩是一个物种吗，就谈恋爱？谈什么谈？他就是烂泥一团，怎么都没损失，你呢？你不是自毁前途吗？”

那女生哭得肝肠寸断，快被这些“与世俗同流合污”的老师和家长逼死了，觉得自己简直是祝英台、刘兰芝，非得以死明志不可。

甘卿问：“后来呢？”

“老师训了一半，她听烦了，扭头就从窗户跳楼了，救护车还是我叫的。”

甘卿被重点高中学霸的画风惊呆了：“……跳、跳楼了？”

喻兰川大喘气地补充道：“哦，没死，就二楼，摔了个屁股蹲儿，站起来拍拍裤子就走了。”

“那你叫救护车干什么？”

“把他们老师拉走，”喻兰川说，“他们班主任被她这一跳吓得犯了心脏病，拉到医院做了俩支架。”

十六岁的喻兰川作为隔壁班班长，高贵冷艳地帮着主持了大局，认为那女孩脑子有病。十几岁的青少年总是容易往两个极端走，要不就追求离经叛道，觉得大人都是被社会洗脑的傻子，缺灵魂、短智慧；要不就自以为人情练达，深谙各路明规则、潜规则，觉得同龄人都是傻子。而若干年以后，他们往往又会变成自己当年看不起的“傻子”。好比喻兰川，少年老成之后，栽在了一个十三中的女流氓手上。

“真不懂事啊，小姑娘就知道风花雪月，将来长大了后悔都来不及。”这位女流氓老气横秋地感慨道，语气和喻兰川他们当年的班主任一模一样，“高二了还不知道冲成绩，和小混混搅在一起，不是自毁前程吗？”

喻兰川古怪地看了她一眼：“我觉得这话从你嘴里冒出来，很‘魔幻现实主义’。”

甘卿一笑——她忽然想，别说是高中的小孩了，大人也是一样。青年才俊喻兰川，看似能自己把握前程，不需要别人指手画脚了，可人家背地里还是会说，小青年就知道风花雪月，将来到了上有老、下有小的年纪就明白了，跟个不相配的人一起过，看你到时候不被柴米油盐捶出满头包的中年危机。

喻兰川敏感地一伸手，揪住了她的后脖颈：“你想什么？”

“小喻爷，咽喉是要害之地，你这一爪子，要放在过去，非得被人切下来不可。”甘卿无奈地叹了口气，接着，又顾左右而言他地一指，“哎，你看，他们开始叫人了。”

喻兰川顺着她手指的方向一看，只见掐到中场，两边都有人退出战圈，各自打电话叫人，还有扩大战况的意思。他顿时感觉头都大了两圈，从兜里摸出了报警器，问甘卿：“我把这玩意儿扔过去有用吗？”

甘卿：“……”

小喻爷堂堂一届武林盟主，寒江七诀的正派继承人，就算长了一副花容月貌，有必要天天携带防色狼道具吗？

“没用，现在小崽子都精着呢，有《未成年人保护法》，又没打伤人，根本不怕警察——别着急，”甘卿经验丰富地摆摆手，“开始叫人说明战斗快结束了，一般来说，人一多就打不起来了。”

可是她话音没落，就看见一个满头白发的老大爷蹬着个三轮车从他们面前走过，往路口骑去，一边骑一边按铃，中气十足地喊了一嗓子：“嘿！”

小流氓们才不理会这种上年纪的老大爷，没人理他，也没人给他让路，大爷愤怒地把车铃摇得如山响。可能是他的噪声干扰了手机信号，一个正拿着手机的小流氓“喂”了两声，拎起石头就往老头的三轮车上扔去：“按你爹的铃，老不死！”

石头弹起来，掀起了三轮车后面的白布。原来白布下面是一车新鲜食材，怕被浮尘弄脏了，都拿布盖着。石头恰好砸中了一堆鸡蛋，“啪嚓”一声，蛋清、蛋黄流得到处都是，老大爷气急败坏地伸手去抓那小流氓：“你干什么？赔我鸡蛋！父母辛辛苦苦赚钱养家供你们上学，你们一天到晚有正事吗？”

甘卿皱了皱眉，站了起来。

小流氓一抬胳膊，把老大爷甩了个趔趄，不等老大爷站稳，又一把抓住了老大爷的前襟：“你们家的地啊？你们家的路啊？这有你他妈的什么事？”

他说着，用力一搡，老大爷瞬间失去了平衡，仰面朝天地往后倒去，后脑勺正冲着三轮车的铁车把。

这时，一只手探过来，一把撑住老大爷的后心，在他身后轻轻地垫了一下，老大爷随着那只手往上一弹，又被扶住肩膀站定。

老大爷惊魂甫定地站住，回头看清了撑住自己的年轻人。

喻兰川推了推眼镜：“挡路就算了，打坏了人家的东西，要赔钱吧？”

如火如荼的斗殴被这小插曲打断，但小流氓们一看，来人一个是“四眼”，一个是女的，胳膊上还打着石膏，于是根本没把他们放在眼里。另一方的小流氓还嘻嘻哈哈地跟着起哄：“就是，赔钱赔钱！没钱让他们把裤子扒下来抵债。”

两厢拱火，推了老大爷的小流氓气急败坏，拎起一块板砖就往喻兰川头上砸。但还没等人看清，他就被喻兰川一把扣住手腕，往三轮车把上重重地一磕，小流氓板砖脱手，被喻兰川扭成麻花按在车把上，惨叫着跪了。

他的同伴见势不妙，抄起家伙跟着上，喻兰川的脚步几乎没有离开原地，利索地以拳代剑，把这群小崽子收拾了一顿。

身后传来一声俏皮的口哨声，甘卿起哄道：“欧巴好帅！”

对手挨打，另一方的小流氓喜闻乐见，还有个别坏出水来的，拎起棍子打算趁机浑水摸鱼。

喻兰川一把攥住一根浑水摸鱼的黑棍，一语双关地呵斥道：“滚！”

于是场面更加混乱，两边的不良少年都加入了战斗。最早砸碎鸡蛋的小流氓龇牙咧嘴地按着自己的手腕爬起来，疼得眼泪在眼眶里转圈，大概是没受过这种委屈。他把外衣一拉，抽出了外套里面挂着的一把小砍刀，趁乱冲着喻兰川的肩膀扎了过去。

他的同伴们打架都打油了，一般不会打出娄子来，带刀都只是为了要狠吓唬人，余光瞥见他动了真格，都惊呆了，有人失声叫道：“你别……”

就在这时，一道人影突然凭空钻进来，一把卡住那不良少年拿刀的手，不知怎么一转，刀锋朝着主人去了；紧接着，让人牙酸的衣料碎裂声响起，砍刀化成一束刀光，在那不良少年身上连捅了好几刀。

一瞬间，鸦雀无声，连喻兰川也吓得呼吸中断了一下。

刚才动刀的那位膝盖一软，直接跪了，裤子当场湿了，还被人用膝盖抵着脖子，压到了墙上。只见他衣服上三刀六洞，砍刀被甘卿单手拎着，刀刃上渗着细细的血丝。小流氓惊恐地盯着刀上的血，有种自己已经被开膛破肚的错觉。

甘卿用刀背拍了拍他的脸："冷静了？"

那位不只冷静——他已经被冷冻了。

甘卿回头瞥了一眼三轮车上被砸碎的鸡蛋，很讲道理地说："赔人家二十块钱吧。"

没人动。

甘卿笑了一声，砍刀的刀尖划过墙面："看来是不服？"

一个穿着十三中校服的少年哆哆嗦嗦地从兜里摸出钱包，看也没看就抓了一把现金，扔到三轮车上。甘卿看了他一眼，那少年意识到了什么，又上前两步，把皱巴巴的钞票展平，上供保护费似的放在了三轮车边缘。

甘卿这才撤回了卡着人脖子的腿，几个少年壮着胆子跑过来扶起同伴，急急忙忙地掀开他的衣服一看，发现他的肚子上破了三道小油皮。

甘卿倒提砍刀，在手里掂了掂："管制刀具，学姐没收了，没意见吧。"

小流氓们既不敢有意见，也没敢问她是哪一届的学姐，屁滚尿流地作鸟兽散。

甘卿转向喻兰川："走吧，不是吃饭吗？"

他俩越过"妖魔鬼怪"，总算看到了喻兰川他们球队当年吃饭的小饭馆。

小饭馆守着一条死胡同，非常不起眼，门口挂着块斑驳的小黑板，菜单与十年前别无二致——就是涨价了，从人均十块涨到了二十。

骑三轮车的老人抬起头，扶稳车把："你们要上我家吃饭啊？"

第三章

喻兰川看了看老大爷那一三轮车的食材，又看了看他的行进方向：“您是老板？”

这帮打架的正好堵了路口，相当于挡了人家的大门。刚才那个持刀的小流氓说得还挺对，这还真就是人家的路、人家的大门。

“我还是大厨，有时候也兼职服务员。”老大爷缓缓地推着三轮往前走，喻兰川刚要伸手帮他，小饭店里就跑出了一个十七八岁的小伙子，冲整个世界灿烂地笑了一下，殷勤地帮老大爷搬东西。

喻兰川的目光在那少年身上停留了一下，发现少年五官不太对称，俩眼分得很开，笑起来收不回去，细长的四肢似乎有些不协调，动作特别大，笨手笨脚的。

“这孩子是我捡的，人家不要了，”老大爷直起腰，喘了口气，指了指自己的脑袋，“不太灵光，太细致的活儿干不了——你俩有预定吗？”

“没有，”喻兰川震惊了，“您这里还得预定吗？”

“哦，那倒不是，随便问一句，显得火。”老大爷把他俩让进去，朝空荡荡的餐厅叹了口气，“现在的学生跟以前不一样了，不洋气的地方没人来……今天还没开张呢，给你俩免单吧。”

喻兰川看着这么个辛酸的小饭馆，有点不落忍，刚要拒绝，想起这顿饭是甘卿请客，也不便越俎代庖。他回头去找甘卿，这才发现她没跟上来，正对着小店的大门发呆。

甘卿十年没来过了，她觉得自己记性不太好，还以为今天连找准地方都得费一番波折，可是真的到了这里，她忽然后悔起自己草率的提议。

怎么会忘了这里呢？

那时卫骁在一个酒店里上班，是掌勺的大厨，跟另一个同事倒班。不值班他也不闲着，一开始是自己试着开小摊，想卖点小吃，可能实在不是做生意的那块料，小摊不久就黄了；后来就是到这家朋友开的饭馆来帮厨，主做面食。

他把自己忙得团团转，还挺有理——卫骁说，在酒店做菜都是制式的流水线，永远是那个流程，还老得催着赶着，不如在这种苍蝇小馆里干活儿有意思，煮一碗阳春面给客人端上去，也是他用了心的。

这话说得真像个沉迷做饭的厨子，十年前的甘卿听完就算，没往心里去。现在回想起来，她品出了一点别的滋味——老头要是真觉得小饭馆好，为什么不辞了酒店的工作，专心致志地“用心做饭”呢？

“欸，”喻兰川一嗓子唤回了她的神志，“你发什么呆呢？”

甘卿猝然抬头，正好撞上老大爷的眼睛，但老大爷的目光没在她身上停留，只扫了她一眼，就目不斜视地走进店里去了。

也是，一晃十年了，少女长成了狼狈的大人，手脚麻利的老大爷给风霜压得老态龙钟，谁能记住谁呢？

她方才管闲事的时候，不也没认出老大爷吗？

“坐，随便找地方，”老大爷说，“我手脚慢啦，你俩不着急吧？”

喻兰川摇摇头：“您怎么没再雇几个人？”

“雇不起了，”老大爷说，“过时了，人家不爱吃了，要不是店面房子是我自己的，不用给租金，生意早没法做了。就当解闷吧。”

喻兰川没明白，这么一个惨淡经营的小破餐厅，到底有什么好坚持的？干点别的不解闷吗？店面出租或者出售，好歹也够他养老了。这边这么乱，撞上小流氓打架还得被殃及，何必呢？

这时，甘卿轻轻地踢了他一脚，喻兰川看了她一眼，暂时咽下了疑问。

等后厨传来煎炒烹炸的声音，甘卿才轻轻地说："老板儿子以前是十三中的，不怎么学好，整天打架斗殴。有一次有人堵他，慌不择路往外跑的时候，被车撞死了……好多年以前的事了。"

喻兰川问："他因为这个才在这儿开小饭馆？"

"嗯，"甘卿点点头，"一开始想找学校要个说法，毕竟这事是在上课时间发生的，那会儿还不流行买房，正好这家原主人急用钱，就把这地方很便宜地转给他了，让他在这儿落脚。后来双方扯皮扯了好多年，没个结果，学校象征性地赔了两块钱，就不了了之，反倒是他这小饭馆开起来了。你别看现在门庭冷落，以前也红火过一阵子，各种面的汤底和烧饼很有名。"

老大爷以前就是推着小车卖烧饼的，有了小店以后，在后厨里砌了个专门烤烧饼的大烤炉，做糖、椒盐和肉三种味道的烧饼。客人来了点烧饼，都是直接从烤炉里面夹出来送上，油纸包着，芝麻一碰就掉，连纸都能给熏出香味来。只是吃的时候得小心，一小口下去，外壳"咔"一声酥酥脆脆地裂了口，里面就会冒出滚烫的白烟，要是躲闪不及，非得给烫得哈气连连不可。

卫骁来了以后，尝了他的烧饼，就说不要弄太复杂的炒菜，保持特色就好，烧饼最好配汤面，于是帮着鼓捣出了好几道招牌面，最便宜、最见功底的，就是阳春面。

甘卿说："所以他碰见那些小孩打架，就总爱过去管一管。"

喻兰川："这么大年纪了，那些小流氓没轻没重的，打他怎么办？"

"我在的时候他们不敢，"甘卿轻描淡写地说，"而且那会儿好多人都过来吃饭，也都知道老板家里的事，不跟他一般见识。偶尔有动手解决问题的，看见他过来，也就自动散了。不过现在看来，没人买他的账了。”

外面是大江湖，十三中就是个小江湖。小江湖好似农田，里头的苗一茬一茬地长、一茬一茬地割，更新换代之迅速，就如同一年两熟的麦子。

店里的少年搬完了东西就勤快地跑来给他俩倒水，可是手不稳，倒一半洒一半，要不是喻兰川躲得快，差点儿被他浇一裤子。

喻兰川为免遭殃，连忙接过水壶：“好了好了，我们自己来。”

少年又像条人来疯的大狗，摇头摆尾地把所有餐桌上的调料罐和筷子筒都堆到了他俩面前，眼睛亮晶晶地求表扬。

喻兰川只好强拗出一个“慈祥”的微笑：“你们店服务真热情啊。”

直到后厨的老大爷喊人，少年才恋恋不舍地离开，剩下俩客人面面相觑了一会儿，动手把筷子筒和油盐酱醋各归各位。

“不过我估计偶尔挨两下，他也不往心里去。”甘卿说，“就当是儿子打老子呗。”

喻兰川干着服务员的活儿，听了这么一句“阿Q”的话，忍不住笑了。笑完，他又觉得有点不是滋味，于是把话题揭了过去，问她：“欸，当年从行脚帮手底下跑出来，那么惊心动魄的事，也没能让你记住我，怎么我在小饭馆外打了一架这种鸡毛蒜皮的事，你倒记得清了？你选择性失忆？”

甘卿顺口嘴欠：“那是你惊你动，我可没有，扒光了都没二两肉，有什么好惊心动魄的？不如长大了好……”

喻兰川在桌子底下给了她一脚，甘卿早有防备地闪开：“我夸你越长越好呢！”

喻兰川皮笑肉不笑：“我谢谢你，不接受点评。”

甘卿手指抵住一根筷子尖，转了一圈，回忆片刻，说："可能因为那天正好不高兴吧……我成绩在十三中一直还成，每次考完试，也能上一上前五十名的红榜单。结果那次期中考试没上，因为缺考了两门课。卫骁——哦，他当时在这里打工——知道以后，就在后厨当着老板的面训我。"

那些讨厌的男孩子隔着一堵墙，把店里吵得像动物园，回味完己方战略战术，当然还要一起鄙视一下对手的球品和人品。

那边卫骁在厨房训他的小徒弟："我不是要说这回期中考试重不重要，而是你态度端不端正，你知不知道什么叫轻重缓急？天天混，你能在学校混几年？将来怎么办？"

隔壁的天之骄子们就跟听见了一样，无缝衔接了这个话题，少年们春风得意的声音顺着墙缝飘过来："行了行了，少说几句，没必要跟他们一般见识，就打这一次球，反正将来也不会再接触了。"

"谁说的？万一将来你家下水道堵了呢，不得找人来通吗？"

"那你家下水道前途堪忧，我就算了，月底再刷一次雅思看看情况，国外学校都联系好了。"

后厨一片寂静，卫骁的眼角"突突"地跳着。

孩子们还在被一场球赛牵动情绪，大人已经看见了未来的鸿沟——甘卿中考的时候，自信过头，只报了三中一个学校。结果她整天吊儿郎当的，考试时候失了手，差三分没考上。那时候燕宁还没教改，一些重点高中公开录取"自费生"，补招那些比录取分数线低十分以内的学生——差一分，就要多交一万五的"择校费"；差三分，再连学费，要五万块钱。可当年卫骁手里要是有这么多积蓄，哪儿还至于住泥塘后巷？卫骁为了这件事四处借钱，可惜穷光蛋的朋友还是穷光蛋，大家伙儿拼拼凑凑也没凑出多少。直到第三天晚上，卫骁收到了一个匿名的包裹，拆开一看，里面整整齐齐地码着五摞现金。

然而没等他去交这笔钱，甘卿就若无其事地告诉他，她已经模仿他的字，签了放弃择校声明。比较差的普通高中招不满学生，会就近接收行政区内的落榜生，就这样，她去了垃圾场十三中。

这好像成了卫骁心里的一根刺，从隔壁飘来的声音更是狠狠地戳了他的心。

“以后再让我看见你写作业的时候玩小刀，我就废了你的手，让你把‘庖丁解牛’还回来。”卫骁咬着牙放狠话，狠完他又心疼，归根结底，孩子的起跑线都是家长，如果他掏五万块像买个糖豆一样轻松，孩子哪儿至于这么拧巴呢？于是他叹了口气：“要是当时上了三中……”

这句话一下点了甘卿的火，她冷冷地打断他：“幸亏没有！”

卫骁惊愕地看着她。

“当年我怕你为难，下了很大的决心才去签字，回来才知道家里已经有钱了，还偷偷遗憾过很久——哈！”她尖刻地笑了一声，“后来我才明白，那笔钱是从哪儿来的，要是我真用那笔钱上学，现在非得怄得找个高楼跳下去！”

“你说什……”

“我的杀父仇人，拿杀人越货赚来的脏钱寄给你，要给我买分，太好笑了吧，师父！”少女时的甘卿说，“你是因为这个才袒护他的吗？连杀人放火的罪名也给他背，要不是……我都不知道你因为这个人上了盟主令！你教他的时候也三天打鱼、两天晒网，生怕徒弟练出什么名堂来吗！”

卫骁整个人都僵住了。

甘卿捏着木筷的手忽然一顿：“对了，我想起来了，那天正好是我跟卫骁摊牌的一天。”

喻兰川问：“关于你的亲生父母？”

甘卿知道自己是师父收养的，但卫骁从没向她透露过她的身世，只说她是卫骁以前在外地的时候，邻居家的孩子，父母亲戚都没了，看着可怜，他自己膝下也寂寞，所以才捡回来养育。她也隐约知道自己上面有个师兄，逢年过节祭拜祖宗，在弟子名录上见过“卫欢”这个名字，跟她一辈，不过名字已经被划掉了。问起他，卫骁也只是简单地告诉她：“你师兄跟咱们不是一路人。”

喻兰川：“我一直就觉得很奇怪，按正常的逻辑来说，你这种狗血身世，长辈肯定是要隐瞒到死的，你到底是从哪儿听来的？”

“我管闲事，”甘卿摆摆手，“有一次放学回家，碰见有人在街上追扒手，我就伸脚绊了那小偷一下。被偷钱包的事主可能是个土豪吧，一高兴直接抽了一千元现金，给那几个帮她追小偷的人，那几个人推辞不过，又觉得都是我那一脚的功劳，非得分我钱。我看他们江湖气挺重的，又都会功夫，不然也不敢当街抓贼，听他们聊起天来都像是走南闯北的人，就觉得还算投缘，于是跟他们一起吃了顿饭……吃饭的时候正好听他们聊起了卫骁。我才知道卫骁每天骑个女式自行车出门做饭，居然会上盟主令，还没回过神来，他们已经开始数死在万木春刀下的人——有邻省面粉厂这种耸人听闻的大案，一些说不明白的小案……还有我爸的名字——卫骁说话九假一真，我父母的姓名、籍贯、所在地，他都没对我隐瞒过。”

“这么巧？”喻兰川怀疑地看着她，问，“你不会信了吧？”

要真是这智商，怪不得没考上三中。

“当然没有，想什么呢？”甘卿摆摆手，“不信才是人之常情吧——一帮莫名其妙的人跑过来，告诉你说把你养大的师父杀了你爸妈……这都是什么乱七八糟的？九十年代的电视剧就不这么编了。正常人第一反应，都得是去查这几个人是哪路的吧？”

喻兰川就问：“哪路的，你查到了吗？”

甘卿一摊手：“没有，外地人，一转身就消失了。”

想把一件事查个水落石出，时间和钱都是基本道具，缺一不可，最好再有点门路。如果别人有意下套，一个念中学的半大女孩上哪儿查去？

喻兰川目光一沉，说："但燕宁三教九流，盟主令里写了什么，不难打听。"

盟主令是老喻盟主发的，千真万确，因为面粉厂那十八条人命官司没了结，而卫骁明明就在燕宁，非得用默认的态度背下这口锅，免不了被人议论"万木春背信弃义，重出江湖做旧勾当"。

甘卿苦笑一下："不光是'好打听'。"

其实卫骁并不是爱得罪人的脾气，私下与人相处时很好说话，是个难得的文静人。真正算起来，除了杨平他们那一伙逼人太甚之外，卫骁没有跟别人结过仇。

可是流言蜚语这东西，最偏爱的并不是真正的闯祸精，往往就是文静人。

甘卿说："老喻盟主晚年的时候，越来越不爱出面管闲事，盟主令发得很少，其中卫骁就格外显眼。我杂七杂八地打听到了很多不知道真假的传闻，但我不可能怀疑自家人，从感情上我就不相信，所以当然要去找那些流言的漏洞，来说服自己，坚定想法。

"我搜集了旧报纸，确定了面粉厂爆炸事件的时间，这个倒是不难，毕竟是件大事，当地都有新闻报道。然后只要证明事发的时候，老头根本不在场就可以了。我当时想，如果能找到证据，我就在不暴露我们地址的情况下，把这些东西给老盟主送去，让他把盟主令'抹'了。"

甘卿心里有条有理地计划着，觉得自己可聪明、可人情练达了，可以保护卫骁这个就知道做饭的没用大人了。在她的想象里，她应该用若无其事的姿势推门进屋，随口对卫骁说一句："对了，盟主令的事情我已经给你摆平了，放心吧。被人欺负了，怎么不早告诉我呢？"

然后在卫骁的惊愕下回房间里写作业，显得举重若轻。

然而，根据历史数据，还会幻想这种桥段的人最好专注幻想，因为他们一行动，大概就要闯祸。

“卫骁不爱跳槽挪窝，在那个小破酒店里干了好多年。他们上班都有考勤记录，我只要拿到那个就可以了。所以趁老头去打第二份工的时候，我偷偷钻进了酒店管理处，拿到了他们的考勤记录。”

“卫骁前辈那天……”

甘卿轻轻地抬起眼：“换班请假了。”

这就比较惊悚了，燕宁交通发达，到邻省去，一天足够往返，神不知鬼不觉地走一趟，家人以为他上班去了，可能都全无察觉。

“但我还是很快冷静下来了——杀手赚钱也不完全像大风刮来的，我虽然没干过，但听卫骁讲过师祖的事。因为万木春独来独往，没有门徒，所以行动之前得格外谨慎，一个不小心就得砸招牌。摸清目标是谁，什么性格、什么习惯，至少得个把月。”甘卿说，“我查了他那天前后的考勤，基本都很正常，他不可能当厨子当半截儿，突然空降到一个人生地不熟的地方杀人，还留下万木春的印记。那么问题就回来了，既然不是他干的，他为什么要背锅？那天他请假干什么去了？除了他，还有谁能留下那么精致的刀口？”

喻兰川：“所以你想到了卫欢？”

“除了他，也没别的解释了。”甘卿说，“孟叔年轻的时候爱喝几口小酒，酒量一般，喝多了嘴上没把门的，我陪他撸了几回串，灌醉了套过几次话，大概拼出了卫欢被逐出师门的前因后果——卫欢不想白练一场刀，孟叔说他走错了路。

“我趁卫骁上班时逃学回家，翻了他的东西，找到了一个剪报本，一翻开，里面贴的都是花花绿绿的菜谱图片。我大致看了一眼，本来想放一边，突然觉得不对劲——老头是个死抠门，最爱惜东西了，偶尔买本书回来看都要包书皮，从来不干这种从书上剪图片贴本子上的事。所以又拿回来仔细翻看，发现图片下面有字，内容跟菜谱一点关系都没有。”

“记了什么？”

“日记，全是跟卫欢有关的，卫骁一直在追踪他——卫欢在某时某地杀了某人，推测他是怎么做的，没能抓到他……哦，对，还写了那五万块钱的匿名汇款。”甘卿说到这儿，仿佛是为了故作轻松，喘了口气，含着点勉强的笑意打了个岔，回头冲后厨喊：“老板，您那面是现磨的吗？我俩没那么小资，吃速食也行！您快着点儿吧。”

喻兰川：“也就是说，卫欢谋杀你父亲的事，和他汇款给你交择校费的事……”

是记在一个本子上的。

“是啊，你想象得出来吗？”甘卿一摊手，“卫骁真他妈能省钱啊，牙膏管挤到最后上橡皮筋；洗发水用到底兑水再用半个月；一个本子用了二十多年，不写到最后一页不算完。”

喻兰川一直觉得甘卿身上有种非常浓重的漂泊气质，浪到这把年纪，被磋磨成这副熊样，居然还能隐约看见一身惹是生非的反骨，可见她叛逆中二期得是个什么样的不定时炸弹——自绝经脉、叛出师门、追杀凶徒、投案自首……哪一样都不像脑子冷静的正常人能干出来的。他喜欢她，不代表他认同这种凡事做绝的价值观。

直到这时，喻兰川发现自己无话可说——她看不出来一开始的那几个人是故意的吗？她看不出来有人在暗中挑拨使坏吗？

她看出来了。可就算看出来了，到了这一步，她又能怎样呢？

“不过也都过去了。”甘卿抬手在身上一拂，似乎很释然，“我现在没亲没仇、没恩没怨，想开了无事一身轻。卫骁是绝情，可是后来想想，他毕竟把我养到那么大，对我也一直很好，甭管是欠债还钱还是虚情假意吧……我这两天不是上班也没什么事嘛，孟老板那一堆心灵鸡汤，我没客人的时候就拿来翻翻，看见过一篇文献，上面说了一个‘费斯汀格’法则，说生活中的百分之十是由发生在你身上的事组成，另外百分之九十是由你对这事有什么反应决定的。还挺有道理的。我就属于那没控制好百分之九十的人，活了小半辈子，干的都是亲者痛、仇者快的事。”

喻兰川：“扯淡，这种土味的话从哪篇文献上援引的？还百分之九十……社科专家喝多了用脚统计的？”

甘卿趴在桌子上笑：“小喻爷，你还能不能聊了，玄学和伪科学的土鸡汤是我们凡人精神世界的两大基石，你不要总是仙气飘飘地来刨我们地基，行行好！”

喻兰川迟疑道：“你……”

真的都已经放下了吗？像你说得一样释然吗？

要真是那样，那天又为什么会独自跑到东郊人迹罕至的墓园里去呢？

这时，后厨传来动静，老板紧张地呵斥那总是帮倒忙的少年：“不用你，烫手，别摔了碗！快快快，让开点。”

一股香味从后厨溢出来，他俩的面和烧饼终于做好了。

“尝尝，我们家烧饼是绝活儿，面也是绝活儿，汤底都是有讲究的。”老板热情地招呼他俩下筷子，店里的少年也跟着从后厨露出个脑袋，一边傻笑，一边充满期待地等着讨客人夸。

两位吃免费餐的客人只好停了之前的话题，双双拿起餐具，先完成店家的“好评任务”，结果一口下去同时僵住。

面很筋道，汤也没毛病，配菜水灵灵的——如果不是齁咸，果然是一碗好面。

甘卿艰难地动了动舌头，感觉自己舌头上的细胞给咸得集体脱水，舌头吊在嘴里，成了个干瘪的柿饼。怪不得这家店现在没人来了。

两人越过热气，对视了一眼，又看了看殷切地在围裙上擦手的老板。

甘卿：“好……嗯……吃！”

老板又看向喻兰川。

甘卿在桌子底下踹了他一脚，喻兰川只好放下筷子，伸手摸来水杯，一口喝了半杯，算是把方才那口盐稀释了，这才咂摸了一下：“是以前那个味。”

老板高兴了，兴致勃勃地在一边坐下：“我们家以前也请过厉害的大厨，这是人家留下来的配方，大厨平时还得去酒店掌勺，不天天来，隔三岔五地来一回，他不在的时候，就留下汤底让我们自己给客人煮，配方是我买断的，别的地儿吃不着。”

甘卿听着相逢不识的故人讲故事，听出了点别样滋味：“您那会儿就有买断知识产权意识啦，够前卫的，花了多少钱？”

“两万。”老板冲她伸出两根手指头，“差不多小十年前了——不便宜了吧？”

甘卿一边附和，一边心想：还有这么一笔外快。

老板又絮絮叨叨地说：“大厨说他有个小闺女，上高中了，之前择校费就是他没提前准备好，临到头才抓瞎，让孩子上了个破高中。大学可不能再这样了，学费、生活费都得提前存好了，有备无患，万一再考不好呢？三本也得去读啊，就是三本学费高，两万都还不够呢。”

甘卿愣了愣，不知道为什么，也许都是遭瘟的喻兰川拉开了那道记忆的闸门，旧时光忽然奔涌上来，不由分说地淹没了她……与她故作强大淡定的自由散漫。她觉得心口像是有一根经年的刺，忽地冒出头来，狠狠地给了她一下。

“后来有一天，突然就辞职不来了，”老板却没注意到食客的表情，兀自慢吞吞地说，“大概是小孩要高考了，学费攒够了吧。也不知道现在怎么样了……你说这老头子，还没考就咒孩子上三本。”

他那不服管教的小姑娘总也不肯踏踏实实地坐下来念书，他操心得要命，又不知道能帮上什么忙，只好打两份工，努力给她攒学费，预备着最坏的结果。

只是没防备，最坏之后还有更坏。

甘卿用血把自己的青春年华涂得一塌糊涂，浑浑噩噩，直到疯疯癫癫的狱友把几本教科书捧到她面前，她才从这一场噩梦里醒过来。他们说她以后人生还长着呢，回头来得及的。她信了，想试着磕磕绊绊地把命运扳回正轨。

她知道后悔了，那时才真正安下心来读书，幻想有一天出去，能重新走进考场，带着录取通知书回去看老头，告诉他：“怎么样？我迈得开腿，走得了自己的路。你把我逐出师门，我也照样能混出个人样来，比你捧在手上、含在嘴里的卫欢强多了！你是不是有眼无珠？”

可……怎么没来得及呢？

“甘卿！”喻兰川心惊胆战地看着她无知无觉地往嘴里塞着面，三两口，快把那碗盐沏的面汤喝光了。

人间没有归路的啊。

我知这世界，本如露水般短暂。
然而，
然而。[①]

---

① “我知这世界……然而。”——《然而》，小林一茶。

第四章

喻兰川一把抓住甘卿的手，按下了她的筷子："你干什么……先喝口水！"

他拿起一个脆皮烧饼，掰成两半，一半递给甘卿："给，糖的。"

接着，他沉默了一会儿，继而不着边际地说："你知道电影里怎么把人写死吗？"

喻兰川说话喜欢直抒胸臆，很少会东拉西扯的，甘卿一时没明白，捏着糖饼，有些茫然地看着他。

"在写死他之前，给他设定一个永远也完不成的计划，"喻兰川说，"在我们老年痴呆之前，那些没买到的衣服，没完成的事，错过的路，都会在你脑子里没完没了地当钉子户。你当年在我这儿就是钉子户。"

甘卿笑了："小喻爷，你……"

"所以如果有一个没来得及告别的人让你不能释怀，那也没什么不好意思承认的。"喻兰川一字一顿地说，"人之常情。"

甘卿忽然愣住，喻兰川好像突然瞎了，一点也没察觉到她故作平静的表情快裂开了。他移开视线，把不平静的时间留给她，专心致志地研究起烧饼来，对旁边的老板说："我好多年没吃过糖烧饼了，外面店里卖的那种不行，掰开里面都是糖渣。"

旁边的店老板一边慢吞吞地擦着桌子，一边说：“那是凉了，必须得是刚从炉子里夹出来的、滚烫的，才有流芯，你俩小心烫嘴。”

甘卿回过神来，顺势捂住嘴，“咝”了一声，装作被糖汁烫了，趁机眨掉了眼睛里的水汽。

“饿死鬼投胎？”喻兰川立刻收起了昙花一现的温柔，白了她一眼，“你跟别人吃饭也吃得这么风卷残云吗？”

甘卿伸手抹掉了嘴角沾着的一点糖：“我这不是怕小喻爷秀色可餐，再多看一会儿当饭嘛。”

喻兰川差点儿忘了该用什么姿势把烧饼往嘴里送，心不在焉地塞了自己满口融化的热糖。别人是借糖遮掩，假装被烫，他倒实在，差点儿烫掉自己一层皮，眼镜都滑下来了。

甘卿笑了起来，笑完，又觉得不是滋味。她是辜负过深恩与厚意的人，没脸再去跟人讨要喜欢，不曾想周围的人——小喻爷、孟老板、美珍姐……甚至是一百一十号院的杨老帮主他们，竟然还敢把好意交到她手里，不怕她再失手摔了。

这简直让她诚惶诚恐，不知如何是好，倒是显得越发有口无心、油腔滑调了。

老板连忙过来给喻兰川倒凉白开，甘卿就说：“您这烧饼一点也没减量，良心了——就是汤面再原汁原味一点就好了，调料加得稍微有点多，现在的人，在外面重油重盐地吃腻了，都觉得口味越清淡越高级。”

老板听完，睁着两只昏花的老眼，静静地问：“姑娘，是咸了吧？”

甘卿：“呃……”

“唉，老了，舌头不灵了，也就剩下耳朵能咂摸出话里的味了，人话还是听得懂的。”老板落寞地叹了口气，“恐怕是该关门了。”

甘卿知道他中年丧子之后，唯一的牵挂就剩下这家小饭店了，连忙说：“别啊，历届毕业的学生都惦记您这口烧饼和面呢，我们今天就是特意回来吃的。您关了店，以后熟客来了怎么办？”

“哪儿还有熟客？都走啦，不来啦。”老板摆摆手，像个行动不便的老猿，慢吞吞地走到收银台，从抽屉里翻出了一个巨大的塑料文件夹，抽出几张纸，“正好，你们小年轻眼神好，给我看看这个。”

喻兰川擦干净手，接过来一看，是一份合同，关于拆迁补偿的。

“这两年孩子少了，十三中越来越破，当然也越来越招不上人，好像是马上就要跟别的学校合并了，合并完扩建，我们都得走。”老板坐下，透过窗户，朝学校的方向看了一眼，又说，“也是好事吧，合并了以后就不叫‘十三中’了，改一改校风就好了。”

喻兰川是看惯了合同的，大致一扫就能扫出好多点，逐条给老板解释，甘卿听了两耳朵，半懂不懂的，就跟老板说了一声，翻看起那个厚厚的文件夹。那里头什么东西都有——老食客给写的明信片、十三中每年运动会和校庆的照片……

喻兰川拿铅笔给老板勾重点，老板一边等，一边给甘卿解说：“那是个摄影师，走街串巷拍照片的，拍了我们家的门脸，回去那照片还获了个什么奖，也是件光荣事嘛，我特意把那页杂志留下来了。”

甘卿仔细一看，只见杂志上果然有张小饭馆的照片，得了个光荣的“鼓励奖”，照片底下还有小字备注：“虽然作品技巧有所欠缺，但作者把镜头聚焦底层人民，还原了肮脏狭窄的陋巷，捕捉到城市边缘人生活的一角。镜头感情充沛，拍摄者悲天悯人。”

“那个是有一年高考，十三中咸鱼大翻身，十五个人上了重点线，比前后好几年加起来都多，真辉煌啊！学校门口贴出了大红榜，我看着也高兴，就给拍下来了。我儿子是上不了榜啦，只能蹭着别人家的喜气跟着自豪。”

那张红榜上写了十五个人，其中十三个人的班级备注是高四某班——甘卿也记得这事，她刚入学的那年，十三中办了个复读班，以免学杂费为诱饵，骗来了一帮成绩好的穷学生，复读生为十三中破纪录的同时，被这垃圾场耽误一年，平均成绩比头一回高考下跌了二十分，于是“辉煌”的复读班第二年就黄了，倒贴人钱，人家也不敢来了。

再往后翻，甘卿的手忽然一顿。

只见那是一张剪报，上面报道了一起杀人案，受害者姓名当然隐去了，照片还打了马赛克，但甘卿仍然一眼就看了出来，那是卫欢。

“这个呀，”老板探头看了一眼，仔细回忆了片刻，“这可不是什么高兴事，这人头天还来我这儿吃过饭，第二天就让人杀了，据说死的时候身上一堆假证件，不知是干什么的，唉，总归是我们的客人。”

甘卿愣了愣：“他来过这儿？”

“可不是嘛！”老板指了指剪报旁边歪歪扭扭的孩儿体，“你看，我这还记笔记了，这人来的时候，点了三大碗面。我说吃这么多汤汤水水，回头胃里肯定不舒服，要是怕吃稀的不顶饱，我给您拿儿两烧饼不就得了吗？他说不用，就想尝尝这口面汤味。”

甘卿的眉梢轻轻地动了一下。

“奇怪吧！这人不吃面，光喝汤，先把汤喝干净了，才半死不活地随便吃两口面。我说您可真有舌头，知道今天大厨不在，面条是小伙计擀的，只有汤底是大厨留下的。他没听见似的，也不言语，我看这人脸色阴沉沉的，眉眼间带着戾气，一看就是个不好惹的主儿，没敢跟他多聊……果然就出事了。”

卫欢独自跑到他……前任师父打工的小饭店，趁师父不在的时候，点师父做的汤面？

喻兰川也从合同里抬起头，听得十分诧异。他一直以为像卫欢这种收钱杀人的凶手，应该跟杨平之流差不多，大脑哪个地方天生没长好，一门心思地反人类。于是他好奇地从甘卿手里拿走了那个塑料文件夹：“我看……”

他这一拿，没粘严实的剪报后面滑出了一个小信封，差点儿落汤里，甘卿的手快如闪电，从文件夹底下伸过去，将将夹住那个信封：“老板，您这里面怎么还有暗器啊？”

“啊？”老板一头雾水地应了一声，一时也有点蒙。

信封是密封的，没开头也没落款，上面就写了个“10”。白纸泛了黄，因为年代久远，封口的糨糊已经干得掀开了一角，露出过去那种红格信纸的边。老板把它颠来倒去地看了好几遍，才艰难地唤起了回忆：“对了，我想起来了，这封信是那位客人留下的。”

喻兰川和甘卿同时坐直了，两人飞快地对视了一眼，甘卿眼睛里扫过冷冷的流光。

甘卿的声音略微压低了一些：“留给您的？”

“不是，我又不认识他。”老板连连摆手，“对啊，这是留给谁的来着……怎么会在我这儿？”

他稀里糊涂的，可能是有点阿尔茨海默症的先兆，没来得及老态龙钟，就已经把自己活成了一团乱麻，东一个线头、西一个线头的，一时半会儿捯不到首尾。

这时，后厨里的少年大叫一声，一阵风似的跑出来，把发红的手举到老板面前，嘴一撇，开始号。

老板“啧”了一声：“让你别去后厨捣乱，那烧着开水呢，烫一下老实了吧！”

这相依为命的爷儿俩都不太灵光，一个满屋子号，一个追在屁股后面哄，剩下喻兰川和甘卿四只眼睛盯着桌上没拆封的信，活像守着一根快爆炸的雷管。

就在喻兰川犹豫着拆别人信件会不会不道德的时候，甘卿已经二话不说地撕开了信封。

喻兰川：“欸，你……”

“师父”——信开头写明了称呼，这居然是留给卫骁的。

卫欢的字很整洁，他像是把手上的功夫也用在了写字上，横平竖直，好像印刷体，甘卿一目十行地扫了下去。

“我跟老板嘱咐好了，这封信在这里存十天。我告诉他注意本地新闻，要是在这十天里听说我死了，这信就不用给您了，省得让您伤心。要是他没听见什么消息，十天也够我走得远远的了，到时候再把这信给您，省得您来找我。

“师父，我小时候一直觉得咱家规矩大，这也不行、那也不行，一代人只能收一个弟子，别人不动手，自己不能动手，出门不许跟人提自己的师承——尤其最后一条，我们万木春也是堂堂正正的门派，怎么就不能提呢？我一直想，师祖就算金盆洗手，也是五绝里拔头筹的人物，您是他一手带大的弟子，本事比师祖不差什么，都说您青出于蓝，可是还没出头就先隐居，这么没家没业地混一辈子，您真甘心吗？我的天分跟您比，是天上地下。可能确实是这样吧，我们这些下笨功夫的人，好不容易练出点什么，就特别把它当回事，也格外容易不甘心。

“我想，咱们门派从宋朝就有，不也一路传承至今了吗？怎么越到后面越畏畏缩缩的呢？

“现在，我总算有点明白了，这是一条一线天的险路，走上去就回不了头，只能一直往前，一直给逼到走投无路的悬崖，跳下去完事——古代兵荒马乱的时候，人命不如草，哪条路都是悬崖，没区别。可是现在不一样，平地上明明有四通八达的活路，非得吊得高高地走钢丝，傻子才干呢。

“我就是那傻子。

“师父，我每次半夜惊醒，都会想起朱聪给我的那一个钢镚儿，那是我第一笔买命的生意，就收了他一块钱。我俩在燕宁火车站见的面，自从他们家出事以后，我有好几年没见他了，差点儿都没认出他来。朱聪是我兄弟，我们俩从小一起玩到大的，小时候我遵着您的嘱咐，不敢跟人提师承，也从来不敢跟人动手，在外面挨了欺负只能忍着，都是他照顾我的。您也亲口说过，这是个厚道孩子。

“厚道人后来变成了那样，师父，换了您，您怎么办呢？您能把自己万木春的刀一瞒到底，冷眼旁观，假装什么都不知道吗？

“我不行。

“循着一点线索，我们俩追踪了一个多月，找到了当年放火烧仓库的人。他躲到外地去了，居然还成家当起了良民，那些冤死的老幼妇孺半夜不来撕他的心肝吗？

“如果不来，那说明世界上真的没有鬼神啊，那我们这些拿着屠刀的人，还有什么好敬畏的呢？事后，我拿那一块钱买了两根白糖水棒冰，跟朱聪分着吃了，吃完我就知道，家是回不去了。您怪我吗？

“可是这事，我不后悔。”

甘卿觉得自己脑子里一定有一块地方坏了，这封信看到一半，每个字她都认识，连在一起是什么意思，她读不明白了。她的目光凝在了中间某几行上，来回看了不知道多少遍，看得脑子里一片空荡荡，只剩下太阳穴上的动脉“突突”地跳，像是随时准备刺穿她的颅骨。

喻兰川见她脸色不对，问：“怎么了？”

甘卿慢半拍地抬起头，直勾勾地盯着他。

喻兰川：“真的是那个杀手卫欢写的信吗？给谁的？上面说了什么？”

甘卿眉心略微一蹙，然后眯起眼，看着喻兰川，又像是穿过了他，落到了更遥远之处。

“小喻爷，”她忽然没头没脑地说，“问你个事儿。”

喻兰川：“嗯？”

“你喜欢我什么？”

喻兰川猝不及防地被她切换了频道，很直男地没跟上节奏，往后一仰：“什么鬼？你脑子短路了吗？”

甘卿就朝他笑了一下，跟平时正经不了三句就逗他玩的神态一样。逗完了，她又把目光重新投回信纸上，喻兰川却忽然有种很不对的感觉，脱口说：“最开始想认识你，是因为我小时候你救过我。你把我丢在垃圾填埋场，转身引走了那些人，那个……喀，那个背影我记挂了好多年。”

甘卿弯起眼睛，不以为意：“这故事听着耳熟，小时候看《新白娘子传奇》里好像有这段。”

喻兰川习惯性地给了她一脚。可他没想到，每次都踢空的脚这回居然结结实实地撞在了甘卿的胫骨上，她那条腿猛地往后一飞，人差点儿从椅子上掉下来。

喻兰川意识到了什么，伸手去抢她手上的信：“信里到底写了什么？”

甘卿把信纸往手心一拢，连人带椅子撤开了三十厘米：“没什么重要的，你接着说，没听够呢——上次有好看的男孩子跟我表白，我还在隔壁上学呢，不过他没说完就哭了，把画面弄得跟恶霸逼良为娼似的。”

喻兰川搭在桌边的手指蜷了蜷，他不知道甘卿看见了什么，但隐约意识到，自己接下来要回答的可能是一道送命题。

空气一时凝固了。

喜欢一个人什么呢？

要非得拿这道题的分数，解题思路其实无外乎三个方向：皮相、内涵、分量——“皮相”是年轻漂亮，“内涵”是真诚有趣、人格健全，“分量”更复杂一点，当然不能说是物质条件和身份学历，只能说是“有钱有权有地位带来的风度气质”，或者“修养学识烘托的光芒万丈”。

“你长得符合我审美，”喻兰川斟词酌句地说，“这是前提，不然咱俩现在就是结拜兄弟了；你性格很好相处……对我来说，性格能合得来的女的还挺不常见的。”

甘卿诚恳地说：“我觉得那应该是你的问题。”

“确实是我的问题，”喻兰川坦然一点头，“但是到了这个年纪，与其改变自己去迎合别人，我还是宁可等一个合得来的，哪怕不太好找。还有就是基于遗传因素，我比较容易被一些强大神秘的东西吸引，虽然这可能意味着麻烦——你们万木春刚好符合这一点。”

甘卿笑道：“这么合适，看来是缘分啊！”

喻兰川却并没有跟着她笑，严肃地说：“但是皮囊会老，像你这样不加节制的吃货，我觉得以后可能不光会老，弄不好还会胖。”

甘卿：“……”

“性格也会变，人格其实还不如春天的河冰坚固，要是能随便穿越时空，很多人可能都会跟三年前的自己打起来。至于其他的东西，那就更虚幻了，跟寄居蟹的壳没什么区别。”喻兰川缓缓地说，“而我，只是因为被这些东西眯了眼，机缘巧合地追着你走了一段，恰好追出了感情而已。我现在也不知道喜欢你什么，可能就像别人家的赛级名猫再好，你也还是会喜欢你家门口的土猫一样。”

“你……”被形容成土猫的甘卿愣了好半天，捂住脸，无奈地笑，“你有毒吧？”

喻兰川不吭声，静静地坐在破旧的小餐桌对面，目光真诚得近乎热烈。他伸长了胳膊，把手按在甘卿头顶：“你笑得比哭还难看，土猫，跟我说说，谁欺负你了？”

甘卿轻轻地说：“我不知道。”

她以为自己的人生是个悲壮与沧桑并存的剧情片，她是逆风而行的落拓浪子；现在却发现这只是个粗制滥造的黑色喜剧，她是个不知道往哪儿卖力的慌张小丑。

喻兰川的手顺着她的头顶滑下来，掠过她干燥的眼角和皮肤，最后捏住了她的手，一点一点地把卫欢那封信抽了出来。只看了两眼，他就震惊地抬起头："等等！悄悄说过，她爸追查灭门案的时候，在外面有个神秘朋友帮他，难道指的就是卫欢？"

"美珍姐说，那天晚上，行脚帮的人绑走了几个丐帮长老的家属，看守睡着了，几个喝醉的小混混丢烟头玩，'意外'点着了厂房。绑架的也好，点火的也好，后来都因为过失被判刑了，最长的判了七年，都是行脚帮参与绑架的人。至于丢烟头引起火灾的那几位，本来就只是喝多了路过，没他们什么事，进去转了一圈就出来了。好多年以后，被判刑的几位陆续出狱了，朱聪也长大了。他意难平，重新回燕宁调查当年的事，发现那几个看似是'意外'的混混都隐姓埋名，跑了。他在燕宁没有别人可以信任，所以找到了卫欢帮他。"甘卿盯着信纸泛黄的边缘，"这几个放火人的动机是什么，信里没写……无外乎那几种吧，要么是别人许之以利，要么是自己有什么小辫子落在了别人手上，被苦主翻出来的时候，肯定也会为自己辩解……"

喻兰川接话："他们只让我扔个烟头，我不知道厂房会着火，里面还有人。"

甘卿沉默了片刻，声音压在喉咙里："卫欢以一块钱开始，开了杀戒，就此拔出萝卜带出泥。他俩一路找，一路报仇，其中……其中有一个人姓甘，杀他的时候惊动了他的妻子，她受了刺激，从那以后就疯疯癫癫的。留下的一个小女孩被追查着不肖徒弟来的卫骁领走养大……因为他觉得卫欢作的案，都是他的债。"

"甘卿……"

"你知道卫欢跟我说的最后一句话是什么吗？"

喻兰川对上她的目光，几乎被那目光震慑住了，一时说不出话来。

"他说：'我输了，我去自首吧，小师妹，你别杀我！'"

卫欢是个不起眼的男人，长得不如他师父周正，很黑很瘦，走路低着头，随便找个工地，他就能混进去搬砖。当年他还不到四十岁，就已经露出了苍苍老态，说这话的时候，带了点可怜相。

“我以为他是怕死求饶。我想着这人怎么这么恶心？”甘卿的肩头突然塌了，“我……”

她千辛万苦才把卫欢钓出来，为了这，逃学混迹各种地下场所，混出了一身的戾气，认定他是贪生怕死，想借机逃走，哪儿肯收手？卫欢用鱼死网破的打法，把她弄得遍体鳞伤，几乎爬回了家。可是那些可怕的伤并没有留下一点后遗症，反倒是她自己挑的那一刀，让她至今只有一只手能提重物。

当时，卫欢是真的力不从心，没法伤到她的要害吗？还是只是尽了最后的努力，让这件事看起来像一场不公平的斗殴，甚至是未成年少女的正当防卫……拼命把她从丧心病狂的杀人犯的不归路往回推？

要怎么样才能度过平安幸福的一生呢？

首先得有安身立命的本事，得有好多钱，不然一场大病就能把人逼得走投无路。其次还得注意维护自己的社会关系，关键时候能说话，说出来的话有人听，不然挨了欺负没地方说理去。

还必须管理好自己的期望与欲望，甚至管好别人对自己的期望，不然稍不注意，就会怨怼丛生。以及……要有一颗强大的心，不管外界纷纷扰扰，我自岿然不动，选好自己的路，刀山火海也绝不回头。

做到了这一切，人事已尽，只剩听天命。

天命说，好吧，过。

这算险象环生地留下一条狗命。

天命说，慢着，你等一等。

那么这小半辈子，吃过的苦、受过的罪、流过的血，自以为被烈火锻造的灵魂……就全成了泡影。

甘卿想，下一次，如果再有不谙世事的小女孩瞪着猫头鹰似的大眼，迷茫地问："你的一生，将以什么立足呢？"

她绝对不敢再一笑而过了。

小饭店一角，被烫伤的傻孩子"嘤嘤嗡嗡"地小声啜泣，老板摸出一把钢镚哄他："好了，吹口气就好了啊，别哭啦，咱家还有客人呢。爷爷给你钱，你自己出去买冰激凌吃。"

少年噘着嘴，含混地吼："我不要！"

"怎么了？你不是爱吃吗？"老板问他，"就那个巧克力味的……"

"我不——不要！"少年抬高了嗓门儿，一把推开老板的手。

他哪儿有轻重，一把年纪的老板没站住，被他推了个趔趄，钢镚撒了一地。

"哎哟，"老板两只手风车似的在空中倒腾半天，惊险地抓住了桌沿，一屁股跌坐在小凳上，"你要摔死我啊！"

少年惊恐得把七窍都张开了。

老板按着"突突"直哆嗦的心口，吓唬他："摔死我，没人养活你了！你就得睡大街、要饭去！"

少年听完，真给吓住了，大嘴一撇，放开嗓门儿，哭了个肝肠寸断，好像此时此刻，全世界的伤心事都由他代言。

喻兰川却心惊胆战地看着甘卿，因为甘卿被哭声惊动，侧过脸听了一会儿，竟然笑了。然后她站起来走到少年面前，帮着老板捡起散落一地的硬币："您别骂他了，准是有十三中的小流氓欺负过他——嘿，宝贝儿，看这儿。"

甘卿捏起手指，在少年面前打了两个响指，一枚硬币从她的小指缝里打着滚地翻到拇指尖上，跳舞似的在她的拇指尖转了几圈，最后被甘卿一把攥进手心。

少年被这小花招吸引了，打着哭嗝探出脖子，好奇地翻开甘卿的手。

甘卿顺势把硬币倒进他手心："我带你去买冰激凌怎么样？没人敢欺负你。"

少年抬头看了看她，给点阳光就灿烂，脸上顷刻间暴雨转晴，笑了一脸鼻涕泡，又被哭嗝噎得原地一蹦。

甘卿拎起他的肩膀："走喽！"

喻兰川说不清甘卿现在是什么精神状态，唯恐她出什么事，赶紧跟上："老板，给我们留着桌！"

少年有了这二位保镖，快乐地把两条腿蹦跶出了四蹄的效果，在前面一弹一跳的。

没来得及把人间照透的夕阳西沉，即将离场，街角冷饮店的墙上，已经被画上了一个大大的"拆"字。

少年离着店老远就开始喊："我要——要巧、巧力！"

他话音没落，旁边就传来一阵哄笑。原来白日一天长过一天，路边烧烤出了摊，不学好的青少年们又多了一处消遣的地方。这帮小崽子穷极无聊，笑点都长在脚心，这辈子可能也没什么高级趣味了，听见智障少年的声音，就像闻见臭味的苍蝇，一窝蜂地跟着高潮起来。

"哎，那大野驴又来啦！"

"你们驴也吃'巧——巧力'啊？"

有学少年说话的："我要——要巧、巧力。"

还有人捏着嗓子在旁边学驴叫。

少年脸上无忧无虑的笑容融化了，冷饮店里只有个年轻女店员，不敢出头，只敢小声嘀咕了一句："有病啊。"

这几个小流氓一边站起来，一边起哄，围在冷饮店门口："小驴，买去呀，买完我们喂你。"

这时，街角传来一个声音："你听见了吗？"

小流氓们随声转过头去，看见甘卿和喻兰川慢悠悠地走过来。

喻兰川："听见什么？"

“居然有狗学驴叫。”甘卿拉扯了一下自己的耳朵，“真稀奇。”

方才学驴叫的那位认为自己无端遭到人身攻击，愤怒地站了出来，预备发射污言秽语：“你这……”

他身后一个同伴却一把拉住了他——说来也巧，这位头顶染成铜绿色的，正是下午骑着共享单车打群架的一位“骑兵”。

绿毛“骑兵”见甘卿如见鬼，惊悚地叫了一声：“三刀六洞！”

“嗯？”甘卿一歪头，把手探进怀里，“我什么时候改了个这么长的花名？”

绿毛“骑兵”以为她要掏刀，猛地往后蹿了一大步：“姐姐，我们错了！”

他的恐惧像会传染，周围几个找事的小流氓都夹起了尾巴，一边做出不服的肢体语言，一边顺着墙根溜了。

“啧，跑得倒快。”甘卿这才掏出了怀里的东西——一个零钱包，扔给喻兰川，“晚饭老板请了，我请你吃冰激凌吧。”

智障少年心里不存愁，美滋滋地让巧克力冰激凌糊了一脸，滴滴答答地回家了。

喻兰川举着两个冰激凌从冷饮店里出来的时候，看见甘卿斜倚在马路对面的一根电线杆上，正望着十三中的方向发呆。她的衬衫太厚，没法塞进裤腰里，于是后摆垂着，像是晾在个空荡荡的衣架上，里面兜着野鬼孤魂。

喻兰川看着她修长的侧影，忽然一阵喘不上气来，只能大步朝她走过去。

甘卿被他的脚步声惊动，一转头，又朝他挂起不动声色的微笑：“吃了姐姐的东西，不说句谢谢姐姐？小喻爷，你还不如方才那位头顶草原的少年郎有礼貌啊。”

喻兰川：“……你是谁姐姐？”

甘卿伸手接过一支冰激凌：“你小时候追着我叫了一宿的姐姐。怎么？长大就不认账……”

喻兰川腾出来的手猛地一推她肩膀，只有左臂能动的甘卿被他按在了电线杆上。甘卿怕奶油抹在小喻爷那一看就很贵的外套上，仓促间，只能把冰激凌往旁边撤，就像展开了怀抱一样。

一点残留的薄荷味倏地涌进她领口，然后，又冰冷、又炽热的吻落在了她模型一样的微笑上。

第五章

那是一种非常干净清冽的味道，非得是不烟不酒，生活极其自律，并且能幸运地在滚滚泥石流里独善其身的男人，才能在成年之后很久，依然带着这种晨风一样的气息。

一时间，竟然让人心生惭愧。

甘卿愣住了，直到融化的奶油落在她的手指上，她才如梦方醒地轻轻挣动了一下。安静的小巷里，拿着巧克力冰激凌的少年已经跑远了，空气里隐约传来他嘴里荒腔走板的歌，烧烤摊上的小流氓们被“三刀六洞”的姐姐吓得跑远了，只有余晖，只有交叠的影子。

连风也停了。

喻兰川像是终于到了梦想之地的旅人，在山巅插上了旗，圆满且疲惫地后退了半步，看着甘卿的眼睛。

甘卿的中枢神经系统暂时关了机，四肢肌肉无所适从，只好依着“惯性”，干完刚才没来得及的事——把滴着奶油的冰激凌塞进了自己嘴里。

浓重的奶油香摧枯拉朽地冲击她的舌尖，与方才那冰火两重天的薄荷味混杂在一起，一边是甜腻，一边是清苦。

夜风倏地又起，刮来脏巷里烧烤摊的烟火气，不知哪儿来的熊孩子在附近玩自行车，沙哑的铃铛响个没完，喻兰川的鞋底在马路牙子上摩擦了两下，一缕头发被微风吹到好看的眉间……这些过量的信息险些拥塞住甘卿的感官，等她把五官六感安排明白时，冰激凌已经啃了一半。

喻兰川轻轻地磨了一下后槽牙：“劳驾，能给我指点一下，我该怎么理解你这个反应吗？”

甘卿若有所思地咬了一口蛋皮，还怪脆的。

喻兰川眼角开始跳：“你是不是有点混……”

“我比较一下，”甘卿抿了一下嘴角沾的奶油，“你俩哪个甜。”

她五官的灵魂在眼睛里，下半张脸长得十分低调，唇线单薄而锐利，时常缺少血色，只有碰到生冷热辣的时候，才会从中间开始泛起一点红晕，就这一点红晕把喻兰川的目光驱赶得无处安放。他喉咙微微动了一下，声音有些沙哑地问：“比出结果来了吗？”

甘卿似乎想说句什么，想到一半又给咽回去了，闷不作声的。她一边啃着剩下的冰激凌一边笑，就这样转身往小面馆的方向走去，目光却比身体转得慢，狠叨叨地勾住了喻兰川的脖颈，牵着他走。

随口一说，怎么还真信了呢？这是有点缺心眼儿吧。甘卿想，哪儿能拿你和它比？这玩意儿才值五块钱。

她回去让老板把剩下的几个烧饼打包，老板不干，非得又给她多拿了一打。

甘卿说：“别介，哪儿有吃不了还兜着走的？”

“拿着吧，你们来就是缘分。”老板说，“吃够了算，省得以后惦记没地方吃去。”

甘卿推辞不得，只好把打包袋挂在喻兰川手上，悄悄把饭钱压在杯子下面。他俩出来的时候碰上两个加班加点的工人，正拎着油漆桶在旁边那条街上写“拆”字，马上就要一路写过来了。

甘卿驻足看了片刻，从打包袋里捏走一个烧饼，又朝喻兰川一伸手：“那封信给我。”

喻兰川犹豫了一下：“你还要看吗？”

“我没看完。”甘卿单手托着烧饼，手心接着掉下来的芝麻，倒退着走，“不了解清楚，我怎么彻底了结这件事？”

过去的恩怨，她要全部揭开，即使已经被她亲手打上死结扔进了油锅。油锅已经沸腾，但她还是得伸手进去捞，因为对她好和对不起她的故人都没有了，万木春独她一个，怎敢就此支离破碎地苟活？

还有喻兰川这个放着满世界的“白富美”不要，非得在她这儿耽搁大好年华的二百五，做了那么多年风控，准是都做到狗肚子里了，她怎么能让他血本无归呢？

一瞬间，喻兰川忽然觉得时光倒退，甘卿和很多年前的身影重合在了一起。

踩着风，像一团浓烈的火烧云。

闫皓把地上的毛扫干净后，抬头看了一眼悄悄，她戴着口罩，脸上好像只有一双眼睛，刚做完美容美毛的小狗乖乖地趴在她面前，哼哼唧唧地撒着娇，是个岁月静好的画面。

闫皓想：坏人们都死了，杨平也入狱了，以后就好了吧。

悄悄感觉到他的目光，抬头看了他一眼，闫皓就朝她傻笑，殷勤地跑到隔壁，拿来了一兜新买的罐头放下，在悄悄的本子上写道：“以后还是接着上学吧，当个宠物医生好不好？”

悄悄歪着头看他。

“我有钱，”闫皓一笔一画地写，“可以给你交学费的。”

悄悄的眼睛忽闪了一下，似乎是笑了，接过笔，说：“小哥哥，你不要这么好人，好人吃亏，容易挨欺负。”

闫皓没往心里去，摸了摸小狗光滑的后背，笑呵呵地跟悄悄告别走了。

悄悄目送着他离开的背影，眼睛里波光粼粼的笑意渐渐消失了。她透过玻璃窗，阴森森地往一百一十号院的方向张望了一眼，双手捏成了拳。

方才还在摇尾巴的小狗“呜”的一声从高台上跳下去，躲进了墙角。

张美珍在医院陪杨老帮主，甘卿家里没别人。

喻兰川找来一张八开的白纸：“绑架丐帮长老家人的是行脚帮的人，但卫欢和朱聪没有先去找他们，因为当年朱长老已经报过仇了，被抓去判刑的那几个都是跟着干活儿的小弟子，不是主犯，再者他们也坐了牢，所以两清了。最开始，他俩追踪的是放火烧房还被无罪释放的人。但是在这个过程中，发现了不对劲。”

甘卿把卫欢的信纸一张一张地摊开：“喏，他们一开始理所当然地认为，绑架犯和指使我……他们这些人放火的，是同一拨人，但有一个人在走投无路求饶的时候，说了一句很可疑的话，他说‘你们自己人要害自己人，为什么要把我扯进去？我就是欠了点钱而已啊’。”

喻兰川听到这儿，放下笔说：“其实我一直觉得有两件事很奇怪。”

甘卿看了看他。

“第一，就算当时那几个长老本人都不在家，家里只有老弱妇孺，就算这些人里恰好没一个能打的，叫声‘救命’也来不及吗？有的受害者家里有四五口人，怎么样才能在一瞬间悄无声息地控制住这么多人？”

外国电影里确实有这样的桥段，但一来，人家那歹徒手里至少得有把枪，二来受害者住的地方也得够偏僻，跟邻居相距比较远，受害者来不及呼救。可八十年代初的燕宁不是这样，那会儿好多人家住小平房里，不知多少户挤在一条小窄胡同，互相都没什么隐私可言，谁家小两口拌嘴的声音大一点，旁边没准就有好管闲事的邻居隔着墙劝，要是有歹徒突然闯进来，只要哪个吓一跳的孩子叫唤一嗓子，四邻肯定要亮灯。

“第二，悄悄说她那个自杀的大舅舅是无辜的——被杨平骗去报信，借以在东窗事发的时候洗脱自己的嫌疑，你不觉得这个脑回路很清奇吗？报信人跟受害人关系好、人品好，就能说明他无辜吗？再说就算报信人无辜，跟‘杨平无辜’也没有必然联系吧？丐帮不能因为祖上以要饭为主业，就不要逻辑了。”

甘卿说：“但她舅舅这个报信人已经死了，她妈既然被一起送到了乡下老家，也说明朱长老没有怀疑过报信人吧。”

“我觉得他们两家人的关系不只是‘不怀疑’。”喻兰川说，“你想，假如有个朋友，被别人利用，害死了你全家，就算这个人完全不知情，而且自杀谢罪了，你会完全心无芥蒂吗？就算朱长老特别宅心仁厚，不忍心看见孤苦伶仃的小女孩没人管，那在燕宁找个人收养就行了，为什么要把她和自己仅剩的独苗放在一起？这太奇怪了吧？”

甘卿先是一愣，随后猛地抬起头：“你是说……”

“能彼此托孤的，”喻兰川一字一顿地说，“要么是生死之交，要么就是同流合污。”

杨老帮主和张美珍被爱情冲昏了头，觉得一切干戈都能化为玉帛。然而不但是行脚帮和杨平不满意，朱长老他们这批人也是激烈反对丐帮和行脚帮“联姻”的。但老帮主杨清，在中华人民共和国成立前就是五绝之一，多少年的老帮主，在帮内一手遮天，打定了主意当“昏君”，长老们再反对，也没有置喙的余地……那么，怎么才能让这件事黄了呢？

甘卿的手指敲着桌沿：“杨老帮主九十多岁了还拿着打狗棒，他不倒，底下人心不敢活动。三十多年前，他五十出头，正是如日中天的时候，朱长老在武林大会这种场合公开闹事，扫帮主的面子，本身就不像个‘长老’能干出来的事。”

“他们先是故意挑起矛盾，晚上借故聚众借酒浇愁，跟几个朋友商量好，把家人带到别的地方休息一宿，自导自演一出‘绑架’，逼杨老的宫。”喻兰川说，“朱长老他们、报信人、绑匪、被绑架的受害者、杨平——他们一开始都是知情的同谋，我能想到的只有这个解释。”

就在这时，家里的座机突然响了，打断了他们俩这让人起鸡皮疙瘩的推测。

甘卿顺手拎起听筒：“喂？”

“我，没睡呢吧？”张美珍说，“不知道哪儿出事了，医院这边突然送来一大帮重病号，病房不够用，楼道都躺满了人，乱哄哄的。老杨也恢复得差不多了，我们跟大夫商量了，今天先回家住，明天再补出院手续——我们一会儿就回去了，我没带钥匙，你给我留个门。”

“哦……”甘卿的注意力还没转过来，慢半拍才反应过来张美珍说了什么，“这……大半夜的，杨帮主也跟着这么折腾，行吗？”

其实她的潜台词是，现在丐帮和行脚帮不分香臭，一起成了过街老鼠；以前在“一百一”周围出没的乞丐几乎绝迹；失踪多年的杨平被隔离调查，也不知道会是什么下场——老爷子病没好利索，这时候回“一百一”，面对这么个局面，能好好养病吗？

“就是他自己想回去。”张美珍是个敏锐的人，隔着信号也能听出言外之意，说，“他爱怎样就怎样吧，这把年纪了，还能过几天顺心日子？又还有什么想不开的？”

“那我留门，”甘卿顿了顿，就在这时，没关好的卧室窗户被风吹开了，衣架上挂的一个玻璃风铃乱七八糟地响了起来，甘卿好像突然被神婆“梦梦老师”上身，一种说不出的感觉从她胸口蔓延开，“等等，美珍姐！”

“嗯？”

“你路上小心。”

张美珍“嘿”了一声，嫌她闲吃萝卜淡操心，挂了电话。

甘卿脑子里的线头没来得及厘清，直觉却已经遥遥在前，拼命暗示她什么，她皱眉看向喻兰川："你的意思，是说朱长老他们，伙同自己的家人，陪杨平演戏？"

"那天的绑架案之所以能成功，是因为受害人根本是自己走的，而报信人是来带路的——组织几家人到近郊玩一圈，这边逼迫老帮主给个说法，挑起双方矛盾。"喻兰川说，"但这里头还有个问题。"

"什么？"

"首先，参与合谋的人太多了，所以在行动过程中，有人会后悔是大概率事件——丐帮弟子心里，对老帮主有感情也有敬畏，用不光彩的手段去撼动老帮主的权威，哪怕在他们心里觉得是为了丐帮好，也很难过得去自己这关。一旦有任何一个人犹豫不决泄了密，这件事就成了个彻底的笑话。"喻兰川说，"第二，既然是假装失踪，闹完事，肯定还得回来，到时候这些人全须全尾，一个都不少。以张美珍的手腕，很容易就会把这件事平息翻篇。别说这点儿小水花，两帮世代宿敌，不也要在她手里化干戈为玉帛了吗？那就白忙了。"

丐帮和行脚帮之间，缺的不是小矛盾，而是一段板上钉钉的血海深仇。

所以在一些人傻了吧唧跟着起哄闹事的时候，另一些人在磨着刀布局。

"如果杨平勾上了王九胜，以王九胜的狡猾，其实根本不用出面，他俩只要找个恰当的时机把这件事泄露出去，稍微煽风点火，行脚帮里原本的激进分子就会炸窝。"甘卿轻轻地说，"我们捏着鼻子跟你们和平共处，你们却当众给我们北舵主没脸，背后还要这种不入流的手段，让我们背锅。"

那还不如把罪名坐实。

"所以预备着'出门旅游'的人们没想到，他们是自己从羊圈走到狼嘴里的，行脚帮打了他们一个措手不及，帮他们把假戏真做了。”喻兰川说，“这就是悄悄舅舅会含恨自杀，朱长老自毁似的报了仇，把孩子们远远送到乡下的原因。”

惨烈的鱼死网破，其实是仇恨和万死难辞其咎的悔愧交加的结果。

甘卿敲了敲手里的信纸：“很多年以后，朱长老的遗孤朱聪回燕宁复仇——朱聪知道其中内情吗？”

喻兰川冷静地反问：“如果你是朱长老，你会对十三岁的儿子说出真相吗？如果你是朱聪，即使你人如其名，聪明绝顶，你会往这方面想吗？且不说会不会这么想，就算有人明明白白地告诉你，你会信吗？”

甘卿无言以对。

假如善恶黑白像油和水一样，泾渭分明、全不相容就好了，这样，世界上所有的受害者都是完美无瑕的，所有不好的事都能找到一个负全责的坏人。生活会变得像小学三年级的应用题一样简单明了，当事人和旁观者大概都可以松一口气了。

喻兰川：“然后呢？那两个没头苍蝇一样的复仇者去哪儿了？”

“从这封信上看，截和绑架人质的，是行脚帮里的激进分子；唆使放火的，却是丐帮自己人。”甘卿说，“他俩蹉跎几年，好不容易把放火的人都揪出来判刑，本以为大仇得报，没想到后面还有这种反转。可是他俩没权没势，找几个隐姓埋名的旧仇人都拼了吃奶的力气，这么多年过去了，内鬼哪儿那么好查？所以这时有人找上了卫欢，卫欢信里说……”

“师父，在这之前，我还敢说，自己是为情义担刀，替天行道。但在这以后，我没脸再见师父了。我和朱聪一路找人，一路东躲西藏，没别的经济来源，又怕人查，只能用一些粗制滥造的假身份证打黑工，攒点钱也只够路费，最长半年没吃过一口肉……这也没什么，反正我们俩都不用长身体了，谁也不用担心发育不良。最绝望的是，前路茫茫，没有方向。靠我们这么孤立无援地查，要查到猴年马月去？这一辈子真相还有重见天日的机会吗？所以许家人找上我的时候，我真的没法拒绝。

“当年许昭为了网罗邪功，成立邪教、包庇罪犯，是通缉犯，您和一帮前辈帮警方围剿许昭的事我还有印象，许昭那老鬼跑了，只抓到一帮邪教信徒。我没想到百足之虫，死而不僵，也没想到‘庖丁解牛’有一天也会成为他们的目标。师父，我把万木春出卖给这种人，我不是人。

“可是一步错了，步步都会错，手上沾了血，命里就打了印记，永远也洗不清。

“我开始从许家人那里‘接活儿’，他们介绍买命的人，我接；万一出了意外，他们会派人替我善后，买命的钱对半分。他们就类似黑中介。我自我感觉不是是非不分的凶手，当了婊子还要立牌坊，只接报仇的活儿，只杀罪大恶极的人，好像这样就能和良心交代了一样。许家人答应帮我们追查当年的事。

“我让朱聪回老家等消息，跟他说，等这件事一了百了，他就回老家跟老婆孩子好好过，在农村种地也好，出来打工也好，过几天好日子吧。

“我也没有完全指望许家人，毕竟买卖关系，人家不一定替我尽心尽力，所以自己也在留心丐帮的风吹草动。您应该记得，八年前，丐帮发生了一件大事——丐帮帮主的独生子杨平被逐出了门派。杨清宣布和杨平断绝父子关系，杨平就此失踪。这事一度被传得沸沸扬扬，但他那些罪状，我看着都觉得立不住脚，杨平早就被您废了武功，多少年了，几乎销声匿迹，他究竟犯什么错，能让一直宽厚和善的杨清把事情做这么绝？还有人传桃色新闻，说是因为张美珍回了燕宁，他不想让亲爹娶后娘，就朝张美珍下手——我看这更是可笑的无稽之谈，多大年纪了，还能搞出这种事？

“我当时心里突然浮现了一种可能，当年丐帮的叛徒，会不会就是他？这样，多年以后东窗事发，杨清才会跟他断绝父子关系。朱聪跟我想到一块儿去了，千里迢迢地来找我，我俩一起回了燕宁，但没找到杨平，于是用了笨方法，从当年杨平身边的人查起，这一查，果然查出了问题。

“有两个曾经在燕宁有正经工作的丐帮弟子，当年莫名其妙地消失，跑到了邻省一家名不见经传的面粉厂里打工。这件事完全不合常理，怎么会有在大城市待得好好的人，突然跑到偏远农村打工？这不是吃饱了撑的吗？但因为他俩从头到尾，跟朱长老家的事一点关系也没有，丐帮四海为家的人又多，所以以前也没人注意过。

“而就在这时，许家人带给我一个单子，目标就是面粉厂里那两个可疑的前丐帮弟子。

“师父你知道吗？我俩第一反应就是，这是灭口——谁要灭他们的口？如果是杨平本人，要杀早下手了，那么只能是……最近才发现当年真相的人，那位谦谦君子杨清。

“杨清这个伪君子根本不是铁面无私，如果他真无私，就应该把他儿子干的事昭告天下，而不是编一堆蹩脚的托词粉饰。

“我和朱聪接了这个单子，一起去了小岗村的面粉厂。我们找到那两个人，逼问威胁。果然，他俩就是杨平派去找人放火的狗腿子，这个面粉厂是行脚帮的产业。

“什么都明白了。

“师父，如果是正常人，事情到了这里，第一反应肯定是抓他俩去报警，让他们指认凶手，多圆满的结局。可是从我收了朱聪第一个钢镚开始，我们就离这个结局越来越远了——我是‘地下’的人，这辈子不可能再跟公家打交道，朱聪也红了眼，非要血债血偿，所以我动手结果了这两个人。

“完事以后，朱聪跪在地上号啕大哭，我不忍心看，把时间留给他，自己先回落脚的招待所了。我也很累，但我觉得总算对得起兄弟了，只差一个杨平，就功德圆满，于是睡了一觉。半夜被噩梦惊醒时，才发现朱聪还没回来，我突然一身冷汗，掉头回去找他，才知道我刚走，面粉厂就爆炸了，里面十八个人，玉石俱焚。

“这不可能是巧合！”

甘卿匆匆扫到这儿，目光突然卡住了，猛地站起来：“我终于知道一直觉得什么地方不对劲了。”

喻兰川：“让你读个信，你怎么老一惊一乍的？”

甘卿没理会他，拿起手机打给张美珍，那边可能是手机没电自动关了，没打通，她心里一紧：“你有杨总电话吗？”

喻兰川打开通信录，翻出杨逸凡的号码，把自己的手机递给她：“怎么了？”

“悄悄。”甘卿一边等杨逸凡接电话，一边飞快地对喻兰川说，“她来了燕宁后就在门口宠物店当店员，没挪过地方，一直盯着杨老帮主。”

杨平行踪不明，当年卫欢他们都没找到，一个小小的孤女，知道靠自己更不可能。而卫欢和朱聪显然都认定，杨老为了保护儿子，曾经做过不光彩的事，那么照这个思路，杨老和杨平这父子俩一定有联系，只要盯紧杨老，总有一天能找到杨平。

甘卿：“她真的只是盯梢吗？”

喻兰川皱了皱眉：“杨老牵涉其中，这只是两个死者的猜测，对吧？”

“我知道，悄悄不知道，以防万一……”甘卿说，“什么情况，杨总为什么不接电话？”

“谢谢，那我明天再过来补出院手续。”杨逸凡一边跟护士闲聊，一边清点了一下病房里的重要物品，全塞进一个大包里，一只手拿不过来，只好用双手抱着，手机塞进了挂在手腕上的小坤包里，“就住这么两天院，老头东西还挺多。”

这几天杨逸凡放长假，公司也没什么急事，电话、微信她都是集中回的，怕打扰住院部里的其他病人，她把手机调成了静音。

甘卿连着给她打了三个电话，没联系上：“你通信录里有闫皓联系方式吗？”

“呃，有……你搜备注‘后院鸵’。”

甘卿：“……”

“就……”喻兰川干巴巴地解释了一句，“我觉得这小子做事横冲直撞的，身材魁梧，脑仁袖珍，跑得挺快，飞起来又不太行，所以……”

“我有备注吗？”甘卿一边搜一边问，刚说完，马上又后悔了，一抬手打住他话音，“算了，你不用说了，肯定没好话，我不想知……”

喻兰川嘀咕道：“火烧云。”

他说话没张嘴，声音压得又低又含混，以甘卿这种隔墙听别人电话的耳力，居然只听见了“唔呜嗯”的一声哼唧，听着跟“吻”差不多。

甘卿愣了愣：“你闷骚得这么奔放？”

喻兰川完全不知道女流氓的脑回路串到哪儿去了，云里雾里地看着她，一双天生精明的眼睛里眼神很迷茫，像撒娇似的。甘卿就“啧”了一声，侧头夹住手机，亲了一下自己的手指，往喻兰川脸上一按，把他扒拉到一边去：“好了吧——怎么这个也不接电话……他还给我挂了！小喻爷，你这什么人缘？”

喻兰川一手捂着脸，百口莫辩。

闫皓头可断、血可流，电话不敢接，好在他还知道挂了来电后用微信回个问号。

甘卿来不及挑他的理，赶紧发了条语音消息：“帮我个忙，去趟隔壁找一趟悄悄，就说我有急事。”

宠物店二楼的灯关着，悄悄似乎是已经休息了，闫皓按了两下门铃，没人理。他觉得直接蹿上二楼敲小姑娘的卧室窗户不太好，但又不敢打电话问甘卿有什么事，于是搓着手，焦虑踟蹰地绕着宠物店转了三圈。

这时，他耳根动了动，听见店里传来了怪声。

闫皓扒在橱窗外，透过窗帘的缝隙往里看——宠物店有个猫舍，用有机玻璃隔的小空间，每天晚上，悄悄都会把猫弄进去，仔细清点数量，确保食物饮水充足后，她才会锁上门。可是今天不知怎么，向来做事仔细的悄悄居然漏了一只猫。

小猫被锁在猫舍外，没吃没喝，急得扒门，凄惨地嗷嗷叫，惊动了店里其他的动物，猫猫狗狗们七嘴八舌地跟着起哄，声音都传到外面了，看店的悄悄却没有一点反应。

这不对劲!

闫皓猛地退后一步，纵身一跃，扒住了二楼的窗台：“悄悄？悄悄！”

窗户上面开着条缝，但他叫了好几声都没人应，闫皓一咬牙，掰了一根树枝伸进去，一下挑开了窗帘——屋里空荡荡的，床褥整齐，主人似乎都没上过楼。

“悄悄不见了。”收到消息的喻兰川顾不上自己那半张发麻的脸，“等等，你先别紧张，她在宠物店住了这么久，每天看见杨老进进出出，不也没事吗？你会不会是有点过敏？”

甘卿从抽屉里抓了一盒小刀："相安无事是因为杨平还没露面，她不敢打草惊蛇。"

"你怎么知道她一定还会对杨老动手？"

"她最后提到杨老的时候眼神不对，"甘卿顿了顿，又低声说，"……那眼神我熟。"

喻兰川一把握住她的肩。

"她不是过去的你，明白吗？"喻兰川一字一顿地说，"现在这件事本来就和你没有关系。当年你和卫欢都是无辜被卷进去的，该了结的仇怨你俩已经了结了，该付出的代价你也已经付过了，现在不管发生什么，都跟你没有关系，你帮忙是情分，袖手旁观是应当应分。不是封建社会了，没有父债子偿的那一套。"

甘卿讶异地看向他。

喻兰川郑重地说："你要是信任我，就都交给我，我来想办法。"

我来保护你。

甘卿顿了顿，指尖在自己鼻子上蹭了一下，低头笑了。

喻兰川："我说正经的，没和你开玩笑。"

"我知道，"甘卿拍了拍他落在自己肩头的手，"小喻爷，心领了。"

喻兰川倏地皱起眉，却见她往外走了两步，站在门口回头看他："难怪你单身到这把年纪啊，刚一开始就全无保留，你会把人宠坏的，那可就长久不了了。"

喻兰川睁大了眼睛，甘卿却裹了件外套，匆匆下了楼。

杨逸凡在医院门口等车的时候，终于看到了甘卿用喻兰川电话打的一串未接来电。

"小喻爷，"她回拨了过去，"找我什么事？"

"你们在哪儿？"喻兰川直接跳过寒暄，"如果没离开医院，先不要动，等我们过去接。”

杨逸凡觉得莫名其妙，没明白这又是什么江湖排场：“不……不用这么隆重了吧？大清都亡两百年了。”

喻兰川：“过会儿再跟你说，总之先别走！找人多的地方等我们。”

“可是我爷爷他们已经先走了，”杨逸凡茫然地说，“我刚才收拾东西才慢他俩一步。”

闻讯赶来的于严警官从警车上下来，老远看见喻兰川正从一百一十号院里撒丫子冲过去：“兰爷，要不我找人定位她的手机？”

喻兰川：“要，快……”

他还没说完，闫皓就上气不接下气地跑来了：“她……她手机在这里。”

他们半夜把宠物店老板叫来开门，发现悄悄的个人物品都没带走，手机就扣在柜台后面，锁屏页面上白底红字，写道：“对不起”。

上面还用美图软件弄了双耷拉的小熊耳朵。

于严：“……熊孩子！”

“没事，先别急。老杨他们坐的出租车是杨总用打车软件叫的，能看见定位，我让她给我发过来。”喻兰川说，“老于开车，我跟你过去，迎他们一段，其他人找朱俏！闫皓，你把江老板他们都叫来，在附近警戒，她万一真想对杨老动手，在出租车上没机会，很有可能就埋伏在附近。”

闫皓应了一声，撒腿就跑。

随着春暖花开，“一百一”楼下的老年健身团兴旺起来，一看有事，一窝蜂似的凑了上来。过了一会儿，他们一人领了张悄悄的照片，出门帮忙四下询问去了。

韩东升近来受托，帮住院的杨老照顾家里，闻讯也赶到六层，用备用钥匙开门开灯：“我在这儿看着，如果她来了，我想办法把她扣住。”

一百一十号院里平时那些不开的边边角角路灯，都开到了最大，甘卿远远地回头看了一眼，院里灯火通明得有点扰民，她被晃得抬手遮了遮眼。一瞬间有种错觉，好像全世界都在寻找一个迷路的女孩。

把她从沼泽深处往回拉。

“再往前开。”喻兰川盯着手机说。

“怎么还往前啊？”于严问，“他们这出租是牛车吗？五分钟没动地方了！哎，那定位是不是有延迟啊？你别光顾着盯手机，看着点儿路上的车，一会儿擦肩而过……”

喻兰川打断他：“停车！”

只见马路对面停着一辆出租车，司机正无所事事地靠在门边抽烟，于严用车灯一扫，发现车牌正是杨老他们坐的那辆车。

“抛锚了，等人来拖。”司机无奈地一弹烟灰，“乘客让我一哥们儿捎带脚接走了……我也不知道是哪条路，那哥们儿车上还有别的乘客呢，肯定得先尽着人家。你们等会儿我问问……”

“喂！我说，你刚才不是从我这儿拉走俩人吗……对对，那老两口，你们到哪儿了？啊？什么？半路下车了！”

于严：“……”

他摸了摸钥匙链上的“水逆退散”，隐约感觉今天晚上“梦梦老师”不那么灵了。

“在哪儿下的……哦，”司机转过头对他俩说：“永春路口。”

于严和喻兰川对视一眼，眼神都有点凝重。他俩钻进警车，一脚油门，把车踩得撂着蹶子似的飞奔出去。

“永春路口三十多年前是工业区，当年那个着火的旧厂房就在那儿。”于严从后视镜里捕捉到喻兰川惊愕的目光，“惊讶什么？上面下了命令，严查这个所谓的‘行脚帮’，跟他们有关系的一切信息都要搜集。再说那个林老太太到底是怎么死的，这事没结果，我还记着呢！盟主，你有什么武林内部小道消息共享吗？”

喻兰川没吱声，路灯扫进车里，在他的五官上打下了浓重的阴影。

他们现在一切的信息，都是来自卫欢那封遗书性质的独白信。

卫欢投胎都该上小学了，人品怎么样，喻兰川不了解，一面之词说明不了什么，何况就算卫欢是“人之将死，其言也善”，这个把人溜得满世界乱转的杀手也不一定猜得准真相。

杨老帮主德高望重，这么多年有目共睹，比起别人的判断，喻兰川更相信自己——手里握着丐帮那么大的势力，如果杨老真的有那么重的私心，早像王九胜一样发大财了。一个没事捡破烂当宝贝回家的老人，会跟杀人灭口的事扯上关系吗？

可是……如果他老人家真的无辜，这半夜三更，往凶案旧址跑什么？还有，正如卫欢所说，如果杨老什么都不知道，为什么要把杨平逐出门派，还不给一个正当理由？

随着城市扩张，老工业区早就拆迁改建了，三十多年前的永春路口早就变了样，小厂房都成了高楼大厦，形成了一片新起的住宅区。西侧远离主干道的地方还有个公园，这会儿饭后散步的人们都回家了，热闹的公园寂静下来，树丛里开始传来野猫的叫声。

于严把车停在公园门口，拿出手机对了一下：“当年着过火的那片旧厂房就在公园里头，是这儿吗？我……我要不要拿根警棍什么的？哎，兰爷！等等！”

喻兰川已经一马当先地闯了进去。

公园正中间是个人工湖，上面修了石桥，岸边一圈大柳树已经郁郁葱葱地长起来了；月色浮在水面上，一层一层地随着涟漪散开，碎金似的。

张美珍扶着杨老帮主在湖边的一条长椅上坐下："据说当年修这里的时候，他们找人看过风水，有这个湖在，就能镇住冤魂。"

杨老老了，在医院走了一圈，就跟被什么吸走了生命力一样，原先的精气神只剩下一层薄薄的皮。他顺着张美珍的目光，眯起眼朝湖面望去。

"其实那会儿就有消息说这片儿要拆迁，当时有人说要建新厂，还有人说是被政府征用盖大楼……那会儿谁能想到这儿会变成个公园呢？"张美珍按了按鬓角，"谁又能想到，咱俩因为这个地方上发生的事分道扬镳呢？唉，杨平的事我听说了，你跟他断绝关系快二十年了，又……都已经这样了，还是心宽一点吧。"

杨老扭过头来，拍了拍她的手背，冲她一笑。

张美珍忽然觉得有什么不对劲，站了起来："半夜三更的不回家，非要下车，也不知道你抽的哪门子风——行了，看也看了，坐也坐了，没别的事了吧？走吧，别着了凉再给自己找病，真当自己二十岁小伙子呢？"

"我等的人还没来呢。"杨老轻轻地说，"你先走，我再坐一会儿。"

张美珍："你等谁？"

她话音没落，就听见了脚步声，轻轻的，但也没加掩饰——

张美珍猛地扭过头去，看见了一个幽灵似的女孩。

第六章

“你是那个……”张美珍迟疑了一下，她天天昼伏夜出，没事也不会去宠物店逛，一时间只觉得小姑娘面熟，没把眼前人跟那个单挑杨平的杀手联系在一起。

人工湖里突兀地响起一阵蛙声，水边的泥土泛起了腥气，悄悄——朱俏，在几步远的地方站定，一张素面朝天的小脸，白得像是吸尽了周围所有的光。她的目光黑沉沉地越过张美珍，落在杨老身上。

杨老缓缓地站了起来。

他换了拐杖，不是已经交到警察局的绿竹棒，也不是孙女买的实木杖，而是根塑料的四脚拐杖，在地上一杵，就留下四个小坑。如果说做工精细的手杖还有些“老绅士”的做派，那么这种“行走的衣架”，则完全透着一股衰朽的暮气了。杨老喘气的声音变大了，胸口那一对肺似乎成了老风箱。

他略略有气无力地说：“我没想到，朱聪那孩子的孩子都这么大了。”

张美珍脸色一变，下意识地伸手挡住了他。

悄悄往前走了一步，张美珍就一把抓住杨老的胳膊，以长椅为屏障，往后退了一点。

几十年前，这两位一个是德高望重的五绝之一，一个是千变万化的行脚帮北舵主，都是一亮起手式就能让人丧胆的存在。

没想到老来被个十七八岁的小女孩弄得风声鹤唳。

可见，转头空的不仅仅“是非名利”。

杨老抽出了胳膊，朝张美珍摆摆手，心平气和地看向悄悄，说：“下午我孙女跟别人打电话，我正好听见了一点。听说你没事了，刚从警察局里放出来，我当时就想，这孩子该来找我喽。”

悄悄拿出手机，输入了几个字，让机械声音替她开口：“你故意在这儿等我？”

杨老温声回答：“‘一百一’那院里人多眼杂，有什么话也不方便说。方才跟人拼车路过这里，我突然想，下车看看吧，你要是跟来，这倒是个好说话的地方……你放心，没告诉别人，美珍手机也早没电了吧？”

张美珍：“……”

她还想弄个玄虚，把对方吓跑，还没来得及酝酿，老糊涂队友先把台拆了。

老杨叹了口气：“姑娘，你叫什么呢？”

“朱俏。”

“哦，朱俏……过来坐着说吧，”杨老冲她招招手，“我现在站不了多长时间。”

悄悄没过去，脸上闪过复杂神色——她喜欢小动物，有惜弱的天性。碰见杨平那样的大坏蛋，还能亮出爪牙上去较量，可是面对眼前这两位被岁月逼到悬崖上的老人，她有点不知如何是好，只能咬着牙，强撑起一张凶狠的小脸，用手机冰冷的机械声说：“你有什么话说？”

杨老沉默了一会儿：“我这一辈子，面子大过天，里子一塌糊涂。满嘴仁义道德，总以圣人自居，不想做个人，所以九十年来，只要是遇上人性拷问，没有一次及格，一错再错。我妻子跟了我，没过过一天舒心日子；我儿子简直是一场灾难；我跟我爱的人蹉跎半个世纪，错过了一辈子；丐帮在我手里江河日下、晚节不保。”

张美珍轻轻地一震，低头看向他。

杨老眯着眼，望向湖面：“我总是好为人师，逮着机会就教育小辈，要他们平心静气，不要被浮尘眯眼，其实后生们比我明白多了，我才是那个被浮尘眯眼的人啊。”

悄悄咬了咬牙，手机发出冷冷的质问：“杨帮主，我只问你一件事，十八年前，你为什么要把杨平逐出丐帮？”

公园里的石子路弯弯绕绕的，每个景点都长得差不多，黑灯瞎火间，喻兰川和于严打着手电筒没头苍蝇一样地转。一边转，他一边三言两语地把丐帮和行脚帮的新仇旧怨给于严介绍了一下。

于严听完半天没吭声，好一会儿才感慨道：“虽然丐帮前一阵也算帮了我们不少忙……但还是取缔了比较好。我发现好多东西发展到最后，剩下的一准儿不是非物质文化遗产，而是封建糟粕——你看，你们这帮人既不能保家卫国，也不能飞檐走壁，当个武术指导都缺少艺术审美，好好的传统文化，对社会一点价值都没有。凡是绝学，都失传了，就保存下来了传统武侠小说里的两大经典主题：一个是争权夺势当老大，一个是不择手段抢秘籍。果然甘蔗嚼到最后，剩的都是渣。”

喻兰川没接话茬儿，忽然说：“杨老帮主其实有点古板，就是因为底线原则太多，这辈子才没过过几天好日子。卫欢说他杀人灭口，客观地讲，我觉得不可能。但……杨平做的事，他知情吗？”

他知道他的独生子杨平曾经为了一己私利，陷害同门，满手人命吗？

于严苦笑道：“兰爷啊，咱俩从小一块儿上学，都是我抄你试卷，你那么聪明，问我干什么？”

德高望重的杨老帮主，会在明知道杨平罪不可恕的情况下，仍然为了保住这个儿子的命，一条锦被遮过吗？

湖边的张美珍抢在杨老前面说：“因为杨平当时正好在‘一百一’开电梯，我搬回‘一百一’刺激到他了，那小子有点失心疯，在家闹得老婆孩子都不敢回家，在外面也是，好几次当面说要让我过不了这个年，还带着凶器想闯进我家……”

“美珍，”杨老轻声打断她，“事是这么回事，但根本缘故不是这个。”

张美珍眼角一抽。

“知子莫若父，三十多年前，这儿发生了一场大火，烧得好几位兄弟家破人亡，也烧得我焦头烂额。”老杨说，“事后，杨平私下找过我几次，每次都装得痛心疾首，逼我‘给兄弟们一个说法’，我就知道这事里少不了有他掺和。可是我不敢追查。”

悄悄握着手机的手背跳出了青筋。

“你爷爷也不敢。”杨老帮主说，“他们当年一致把矛头指向行脚帮，群情激愤，对这件事里所有的疑点都避而不谈……譬如那么多人，是怎么神不知、鬼不觉地被人劫走的？你爷爷向来恭谨内敛，那天又没喝酒，有天大的不满，本来也该跟我私下谈，为什么招呼都不打一声，就直接在武林大会上发难？”

张美珍听明白了他的言外之意，难以置信地低头看向杨老。

杨老：“因为这件事一开始就是他们自导自演的一出假戏，为的就是逼迫我跟行脚帮划清界限。没想到中间出了岔，假戏真做，酿成了惨剧……”

悄悄：“你胡说！”

杨老平静地说：“我哪儿敢在这里胡说，这本是丐帮自己闹出来的一场大笑话啊！”

张美珍："你……三十多年前就……"

"这里面有丐帮两个九袋长老，十几个骨干，丐帮的半壁江山。事情已经这么惨烈了，我哪儿还敢把那层窗户纸捅破？我知道里面有魑魅魍魉，可我只能自欺欺人地再往上刷层糨糊，粉饰太平。美珍，我那时候对你说，我是个懦夫……我说的是真的。"

张美珍瞪着他，说不出话来。

"杨平带着凶器闯进你家的那天夜里，你正好有事出去，喻大哥出手逮了他，把人送到我面前，说杨平不知道自己练功出了什么差错，有走火入魔的意思，让我好好给看看。我才发现，他不知道从哪儿学来了一身邪功，我当时气急败坏地把他关起来，意外截到了一封人家寄给他的信。"杨老反复摩挲着塑料拐杖的杖头，"是一封求救信，第一页写的就是：'朱聪快要查到我们了，他身边还有个万木春的杀手，怎么办？'我看了这封信，犹如五雷轰顶，当年不敢细想的事、噩梦里梦见过的事，都成了真的。杨平……丧心病狂！我去找他，质问他是怎么回事。"

杨平当时冷笑着对他说："什么呀，爸？这事您不是早就猜出来了吗？现在才来装纯。"

杨清面色铁青，却无法反驳。

"那行吧，既然您一直清白无辜地被蒙在鼓里，现在才'惊闻真相'，那您现在打死我得了。"杨平无所谓地说，又朝他诡异地一笑，"等等，您总不会要送我去警察局自首吧？帮主，这事要是从头说起，那可就说不清楚了。当年只死了一个朱老头，可还有一大帮没死的呢！现在这伙人拿着退休金，一个个在帮里德高望重的，徒子徒孙们都觉得他们为丐帮家破人亡，牺牲太大了，恨不能亲身上阵当孝子贤孙，拿他们当祖宗供，要是把真相捅出来，他们可没脸活啦。"

年近百岁的杨老帮主抬头看了一眼渺茫的夜色："可我……毕竟就这么一个儿子啊。"

张美珍把头扭到一边，泪流满面。

喻兰川和于严总算循着导航摸了过来，老远一看见这三位坐的坐，站的站，还算相安无事，刚松一口气。

于严抬腿走过去："杨老，你们……"

他一个招呼还没打完，就听见杨清喃喃地说："我下不了手，我真的……对不起你们。"

尽管已经有了心理准备，喻兰川和于严还是当场一滞。

这时，悄悄突然大吼一声，嘴里寒光一闪，正冲着杨清的后脑勺去了，张美珍余光扫见，再反应已经来不及。就在这时，半空中"当啷"一声轻响，剃须刀片撞上了悄悄嘴里喷出来的细针，被打歪的细针擦着木椅边缘落在了地上，与此同时，喻兰川一把拽住悄悄的胳膊。

悄悄嘴里的小针还没喷完，回头给了他一口，喻兰川倏地侧身，细针擦着他的鼻梁刮过，差点儿破相。悄悄又不知道从哪儿抽出一把匕首，不留情面地砍向他抓着自己的手，逼退他以后连着喷了两次小细针。

于严把警棍扔给他："接着！"

喻兰川豁出被她扎成刺猬的后果，一棍砸向悄悄手里的刀，悄悄知道自己打不过他，一双眼睛红得像要滴血，最后一口细针已经上了膛。就在这时，一阵小风从背后袭来，悄悄来不及转身，就被人从身后一把卡住脖子，被迫仰起头。

喻兰川的棍子砸下了她的刀，身后卡着她脖子的人则把手探进了悄悄的嘴里。悄悄狠狠地往下一咬，那手指却仿佛没有痛觉，不由分说地卸了她嘴里的暗器。

嘴里的机关被硬掰下来，悄悄崩了牙，不由自主地松了牙关，匕首也脱了手。喻兰川的警棍飞快地扫过她双臂的麻筋，身后捂住她嘴的人同时别过她的膝盖，仗着身高优势，把悄悄压在了地上。

悄悄轻功好，只是因为肉少骨头轻，资质得天独厚而已。十七八岁的年纪，骨肉还没长全，不算真正的成年人，小时候跟母亲练的那一点功夫也只能吓唬手无寸铁的普通人。

她既没有十五年功底的寒江七诀，也没有三寸二分破而后立的“庖丁解牛”。她甚至连蛮力都没有。

然而她即使被压得单膝跪地，也仍在剧烈地挣扎，喉咙里发出不似人声的震动嘶吼，像草原上被猛兽一口叼住脖子的鹿。

“只有这么一个儿子”是理由吗？

那是凶手啊，那么多老幼妇孺的命丧在他手里，那么多人因为他家破人亡，怨魂还在湖底沉着呢！

“疯了吗？冷静点！”

“悄悄，嘘——听我说——我对你说过什么？你才十七岁……”

“那什么，我这儿还有一副手铐。”

悄悄觉得自己耳边身边尽是嘈杂，有人在呵斥她，也有人在温声试图唤醒她的神志，他们七手八脚地按着她，像捕捉一只危险的野生动物，自以为是在保护她。

可我没疯，女孩想。她的长发散落下来，似乎飘得满世界都是，把她的视野模糊成了一片。

如果这个德高望重的杨老帮主，三十六年前没有为了所谓的“颜面”对真相视而不见，她的舅舅和爷爷就不会死，她的父母会由亲人照料着在燕宁长大，她的童年就没有乡村逼仄的小路，没有那暗无天日的小屋里刻骨铭心的仇恨。

如果他十八年前收到确凿证据时没有包庇杨平，这桩旧悬案早就恩怨了了，她的父亲不会把后半生都耗在复仇上，不会在面粉厂里死无全尸。他说好的，要回家好好过日子。

他们总是把“你才十七岁”挂在嘴边，就好像她这个十七岁过得多么身在福中不知福，多么前途无量一样。可她不是忐忑地挑选专业的高考生，她前面没有条条大路，她长大的家乡早已经没有亲人故旧，漂泊在燕宁也只有宠物店楼上的一角能聊以容身。家猫可以活十多年，一两岁还是活力十足的年轻猫，可那些睡在纸箱里的流浪猫，一两岁也许是生命的上限了。

一句“下不了手，对不起”就可以打发她了吗？

凭什么！

杨清上前一步，轻轻地说：“姑娘，我已经黄土没顶了，不定哪天，阎王不叫就自己去了，可你还小呢！”

悄悄的十指狠狠地陷进草地里。

是啊，他已经黄土没顶了，可他凭什么能寿终正寝呢？

这时，有人在她后颈上敲了一下，悄悄眼前一黑，终于垂下头不动了。

甘卿松了口气，抽出血淋淋的手指，随手在身上一抹，踉跄半步，坐在公园湿润的泥地上，捏着那小小的机关看了看，抛给跑过来的于严：“当心点，里面还有针。”

于严“欸”了一声：“梦梦老师，你的……”

“手”还没说完，他就震惊地看见喻兰川跪在地上，一把攥住她受伤的手，紧张地检查了一遍。发现只是皮肉伤，他这才从兜里摸出纸巾，一边小心地擦，一边鼻子不是鼻子、脸不是脸地讽刺道：“贵派的功夫叫什么‘庖丁解牛’，改名叫‘伤敌一万、自损八千堵枪眼神功’好不好？”

甘卿轻轻地“嘶”了一声，嘴里狠叨叨的喻兰川立刻放轻了动作，皱起眉，小心得像是在故宫修文物。

于严摸了摸鼻子，没往跟前凑，转头看向人工湖边上的两个老人——杨清和张美珍之间隔着一米远，杨清双手拢着塑料拐杖的杖头，静静地低着头。即便说得严重一点，他包庇罪犯，十八年过去，追诉时效也早就过了。

而人的语言就是那么匮乏，他除了“对不起”，似乎也没什么话可以说了。

“走吧，我再叫辆车。”于严焦头烂额地抓了一把自己的短毛，“诸位，咱有什么话回去说，别在这儿坐着了。”

兵荒马乱的周末终于过去，转眼又是个更加兵荒马乱的工作日。

喻兰川有个看法，不知道对不对——每周一早高峰都是最拥堵的时候，他有时候总疑心有些单位一个礼拜只上一天班。

隐约笼罩在一百一十号院的恩怨情仇，一下子被暴躁的汽车鸣笛声惊散了，大家赶公交的赶公交、坐地铁的坐地铁，东西二门的小学和幼儿园门口像雨后池塘似的，传来一万只蛤蟆的噪声，风雨无阻的煎饼摊前又排起了一公里的长队。

“手机给我。”喻兰川一大早去敲了甘卿的门，把两人的手机共享了位置。

甘卿咽下一口豆浆，含混地问：“干吗？”

“看你在哪儿，中午等着外卖。”喻兰川飞快地说，“不许碰水，有伤口别去老孟那儿吃地沟油的路边摊，我走了！”

喻兰川话音还没落在地上，脚下已经溜出了十米——他原来的顶头上司病退了，目前部门由分管其他部门的副总兼职，主要工作则是喻兰川代管，既不影响公司正常运营，还能节约管理成本。喻兰川一开始没应声，有事就接着，额外的活儿也不推，预备好在关键时刻

“篡位”，同时勾搭着几个猎头，做好“篡位”不成就跳槽的准备。

他打算在五六年之内还清贷款，尽量在上有老、下有小的年龄之前实现财务自由，因为他暗暗地把隔壁那个没谱没调的人加进了未来计划。

甘卿那货显然不是过日子的料，人无远虑，就会像他父母一样，早晚遇到柴米油盐的近忧。他不想把野马拴在家里，只能想方设法地挣出一片草原。

不然怎么敢大言不惭地说出一句“都交给我”呢?

甘卿没来得及说话，他已经没了影。

甘卿：“……被孟老板听见，非挠你不可。”

她若有所思地靠在门口，缓缓地把剩下的几个小包子塞进嘴里。说来也奇怪，她以前天天早晨跟喻兰川“偶遇”，从来没往心里去过，这还是头一次从他的背影里感受到了都市精英的忙碌。刚出家门，喻兰川已经在电梯间里打起了电话，似乎是嘱咐手下的人准备好什么材料，语速飞快，用词精简，语气词能省就省，就这么被时间和工作追赶着，被电梯运下了楼，只留下软底皮鞋敲打地面的余音。

好像不管什么狗屁倒灶的破事，都占不了他多少内存，他永远有自己的一定之规。虽然有时候也疲惫、也头疼、也丧得一脸冷漠，却仿佛总是有一种冷静的生命力——知道自己该干什么，能干什么。

面对任何事，他的眼神都从不躲闪，包括未来。

刘仲齐打着哈欠从隔壁出来，奇怪地看了她一眼：“你在这儿望什么远呢?”

甘卿：“望尘。”

刘仲齐服了，这种业余时间都不忘了练习装神弄鬼的大骗子，将来一定能成为一代著名神婆。

甘卿冲他笑了一下，转身回了家。

张美珍在自己房间里抽了一宿的烟，一开门就看到白烟翻滚，跟南天门特效似的。她对着餐桌上甘卿给她留的早饭发了会儿呆，见自己的房客跟往常一样穿戴整齐，准备出门上班。

不同的是，房客伤痕累累的胳膊底下夹着一本《英汉词典》。

有砖头那么厚——可以敲门的砖。

张美珍的目光落在那本词典上，在甘卿迈出门槛的一瞬间，她突然开口说："三十多年前的事，早该了结了。"

甘卿一愣，回头看着她。

"杨老揣着明白装糊涂，我呢，自诩清高，当年自以为伤心伤神，比谁都委屈。其实我根本不想承担责任，干脆一走了之，白白地让北舵主落到王九胜这种人手里。"张美珍低声说，"也该是我们这些老混账给前辈后辈一个交代的时候了，给我们点时间，江湖人有江湖人的办法。"

第七章

江湖人总有江湖人的办法，因为江湖就是恩怨与情仇。

燕宁城西的养老院里有一条花廊，从远处看，明媚的春光似乎要溢出来，等走近了，才会发现锦簇花团底下都是昏沉老迈的老人，目光慢半拍地转过来，眼神里泛着生无可恋的尘埃，总是漫无目的地目送着过往的活物。

张美珍不愿意在老人堆里待着，快步穿过花廊，来到了一楼大厅旁边的活动室。

活动室里响着结结巴巴的钢琴伴奏声，来做义工的大学生志愿者可能是临时培训上岗的，双手掰不开缝，在键盘上忙碌得不可开交。这小青年也知道自己水平欠佳，面红耳赤，不敢抬头看人。

稀稀拉拉的塑料椅子上坐着十几位老人，每人手里都拿着一本乐谱，唱着统一的歌词，走着自己的调。歌声和伴奏南辕北辙，哪儿也不挨哪儿，双线并行，相当热闹。

其中嗓门儿最大的，是靠门边的一位老大爷，严严实实的黑衬衫一直系到风纪扣，胳膊肘上打了块补丁。他坐得笔管条直，一开口就旁若无人，像根定调的神针。

突然，这穿黑衬衫的老大爷像后脑勺长了眼一样，猛地扭过头，看向等在后门的张美珍。

张美珍朝他一点头。

黑衬衫大爷皱了皱眉，犹豫了一下，还是起身走了出去。

“定调神针”一走，活动室里的歌声立刻成了大风卷过的蒲公英籽——各奔东西去也，伴奏的大学生两耳发蒙，在“群驴齐嚎”的高歌里怀疑自己聋了。

黑衬衫的大爷回手带上门，把驴声大合唱隔在身后，他攥紧了拳头放在身后，冷冷地问张美珍：“你来干什么？”

张美珍知道对方跟自己没有家常好拉，于是开门见山：“老宋，我是替杨清来的。”

黑衬衫的大爷就嗤笑一声：“替老帮主来？你算怎么回事！脸倒不小。”

张美珍说：“杨清让我来跟您聊聊三十多年前的事……”

黑衬衫的大爷生硬地打断她：“我没什么好聊的。”

张美珍不理会，只兀自继续说：“我知道您老娘和媳妇都在那场大火里……”

黑衬衫的大爷听到这儿，勃然作色：“滚！滚出去！”

再次被打断的张美珍抿了抿嘴唇，沉默下来。活动室里的钢琴发出“咚”的一声，互相折磨的歌曲与伴奏同时停了，周遭瞬间安静。

黑衬衫的大爷恶狠狠地剜了张美珍一眼，掉头就走。

“杨清说，”张美珍在他身后提高了声音，“三十六年了，咱们都是快入土的人了，临走前别再自欺欺人，把事儿都清了吧。”

黑衬衫大爷脚步一顿。

“堵在心里，黑不提、白不提，你不难受吗？”张美珍又上前一步，“要下黄泉，总得干干净净、高高兴兴的吧？憋一肚子事，会沉底的。”

黑衬衫的老大爷缓缓地抬起手，抓住了自己胳膊肘上的那块补丁。

“这个月最后一天，”张美珍拎起自己的坤包，“一百一十号院，您来，杨清有话说。”

说完，她踩着猫跟的船鞋，“嗒嗒”地点了点地，作势要走。

“哎……人，”这时，黑衬衫的老大爷忽然开口叫住她，“人”的前面似乎有个形容词，但是太含糊了，除了他自己，没人能听清，“都去吗？”

张美珍说：“不知道，反正我挨个儿都通知到了。”

“都好吗？”

“有的还硬朗，有的不行了。”张美珍回答，“现在基本都是自己过……那件事之后，几乎没有再成家的。”

黑衬衫的大爷喉头轻轻地动了动。

“不过这也不算什么，”张美珍朝他若有若无地一笑，“谁走到最后，不都是只剩下自己吗？我走了，您多保重。”

楼道口涌进了些光，张美珍说完，就朝那方向走去，她的身影模糊在光里，只剩下一道剪影，依稀是年轻时风姿绰约的模样。

同一时间，燕宁西北近郊的主干道交通刚刚畅通。

主干道的北边是一大片密集的住宅区，放眼一望，全是光秃秃的大高楼，白天里居民们集体上了各种交通工具，涨潮似的往市里涌，晚上再退潮回来，爬到蚁穴大楼中的某一间屋里睡一觉。因为人多路少，且人们行动方向高度一致，所以这条主干道常常被堵成停车场。

主干道的南边风物就不一样了，那里据说已经有规划了，但还没来得及拆迁，气质介于村与镇之间，虽不至于是土路，但因为年久失修，路面也是“峰峦起伏”。两边的马路牙子里出外进，街边小店挤出一个只能供一辆小轿车勉强通过的空间。

小路走到头是一座三层小楼，一楼是超市，上面架着个牌匾斑驳的“棋牌室”。这棋牌室必须得进到超市里面，从一个疑似仓库的小门进去才能上楼，外地人来了根本摸不着门。从超市到棋牌室，都是门庭冷落，一副要黄的样子。

然而三层就“别有洞天”了。

三层没有门牌，还拉着窗帘，对外说是工作人员宿舍，二三层的楼梯之间拦着一扇铁门，上着密码锁。在楼道里都能听见上面的人声鼎沸。走进去一看，黑洞洞的屋里开着灯，昼夜不分、乌烟瘴气，里面有三张麻将桌，一张牌桌，还有个玩骰子的，麻将桌和牌桌都是满座，来晚的只能上前观阵，在赌骰子那儿掺一脚，或是三三两两地凑在一起喝酒聊天。

这是个地下赌场。

铁门“吱呀”一声拉开，接着响起了轻轻的脚步声，有人上来了，牌桌上热火朝天的赌徒们没在意，谁都没回头看。那人进来以后也不吭声，悄无声息地在墙角找了条塑料板凳坐着，看别人打麻将。

倒酒的服务员经过时，奇怪地看了一眼这位戴着兜帽的客人，看不见脸，但肯定是个生面孔，因为这人手里拿着一本书。不是黄色低俗报刊，好像是本正经书，书页间还夹着写了笔记的便笺，这奇怪的客人就这么在麻将翻滚的脆响里，跷着二郎腿，旁若无人地拿笔勾勾画画起来。

在这儿端水倒酒的服务员平均每天都能见到几个失心疯和神经病患者，但这么别致的神经病他还是头回遇见，于是走过去问：“他们这桌刚开局，得等半天呢，您要不看看别的，或者喝点什么？”

拿书的奇怪客人抬起头：“来一瓶矿泉水。”

服务员：“……”

客人的目光越过服务员，看向麻将桌上一个背对着他们的赌徒，又说：“或者别的也行，我不喝你们这儿的东西。要是干坐着不太好，我就买一瓶饮料放这儿，达到最低消费标准就行了，别来打扰我。”

她的声音不高，但吐字异常清晰，说的话像个“棒槌”，语气是油滑的老江湖。

服务员感觉到这话不是对自己说的，就顺着她的目光看去，只见麻将桌边一个胡子拉碴的中年男人后脊一僵，缓缓地转过身来，见鬼似的望向这位神秘来客。

服务员见状，乖觉地笑了一声："马哥，找您的啊？"

"马哥"是他们这儿的常客，就住附近，隔三岔五就会带人来玩一次。他手下一帮人，都是托儿，流动作案，专门坑拆迁户——比如说这一桌看似是随机组的局，其实除了肥羊目标，剩下陪玩的都是马哥的人，套路就是先给肥羊喂牌，让他有输有赢，赢得大、输得小，喂出他的牌瘾，然后打牌之余请吃饭、一起玩，套俩月的磁，套得差不多能拜把子的时候，他的拆迁补偿款也该下来了，收网设局骗得人倾家荡产，再让他欠一笔高利贷。

马哥抬起一只手，半身不遂似的，哆嗦着："你……"

"放出来了。"客人——甘卿把手里的书塞回包里，似笑非笑地绕过马哥，来到那络腮胡子的"肥羊"身后，弯腰看了看他的牌，又翻了翻他桌角赢的钱。

"肥羊"觉得莫名其妙："哎，你是干什么的？"

甘卿把钱卷成一卷，塞进他胸口的口袋里，拍了拍他的肩膀，用下巴示意他看另外两位牌搭子——这二位方才装得好像谁也不认识谁，这会儿却露了馅儿，都站在了马哥身后。

甘卿："土豪，套路你呢，还没看出来吗？见好就收吧，再不收你就要失足了。"

"肥羊"愣了愣，随后反应过来了什么，脸色一变，飞快地收拾好自己的东西，头也不回地跑了。

服务员感觉气氛不对，可是来人孤零零的一个，又是个女的，如果是专程来闹事的，那胆子未免太大了点。他摸不准她是不是报警了，又怕叫人来反而被一网打尽，因此连忙朝看场子的人使眼色。

“别忙，”甘卿背后长眼似的，冲服务员一摆手，笑眯眯地说，“我以前跟马哥是邻居，这回就是来找他叙叙旧，私人感情。”

马哥压着嗓子说：“别……别在人家这儿说，我们出去。”

甘卿似乎是低低地笑了，抬手一拉兜帽，手指间有个小刀片倏地一闪，马哥额角的冷汗都下来了——他记得甘卿，在十年前，那时候眼前的女人还一身学生气，是个小姑娘，在一家歌舞厅里找到自己的时候，她不肯喝那里的东西，就是很直白地让服务员按着最低消费随便上一瓶饮料……后来听说她杀了人。

马哥一直记得那个青涩又让人毛骨悚然的小女孩，方才听见那句熟悉的话，他汗毛一下就竖起来了。

马哥带着甘卿来到一个露天的早点摊，贼眉鼠眼地往左右看了看，见大街上人来人往，好像获得了一点安全感，点了根烟深吸了一大口：“你是怎么找来的？”

“泥塘后巷拆迁，安置房在这边，”甘卿说，“有心找你，稍微打听打听就能知道——混得不错啊，马哥，当年您是自己赌钱，欠了一屁股债，现在摇身一变成了做局的人，这个叫什么？产业升级？”

马哥紧张地抠着桌角，嗫嚅道：“但我……我跟你可无冤无仇的，我还帮过你的忙……”

马哥是泥塘后巷没被严打之前，住在那边的一个混混。该混混五毒俱全，还是个滥赌鬼，非但没被追债的打死，反而加入了对方的阵营，全凭一身泥鳅一样有缝就钻的功夫，尤其擅长牵线搭桥、打探消息。甘卿当年找卫欢报仇，就是通过这个人进入了那个见不得光的地下世界。

“我知道。”甘卿不轻不重地打断他，“我今天来，就是跟你问点事。”

马哥紧张地看着她。

甘卿脸上的笑容消失了：“当年你是怎么找到卫欢的？”

卫欢行踪不定，卫骁追踪这个不肖徒弟很多年都没能找到他的下落，凭什么马哥一找就能找到？

而那个时候，卫欢又为什么恰好出现在燕宁？

马哥结结巴巴地说：“他……他从外地来，那会儿没地方落脚，身上带的都是假证嘛，当然不敢住正规的旅馆，就只能在那种睁一只眼、闭一只眼的黑店落脚，我一个兄弟在那儿当服务员，正好……”

甘卿打断他：“你一个兄弟在黑酒店里当服务员，你兄弟是行脚帮的？”

马哥卡了下壳，烟忘了往嘴里送，只是神经质地不断往下弹烟灰：“什、什么帮不帮的？又不是黑社会……”

甘卿的手指轻轻地刮过桌面，一根木屑被锋利的东西拉了起来，顺着她的手指卷成一团。

马哥想起那“三寸二分”的传说，冷汗冒得更快了。

“我再问你一个问题，想好了说呀，马哥。”甘卿把桌面摩挲出了让人牙酸的声音，她垂下眼，吹了一下指尖的木屑，脸上又挂起了那种阴森森的似笑非笑，仿佛是来索命的，“当年是我先找你买消息的，还是你那些开店的好朋友事先告诉你，特意让你拿着这消息等着我的？”

马哥：“……”

“马路对面的太平小区四号楼一单元303，是你们家的安置房，你老婆跟你离婚以后，带着儿子分了你这套房，现在他们母子俩还在这儿住。”甘卿轻轻地说，“你平时坑蒙拐骗，怕人找你麻烦，自己狡兔三窟，有时候住在十三号楼的临街商铺里，有时候辗转藏在远郊的几个农家乐里的赌场里……都不难找。”

马哥顿时脸色铁青。

甘卿伸出一根手指，轻轻地扫过他的鬓角，指尖好像碰到了他，又好像没有，好像一条毒蛇吐着信子掠过。她压低了声音：“你要是嫌这儿说话不方便，不如带我去你家里坐坐？”

“有人让我说的。”马哥失声叫道，哆哆嗦嗦地从兜里掏出手机，打开通信录，“这个人，还、还有这个人……”

话音还没落下，警笛声突然响起，马哥吓得一哆嗦，慌忙四处探头看，只见一帮警察不知从哪儿冒出来，迅雷不及掩耳地冲进了伪装成棋牌室的赌场，三下五除二地抄了场子。

马哥惊恐地扭过头，发现方才坐他对面的“女鬼”已经不见了，桌面上只留下几道平整的刻痕，每一道都是三寸二分长。他跟这几道刀痕面面相觑片刻，突然激灵一下跳了起来，直接冲警车扑了过去：“我自首！领导，你们把我抓进去吧，我自首，有人要杀我！”

马哥一把鼻涕一把泪地抱紧了警察的大腿，哭着喊着要求加入被严打的队伍，人民警察虽然为难，但也不方便拒绝群众的进步请求，于是痛快地将他请上警车拉走了。马哥大大地松了口气，自觉暂时到了安全区，至于外面的老婆孩子，暂时顾不上了，只能祈祷他们自求多福。

他没看见方才差点儿把他吓尿裤子的“女鬼”就在最后一辆警车上……正被人捉着擦手。

“你往我手上挤什么？哎……等等，就这么直接抹手上吗？不黏吗？”

喻兰川臭着脸，把免水洗的洗手液挤了甘卿一爪子，然后整盒扔进了她兜里：“含酒精的，给你消消毒，黏吗？”

甘卿动了动手指，洗手液果然很快挥发，清爽了。还不等她回答，喻兰川就又怼了一句：“没你手黏，你们反派说台词的时候还非得搞点小动作是吧？没有配套动作你能忘词吗？什么东西你都摸！你……干什么！”

他话音刚落，甘卿那只神出鬼没的手突然伸了过来，狭小的车里没地方躲，喻兰川被她摸了个正着，甘卿一触即走，只在他耳畔留下手上洗手液的残香。

喻兰川后颈汗毛一竖，差点儿把肩耸起来。

“可不嘛，”甘卿理直气壮地说，“我们邪魔外道的妖女好色，就喜欢摸人脸，犯法吗，于警官？”

开车的于严面无表情地看着前方路面，假装自己是个人工智能机器，平平板板地回答：“根据相关法律法规和政策，搜索结果未予显示。”

甘卿问：“哪个词是敏感词？”

“哪个词都是。”于严的目光从后视镜里射过来，“在单身狗面前，二位喘气的姿势都很不和谐，劳驾注意点素质行吗？”

甘卿嬉皮笑脸道：“要不我给你留个招桃花的福袋？”

“你的福袋早就不灵了。”于严惆怅地说，“梦梦老师，自从你下凡，你的神通越来越不好使了。”

说话间，他又看了甘卿一眼。认识这么长时间，于严觉得她其实很随和，可以说跟忍辱负重的自己不相上下——能忍喻兰川，没点“随方就圆”的本事是不行的——她能说会道，在人群里不太爱出风头，像大多数年轻人一样，钱总是不够花，但穷得很坦荡，没有抠抠搜搜的感觉，是个性格比一般人还好相处的姑娘。她笑起来目光清澈，颇有些岁月静好的意思，乍一看，跟什么“江湖仇杀”八竿子也打不着。只是偶尔会有那么几个瞬间，当她露出指间刀片来的时候，会流露出某种仿佛不属于现实的气质，让人闻到那股旧的、野蛮的、无常的江湖气，他才会突然意识到，她来自另一个世界，走过的是一条和他们都不一样的路。

马哥那张哭丧的驴脸着实没什么好摸的，喻兰川既不是洁癖也不是醋缸，当然不会因为她手欠摸了滥赌鬼的脸就生气，只是方才甘卿轻车熟路地带他们走进地下赌场，身上那股掺杂着血腥味的漂泊感太遥远了，让人有种错觉：她只是恰好路过，和他们有了一点交集，坐下喝一杯茶，最终还是要分道扬镳的。

于严暗自叹了口气，心想：喻兰川栽了。

栽的这坑还挺崎岖。

“梦梦老师，”于严说，“刚才咱们抓这人，能吐出多少事？”

“不少，这个人的路子很广，”甘卿想了想，说，“别看他不起眼，你看他骗得那么多人倾家荡产，受害者们都不敢报警。”

于严愣了一下：“对啊，为什么不报警？”

甘卿：“报了警倒是把钱保住了，警察行动快的话，没准还能把姓马的这伙人抓住。但他不是一个人，身后还有放高利贷的，以及好多你想象不到的职业流氓，如果被他们缠上，以后就没安生日子过了。”

喻兰川：“比如行脚帮？”

“嗯，弄不好还有许家人。随便派几个人隔三岔五骚扰一下，正常人就受不了，是一家老小安全重要还是钱重要？”甘卿顿了顿，“你们现在趁他害怕，切断他和外界的联系，也许可以从他这儿挖出不少东西，发挥好的话，还可以用这根线钓鱼。”

于严皱起眉：“他会配合吗？”

甘卿的嘴角又泛起那种让人胆战心惊的笑容：“会的，他只不过是个中间人，跟警察交代清楚了，还能争取宽大处理。隐瞒没好处，反正没人相信他能守住嘴。到时候警察不保护他，他那帮朋友没人管他了，我可是还会去找他的。”

于严：“这——这么怕你？”

甘卿的眼睛轻轻一弯，没吭声。

“我不懂哈，说句外行话，你听完别生气。”于严说，“梦梦老师，其实有时候我没觉得你特别厉害。当然，像我这样的文弱书生，你肯定是一口气打八个不费劲，但是跟咱们身边练过功夫的，还有刚抓起来的那些人比，我觉得你好像也不能‘秒杀’他们。”

甘卿半夜装神弄鬼，在泥塘后巷里溜秃头，结果溜断了自己的鞋带，蹦着回家的；追个闫皓都能追得胃疼岔气，还没追上。

当然，这些都算朋友，她没动“真格”的。

可是动起“真格”的，每次也很惨烈——不管是跟“极乐世界”的许家人，还是对上杨平，她都差不多是“惨胜”，到现在胳膊上的石膏都还没拆呢。

于严说：“我觉得他们一听说万木春，就跟听见小李飞刀的反应差不多，好像看见你，脖子就已经断了。是不是也有点太夸张了？”

“本来就是呀。”甘卿一笑，一点也不在意，脾气很好地说，“我师父当年教我的时候就不太用心，基础不行。再说我一个天生的右撇子，强行改左手，手指头能掰开缝就不错了。现在还能在外面混，全是仗着祖荫吓唬人。”

喻兰川掀起眼皮，隔空抽了于严一下：“不懂就少说两句，露怯。”

于严连忙端正姿态：“欸，好，盟主，您指教。”

喻兰川没看甘卿，眼角余光却挂在她身上，淡淡地说：“万木春又不是跟人打擂台的。”

春花嫩得不堪一击，春草又矮又小，每年的河冰都在乍暖还寒的夜里几经反复，岸边杨柳只有一层轻薄朦胧的绿意，可是这柔弱的力量却能无处不在，最终让凛冬彻底败下阵来，销声匿迹。万木春这一门，世代单传，人单力薄，可是世世代代，总能出人意料，刀锋点到的地方绝不走空。这块招牌从春先生到卫欢，再到甘卿，至今没砸过，仅仅是这仨字，就是阴沟里的噩梦。

可是……

于严听他说了一半，没下文了，追问：“我知道，所以呢？”

喻兰川不吭声了——可是，那是万木春，不是甘卿。

万木春无处不在，而甘卿只是个人。就算是当年的卫骁，也只敢化名“卫长生”，躲过别人的耳目，才能过几年安稳的日子。

如果甘卿按部就班，从此过上普通人的日子，对于那些对万木春恐惧得要命的人来说，她就是一个活靶子。到处推销保健品的许家人短暂地撤出燕宁，王九胜也跑到国外去了，可这都是一时的，等风头过了，他们腾出手来，非得除她而后快。而如果甘卿想把万木春“噩梦之刀”的传奇延续下去，继续悬在那些人的头顶，她在“一百一”就留不长。

因为只有不可捉摸才无懈可击，她迟早要去延续祖辈漂泊的命运。

喻兰川想到这儿，心口像被灌满了冰水，心脏不由自主地往下沉。

这事要说起来，全得赖卫骁。春先生借着早些年的时代东风，趁势金盆洗手，后辈完全可以低调行事，该做饭做饭、该念书念书，不露刀锋，渐渐让万木春淡出人们的视野，像无数消失在历史里的门派一样泯然众人。可卫骁年轻时初出茅庐，偏要让万木春在他身上青出于蓝，偏不舍得埋了这把三寸二分的刀，怀璧其罪，最后被裹进江湖恩怨里，拔不出脚来。

“对了，”于严这货见半天没人理他，又去哪壶不开提哪壶，“甘卿，我们抓了行脚帮这么多人，现在因为杨平涉嫌吸毒谋杀、朱俏杀人未遂的一堆破事，把以前的案子也牵扯出来了，照这么查下去，指不定要查多少人出来。万一不能一网打尽，你最近还这么高调，他们会不会报复你？”

甘卿满不在乎地一耸肩：“我家大门常打开，欢迎，来。”

于严和喻兰川几乎异口同声：“不是闹着玩儿的！”

甘卿笑了起来，不等喻兰川变脸，她忽然抬起眼，轻轻地说：“江湖人有江湖人的办法——你们知道什么叫‘打草惊蛇’吗？”

她左手指缝间夹着小刀片，像那天在面店里给智障少年表演玩硬币一样，刀片轻飘飘地在她几条指缝间翻，处理得极其锋利的刀锋贴着她的皮肉，冷冷的光滚成一线，惊心动魄。“再说我又不是一个人，还有美珍姐和杨帮主他们呢。”

傍晚前后，甘卿和马哥坐着聊天的早点小吃摊上，几个男人坐在了甘卿他们坐过的桌边。

“来了！”老板拿着油乎乎的菜单走过来，目光往四下一瞟，弯下腰，压低声音说，“马老六今天被一个女的从场子里拔了份，当着众人面拎出来的。那女的个头儿挺高，帽子遮着大半张脸，桌上这几条痕迹就是她留下的。”

几个男人听完，掏出软绳和尺，仔细地量了桌上的刻痕：“一样长，三寸二分。”

“切面平滑，一刀到底——什么刀？”

“我没看见。”店主小声说，“我就看她伸手在桌上乱划了几下，马老六看着都快尿出来了。”

“这就是指间刀，”其中一个男人说，“卫骁的绝活儿。”

“马老六可不是什么硬骨头，但我不怕他跟警察招供，”另一个男人说着，伸手敲了敲桌上的刻痕，“我就怕这个。”

“那可是十七岁就能杀卫欢的人。”

“好在她现在就在燕宁，有固定地方落脚。”

几个人对视一眼，店主压低了声音：“我们王总的意思，是不要夜长梦多。”

第八章

“星之梦真没开门，我昨天好像看见他们家官博说梦梦老师辞职了，老板正在找新的顾问，我还以为愚人节开玩笑呢。”

“什么？梦梦辞职了！我看她昨天朋友圈还在更新呢，翻译那个什么星盘解析。那她以后是不是都不更了？不是……怎么我追个工具书也坑得这么突然！”

“天意小龙虾也装修，这老孟什么毛病？马上到旺季了他装修，我看他今年是不想干了。哎……我操你大爷！这路是你们家的？走路长点眼成吗？”

两个十三中的小太妹骑着自行车，穿过狭窄的泥塘后巷，边骑边聊天。前面的女孩正偏头跟同伴说话，突然有个畏畏缩缩的中年男人冲到路上，她车把一晃，差点儿发生剐蹭，故破口大骂。

男人默默地退到路边，没还口，任凭女孩银铃似的骂声从大街上掠过。他阴沉着脸，看了一眼门窗紧闭的“星之梦”和“天意小龙虾”，从兜里摸出手机。

“她可能要跑……不清楚，那个孟天意也不知道去哪儿了，店里只留了个外地小学徒，狗屁也不知道……怎么办？”

那边说了句什么。

男人的目光一边警惕地四下逡巡，一边低声说：“可她住在张……舵主家里……我知道张舵主已经跟咱们一刀两断了，那毕竟是……”

对方打断了他的话。

男人一低头：“他们？你确定吗……好吧。”

当夜凌晨一点，一辆低调的黑色出租车停在一百一十号院南侧的胡同口，开车的司机正是之前去星之梦踩过点的中年男人。

车刚停稳，两个乘客模样的黑衣男人下了车，一个中年人，一个年轻一些。

中年人的脸从中间凹了进去，像被人打了一拳似的，方腮尖下巴，有点咬牙切齿的劲儿，恶狠狠的。他对司机摆摆手：“谢了，一会儿你要是害怕，不用等我们，绕开监控直接开走就行。”

司机拉下车窗，紧张地笑了笑：“我们行脚帮，自古干的都是赶车摆渡之类的小买卖，实在……”

“知道你们行脚帮的人都胆小，放心，我们‘春字部’办事，牵扯不到你们。”黑衣中年人轻慢地啐了一口，鞋尖踬了踬自己喷出去的痰，冲同伴一点头，这俩人在四周游荡了一会儿，然后一前一后地贴着墙根，顺着“一百一”小院角落里的自行车棚翻了进去。

一个物业清洁工打扮的人在那儿等着他们。

“清洁工”态度比司机还谄媚，点头哈腰地迎上来：“我在这儿等二位半天了。”

“许林。”黑衣中年人指了指自己，又指了指旁边的年轻人，“我徒弟，去年我不在，我们‘春字部’的几个小辈人都折在这院里，还以为藏了条什么龙，原来是那个万木春的叛徒，今天特意过来讨个说法，谢谢行脚帮的兄弟们送信。”

“清洁工”按亮了手机屏幕，给这两人看手机里的照片，全是偷拍的甘卿。

“她今天出去了一趟，中午一点左右回来的。我一直在这儿盯着，没下来过。1003那屋晚上七点亮了灯，有个送外卖的上去给她送过吃的。”

许林问：“屋里还有别人吗？我听说她是租的房子，房主还跟你们行脚帮有关系？”

“清洁工”回答：“是，不瞒你们说，这房主就是我们行脚帮以前的北舵主张美珍，后来因为一点私事，跟咱们一刀两断了。这个人我们已经帮你们引出去了，我看着她走的，在门口叫的车。”

许林一点头：“她几点熄的灯？”

“十点半，每天都是十点半。这个点应该睡死了。”

自称许林的这位听完后，走向楼梯口，同时一招手，他身后的年轻人便从兜里摸出个口罩，扣上帽子，把脸一遮，顺着“一百一”小楼一角的管子爬了上去。这二位兵分两路，默契十足。

等他俩走了，“清洁工”才偷偷地溜出一百一十号院。

方才送人来的黑车司机神出鬼没地在一条小路口一探头，“清洁工”把外衣一扒，随手塞进垃圾桶，钻进了车里。

司机问：“那两个许家人进去了？”

“嗯。”假清洁工点点头，“当年卫欢为了许家人的资源，把师门功夫出卖给许昭，这才有了‘春字部’。现在这帮功夫练得稀松二五眼的玩意儿跑回来说人家万木春的正根是叛徒，你说好不好玩？”

“打起来更好玩。这帮姓许的在山旮旯里搞邪教搞得膨胀了，拿燕宁当他们自己家后院呢。”司机轻轻踩着油门，把车开了出去，“那个万木春今天没去泥塘，应该是感觉到什么了。咱们现在人手不够，还赶上这轮严打，兄弟们不是进去了，就是东躲西藏不敢冒头，王总应该也是想尽早解决这事。要是让她跑了，藏个十年八年的，上哪儿找去？也是颗定时炸弹。”

假清洁工问："这俩行不行啊？"

"楼上那位万木春只有一条胳膊，"司机拉下车窗，点了根烟，"一条胳膊对四条胳膊，你说呢？"

"毕竟人家才是正根……"

"功夫这玩意儿，学到手里的就是真的，什么正根歪根的。"司机喷了口烟，"不把'庖丁解牛'完整地榨出来，许家人当年能那么痛快就把卫欢卖了吗？你看着吧，有一场好戏。"

凌晨一点钟的楼道里静悄悄的，黑衣中年人许林缓缓地靠近1003，像一尊塑像一样，悄无声息地在那儿站了一会儿。片刻后，许林的手机一振，他知道自己的徒弟已经在窗外就位了，遂从兜里摸出工具，开始撬锁。

隔壁的喻兰川还没睡，正在书房审合同。突然他抬起头，目光射向门口。

新型的门锁不像以前那么容易撬，许林猫着腰，尽可能把动作放得很轻。一门之隔，喻兰川从门后面抽了一根高尔夫球杆，另一只手已经按在了门把手上。

就在这时，他准备拉门的手突然被人从背后扣住了！

1003窗外，许林的徒弟蜘蛛似的攀在十楼窗外，伸出一根小棍，小心翼翼地避开窗户边框，悄无声息地把不太厚的窗帘挑开了一角，往里张望。

小卧室里，床正对着窗户，床上的人睡熟了，一动不动，半长不短的头发搭在枕头上，全然没察觉到自家大门已经快被人撬开了。窗外的黑衣人用工具把自己固定好，从背包里掏出一把弩——和当年甘卿追踪向小满，在黑民宿里遭遇的那伙人手上的弩一模一样——箭尖对准了床上的人。

门口的许林最后轻轻一别，大门悄无声息地滑开了，一股家居香熏的味道扑面而来，浓郁过了头，有点熏人。许林下意识地屏住呼吸，左手拎着弩，右手拎着匕首，确定其他房间都没人后，往开了一条门缝的次卧走去。

门缝大约两寸宽，许林大概不缺维生素A，夜间视力非常好，射出两道探照灯似的目光，把目标和窗外守候的同党都收进了眼里，随后猛地推开房门。在房门弹开的瞬间，他左手已经放了一支箭，“噗”一声，钉上了床上的目标。他紧接着抓紧了匕首，准备给对方致命一击。

这时，许林的耳朵捕捉到“咻”的一声轻响，有什么东西朝他射了过来，他下意识地弯腰躲开，床上的被子猛地从下面掀开，一道黑影朝他扑了过来。

许林并不意外，如果万木春那么好杀，也犯不上让他老人家亲自出马。他瞬间拉开距离，做好了用“庖丁解牛”跟对方一较高下的姿势。与此同时，窗外埋伏的弩箭也见缝插针地射了进来。

这师徒俩配合默契，可以说是“一颗红心，两手准备”，明暗双线并行。

万木春防了一手，没防住背后冷箭，还没来得及到许林跟前，就被冷箭射了下来，摔在了床角。

许林笑了。

喻兰川突然被人从身后靠近，汗毛都奓起来了，捏着球杆的手手背上青筋一跳。他沉肘垂肩，寒江七诀里的“平潮”一式已在掌中，随时准备把身后的偷袭者拦腰砍成两半。

然而就在他将要把球杆甩出去的一瞬，耳边传来“喵”的一声。

喻兰川：“……”

球杆甩自己腿上了。

他又惊又怒地转过头，不知什么时候潜入他家的甘卿轻飘飘地往后退了两步，小声说：“小喻爷手下留情，您一杆能把我打进洞里。”

说完，她把目光往下一溜，落在喻兰川的胸口上——睡衣本来领口就大，喻兰川在自己家里，所以就只是随便扣了两颗扣子，方才还崩开了一颗，有胸有腰、有棱有角，室内的微光还给他打了一层恰到好处的阴影。

甘卿：“十多年之后可以刮目相看了。”

喻兰川一把攥住衣襟，伸长球杆杵了她一下：“你是什么时候进来的？怎么进来的？半夜三更耍什么流氓……你们家什么情况？”

隔壁的许林笑容没展开就突然僵住了。他汗毛先是一竖，随后意识到了问题——落地声音不对！

一个大活人摔在地上不是这个轻飘飘的动静！

许林猛地上前一步，掀开了黑影身上的床单，只见那是个毛绒玩具，头顶黏着人的假发套，底下绑着两个抱枕。

毛绒玩具笑容可掬地跟他大眼瞪小眼，手里还捧着个木牌，上面非常文艺地质问道：“你的一生，将以什么立足呢？”

原来这个自带“馊鸡汤”题记的毛绒玩具四肢上绑了渔线，绑法乍一看有点像提线木偶，让人眼花缭乱的，但其实仔细看并不是——相传，古时候有一种机关，平时或是藏在水下，或是虚虚地埋在土里，一旦被触动，就会飞出千万条又细又韧的金属丝。因为力道足够大、金属丝足够细，其巨大的压强切金断玉能如细线割芋肉——渔线一端牵在门上，许林想出其不意，猛一推门，直接把床上的毛绒玩具拉起来跳了段“倩女幽魂”。

窗外的小徒弟听出屋里动静不对，用弩挑开窗帘，月光一扫，凝在松松垮垮的渔线上，散落在屋里，像一张引而不发的网。

许林的后背忽然爬了一层白毛汗。这时，他才借着月光注意到，这间小卧室里除了床上的毛绒玩具，几乎是个空屋——床单、窗帘像是刚洗过的，衣柜半开，里面空荡荡的，水杯、充电器等必要私人物品一概没有，连床头台灯的电源都没插。

这明显是个没人住的房间。

那行脚帮又是怎么回事？“她几点出去、几点回来，还叫了外卖”听着跟真事一样。

这找不着北的师徒俩，一个在屋里，一个在屋外，一时都静止了，目光齐刷刷地落在举牌的毛绒玩具身上，对着默哀反省似的。

好一会儿，许林才小心翼翼地上前，隔开老远，用小弩捅了捅地上的毛绒玩具，毛绒玩具翻了个身，背后一张没粘牢的字条慢慢悠悠地落下来，上书俩大字——傻逼。

许林瞳孔一缩：“快走！”

但已经晚了。

他话音没落，楼下忽然爆炸似的响起一声警笛。

至此，许林已经来不及细想这里面的事了，和他窗外的壁虎徒弟掉头就跑。

他俩一个往窗外爬，一个往楼道窜。

徒弟连架在窗户上的弩都没顾得上拆，眼看楼下来了好几辆警车，只能奋力挥舞着四肢往旁边爬去，企图找个背阴的角落溜下去跳墙逃走。

他方才被毛绒玩具惊起的魂还没定下来，一手心都是汗，一边爬一边往楼下看，唯恐被车灯扫到。忽然，一束微弱的暖光打在他身上，有种异样的感觉攀上他后背，他慢半拍地抬起头，跟隔壁阳台上的人看了个对眼。

那人跟他一样戴着口罩，遮着下半张脸，只露出一双弯弯的笑眼，一手拎着根高尔夫球杆，一手撑着头，也不知道参观了他多久。

“大壁虎”徒弟差点儿被这人吓出心梗来，手脚都木了，一根高尔夫球杆蓦地从窗口伸出来，狠狠地砸在了他的手指上，这一下要多缺德有多缺德，十指连心，“大壁虎”眼泪都疼出来了。他仰起脖子，张开大嘴，连鼻涕带眼泪一起把惨叫声吞了，一边哭一边拼命地往上爬。

然而球杆不给他机会，不等他爬上去，第二杆已经打着旋地转了过来，稳、准、狠地砸在了他膝窝上，正在攀登的“大壁虎”哼都没哼一声，直接掉了下去。

这时，一枚大铁钩从八楼扔了出来，正好钩住了“大壁虎”的腰带。八楼的韩东升双臂里的青筋透过厚厚的脂肪层露了出来，绳子飞快地下放，拽住了“大壁虎”，刚好在他落地前一瞬止住了下坠。

“大壁虎”的腰带“啪”一下断了，他大头朝下地摔在了一辆警车车顶上，在几个民警的目瞪口呆下，露出了黑裤衩和半个雪白的腚。

他的师父许林跑得更加惊心动魄。“一百一”楼小，结构也非常简单，除了电梯，就只有两个楼梯通道，底下人一堵就能堵个正着。许林耳目极灵，刚下到六楼，就已经听见往上跑的脚步声。紧接着，警察的声音在狭小的楼梯间里回荡。

“两个楼道和楼梯间都看住了！”

“举报人说这伙人就是上次抓的那两伙邪教分子的同党，危险性很高，身上很有可能携带武器，大家都小心点！”

“注意点楼顶和外窗，上次他们就是爬楼跑的！”

“他同伙已经落网了！”

“还差一个，男，四十来岁，留分头！”

民警们跑到六楼也就是一两分钟的事，许林慌不择路，跑到了六楼的公共楼道，一眼就看见楼道尽头的垃圾通道——过去的老建筑才有这种垃圾通道，每层有个长方形的口，掀开以后可以直接把垃圾扔进去，通道通往楼下的垃圾箱，由物业定期在楼下清理。

垃圾通道入口上挂着把小锁，许林没多想，用蛮力一把拽了下来。

这条通道按理说是塞不进一个大活人的，可许林身体“咔咔”地响了几声，竟然凭空矮了小一截，这人会传说中的缩骨功！他就像个半身不遂的病人，扭着把自己塞了进去，随后咬牙切齿地把自己的筋骨归位，嘴里叼着一个小手电筒，顺着垃圾通道往下爬。

合上的垃圾通道入口处“咣”的一声，靠近垃圾通道的一户人家里住了个尿频的大爷，起夜的时候听见动静，推开靠近楼道一侧的窗户张望了一眼，迷迷糊糊地揉了揉眼睛：“谁啊，大半夜弄垃圾通道玩？非典那年就封了。”

许林一路昏天黑地爬到了底，坐在地上，跟通道口加了锁的大铁门面面相觑，闻到了一股来自2003年的“余香”。

“掉下去的那个安全抓住了，老的经验丰富，应该能跑。”甘卿冲八楼帮了她一把的韩东升一拱手，从兜里抽出张纸巾，把喻兰川的球杆仔细地擦了一遍，扔给他，“有空把窗户换一下吧，你这种老式窗户，从外面一拨就开。”

喻兰川没动过大爷爷的老房子，因为搬来的时候只是为了省一年房租，也没想在这个“老破小”的地方久留，更没想到在这儿捡了一个甘卿。

他没应声，皱着眉打量她。

甘卿平常打扮很随意，自己穿的衣服都是在超市跟菜一起买的，常常不太合身，所以都是宽松款的。半长不短的头发常年披散，没型没款，盖住了大半张脸，素颜，因为个子高，走在人群里会微微低头，一点锋芒也没有。

此时，她戴着口罩，穿着一身紧口黑衣服，还有双落地时能悄无声息的运动鞋，头发全扎了起来，只有额角、鬓角几缕碎发垂在脸上，凸显出眉目和一小截高挺的鼻梁，眼睛亮得像藏了两把刀。她一手插兜，靠在窗边，干净利落，行将出鞘似的。

喻兰川：“你这身打扮又是怎么回事？”

甘卿愣了一下，随后笑了起来：“以前的衣服——十七岁以后就没怎么长过个子，那会儿的衣服比昨天买的还合适。”

鞋是好鞋，轻便又合脚，衣服现在穿出来，居然也不怎么过时，毕竟卫骁从来没有像她糊弄自己一样糊弄过她。她小的时候，一应吃穿，虽然不是名牌和山珍海味，但也都是在他能力范围内供得起的最好的东西。他像养一朵娇贵的小花一样，沉默而精心地照顾着这个捡回来的女孩，不想让她知道自己残酷的来龙去脉。

“小喻爷，我要离开一阵。”

“你这就要走？”

两个人几乎同时开口，声音叠在一起，又同时住了嘴。

“想引出王九胜，就得趁着他现在人手不足，让他害怕得睡不着觉。”甘卿先开了口，“杨老帮主要给过去的兄弟们一个交代，我也要给我的师门一个交代。”

喻兰川低低地说：“我没想到这么快。”

“王九胜人在国外，鞭长莫及，什么都没安排好，生怕我跑了他找不着，让他一辈子不安生。所以急急忙忙地动手，就差对着许家人喊一声‘借刀杀人’了，这跟他以前算计丐帮、算计我师父不是一个档次的，说明王九胜这回真是狗急跳墙。”甘卿说，“你看，他开始慌了，这是好事。”

喻兰川心不在焉地一点头：“那……”

“嗯？”

那……交代完呢？

他想，这些苦大仇深的旧事若真能了结，重新变成万木春的甘卿，还能回来吗？她还能光明正大地出现在所有人的面前吗？

尽管现在不是说这些的时候，但喻兰川从来都是走一步看三步，心里明镜儿一样。

“没什么，”喻兰川推了一下眼镜，表面平静地说，“你和杨帮主他们是怎么商量的？跟我说说，你们有群吗？把我拉进去。”

“杨帮主和美珍姐在联系丐帮和行脚帮的旧人，我看见美珍姐在挨个儿联系替罪羊和苦主，可能是想把所有人叫在一起当面对质。王九胜在行脚帮里有内应，知道这事，肯定会以为美珍姐想趁机篡夺他的位置，到时候一定会回国，他们在明我在暗，我就趁机把他揪出来。”甘卿简略地说，还不等喻兰川因为这个简单粗暴的计划皱眉，她就又补了一句，“什么群？杨帮主那么大年纪了根本不会用智能手机，再说我也不会跟他们联系的，黑白两道不同路，中间还夹着杨平和卫骁的陈年旧怨，不够尴尬的。”

喻兰川震惊了：“你们的行动方针、备用计划、人员调集……什么玩意儿都没有？”

甘卿想了想，只好回答他：“我们有默契。”

“我看你们是有毛病！”喻兰川快疯了，一把拉住她，“我知道你们不靠谱，但没想到你们这么不靠谱！”

“嘘——”甘卿连忙伸手按低他的音量，继而又叹了口气，“小喻爷，我说您这盟主走马上任的时候也不短了，怎么一张嘴还跟个棒槌似的？行走江湖哪儿有事事都说清楚的？大家都是按着默契便宜行事的。”

喻兰川：“所以三十多年前丐帮和行脚帮一点权力争斗就‘默契’出了一堆人命官司！”

这倒也是事实，甘卿一时语塞。

“这回我来统筹，不用你们对着尴尬。”眼看甘卿要说什么，喻兰川一摆手打断她，“我真是不明白你们这些人，觉得自己的那些东西过时了，又总是任凭那些过时的东西指导自己的行为，你们不觉得自己拧巴吗？”

甘卿无奈一笑："小喻爷，不是每个人都像你一样有高学历、留过学，能适应这个时代的。"

"但我也并没有觉得一些古老的东西过时，"喻兰川推了推眼镜，滑开了视线，"虽然有时候方法欠妥，但你们那种永远自由，永远不肯偏安一隅的无畏感让人羡慕。"

甘卿愣了。

喻兰川又很嘴欠地补了一句："就事论事而已，别以为我是在夸你。"

甘卿的目光和他一碰，忽然说："我刚才本来想悄悄地进来落个脚，没想到你还没睡——工作这么辛苦吗？"

喻兰川心里像是压了块石头，恹恹地说："偶尔吧。"

甘卿叹了口气："钱赚到哪儿算够呢？非得过赚五块花十块的日子吗？你啊……真不好养活。"

这像规劝，也像别离，喻兰川隐约从这话里听出了一点不祥的意味，仓皇地抬起眼，还不等看清她的表情，甘卿却忽然越过他，伸手从他阳台的书架上抽出了一本旧的口译教科书。

"这个先借我看几天，"甘卿说，"得学点能赚钱的本事了。"

喻兰川一时没反应过来，愣愣地看着甘卿拿了他的书，冲他笑了一下，从他家大门出去了。

足有一分钟，他才回过味来她是什么意思，心里倏地一跳，转身追了上去。

甘卿已经不见了踪影。

第九章

垃圾通道的铁门上有一条小缝，外面的声音可以钻进来，被困在“遗迹”里的许林贴着那条缝，屏息凝神，捕捉着外面的动静。徒弟是真被抓了，因为他听见有个男警察喊：“这个先带走……你们倒是给他件衣服遮一遮——其他人继续搜。小于，你没事也先跟他们回去，万一抓不住目标，你负责准备材料，悬赏通缉。”

许林把拳头攥得直响。

这些年来，大城市越来越不好混了，稍不留神就会被举报逮捕——去年的“极乐世界”不就被一锅端了吗？他们只能不断往各种小地方转移阵地，许林感觉自己就快要去“老少边”的穷地区竞选村支书了！

因为有这个趋势，招来的徒弟和信徒的素质当然也越来越堪忧。许林自诩是得了万木春真传的，万木春的功夫可不是胸口碎大石一类的，那是绝对的技术路线，没点灵气学不会——比如他那帮被甘卿一手端了的弟子，一个个就笨得跟驴一样，请刀之前还得先描线打草稿，乍一看还以为他们要在人脖子上文条大青龙。

许林拿得出手的徒弟寥寥无几，能跟他配合默契，出来帮着放暗箭的更是凤毛麟角，万里挑一。这回好了，他的毛和角就这么折了！

许林怎么想怎么怄得慌，就在这时，一个女人的声音远远地传来：“……对，那是我家。”

许林眼角一跳，张美珍！

“……我不知道，有个房客住这儿……可能是得罪人了吧。”

“今天？今天是有几个好久不联系的故交突然跑过来找我，说晚上有人来……幸亏都是外地的，对燕宁不熟，用他们的车……报信的人是谁啊？说倒是能说……就是……开的不是正规出租车，我说了不会给他们惹麻烦吧？我房客说她自己解决，让我出去躲一会儿，她保证肯定没事，还提前把房款结清准备搬走了。我怕她一个小姑娘出事，就报警了……你们也没看见她呀？哦，那看来是跑得挺及时。躲一躲也好，现在什么人都有。”

许林脖子上一根大动脉“突突”地乱跳。

这就难怪了——他想，为什么行脚帮能信誓旦旦地保证张美珍不在，因为她根本就是知情故意走开的，什么万木春几点叫外卖的信息，都是那几个行脚帮的混混编的！

甘卿出手一共两次，一次是循着向小满，把他们许家人在燕宁活动的“春字部”一锅端了，一次是追到了“极乐世界”搞非法传教的农家乐。两次她其实都不算有露脸，因为事后看出她来历的人都被警察抓了。而“万木春在燕宁城里”的这个消息，也是来自行脚帮！

许林心说，行脚帮这帮搅屎棍，混在里头两头卖，王九胜可真是“千招会不如一招鲜”，能靠“祸水东引、借刀杀人”这八个字吃一辈子。当年借丐帮把张美珍拉下马，后来借杨平当自己的挡箭牌，借万木春的刀让卫欢和他的同门相残，再设计杨平亲手杀了卫骁。现在，卫骁的徒弟从地狱里爬出来复仇，恰好行脚帮势力微弱，王九胜又想都不想，直接把他们许家人推出来挡刀！

王——九——胜！

警察们在周围搜了两个多小时，一无所获，这才分批撤走，许林蹲得两条腿发麻，终于熬出了头，重新顺着垃圾通道爬了上去。趁着黎明前最黑的时候，他重新从六楼钻了出去，无声无息地潜入黑夜里。

从1003沾染的香熏气味好像附骨之疽，不依不饶地缭绕在他周围，在古老的垃圾通道里蜷了半宿也没减损一点，可惜许林的鼻子已经麻木，没有察觉到。

他就这么香喷喷地诅咒着王九胜，跑回去找自己的同伙了。

刑警苗峰走进审讯室，里头的杨平听见有人来了，毫无反应，头也不抬地坐着。他的骨头外包着一层薄皮，青筋都浮在皮上，眼窝深陷，质地就像颗放皱的枣，显得还挺有嚼劲。别的犯人身上只有一副手铐，杨平比较特殊，从医院出来以后，精钢的手铐被他挣开过一次，实在是个危险人物，因此得到了优厚的待遇，被里三层外三层地锁着。

苗队见过杨清和杨逸凡，那两位一个仙风道骨，一个气场非凡，怎么也想象不出来，祖孙两代人中间为什么会夹着这么一位。

“听说你拒不配合调查，既不承认吸毒，也不承认杀过人？”

杨平把眼珠朝他那儿拨了一下，冷笑着露出一口黄牙：“我吸了什么毒，化验出来了吗？杀了什么人，你们有证据吗？”

苗队面不改色地回答他：“还真有。”

杨平一愣。

“你的老朋友田展鹏等十几个人，集体指认你和八年前一个名叫‘卫长生’——曾用名卫骁的人的死亡有关，供词已经经过反复确认。”苗队说着，从胳膊底下抽出一个文件夹，“我们还收集到了这些东西。”

他说着，把文件夹里的东西倒出来，正是甘卿曾经收到过的那一沓神秘照片。

杨平猛地坐直了：“这是什么？”

照片是谁拍的？杨平睁大了一对乒乓球似的眼睛——那天被他拖下水做见证的人全在照片上，他们日子过得好好的，不可能没事自己出卖自己。那，泥塘后巷的事还有谁知道？

“这是一个热心市民交给我们的，我也想知道，这是什么？”苗峰略微一倾身，“哦，说起这些扑朔迷离的照片，还有一件事很有意思，那些指认你的朋友一致认为这些照片是你拍的。”

杨平：“你放……”

“因为他们还收到了一封信，我们也拿到了，”苗队一笑，“想知道写了什么吗？我给你念念？”

杨平呆坐好一会儿，忽然眼角抽筋似的跳了起来：“王——九——胜！”

在太平洋的一个度假小岛上，王九胜突然惊醒，眼前一阵发黑，连忙摸索着爬上床头柜，一把抓起药，就着睡前剩的半杯水怼进了嘴里。完事推开枕头，梗着脖子往后一仰，他躺成个“尸骨已寒”的姿势，僵硬地盯着天花板，长吁短叹地等心悸过去。

安眠药越吃越多，越吃越不管用，该做梦还是做梦，只是梦里脑子发蒙，梦见什么睁眼就忘，唯独剩下那种胸口被人一屁股坐扁的感觉。

酒店一侧是落地的大玻璃窗，外面连着个游泳池，夜风一吹，树影婆娑，躺在屋里能听见遥远的涛声。可是这些细细密密的噪声并没有给他带来安宁，王九胜一闭眼，就觉得周围充斥着窃窃私语，空荡荡的屋里好像挤满了人一样。

该死的、冤死的、阴魂不散的。

突然，电话铃响了，王九胜激灵一下，抓起电话：“喂？”

他原来用的电话号码已经停了，扔在国内，新号码只有少数心腹知道，用来遥控燕宁的局势。

王九胜是赶上过严打的，八十年代跟丐帮起冲突烧死人那次，行脚帮就狠狠地动荡过一次。但风头过了，他不是照样要风得风、要雨得雨吗？他不但篡了张美珍的位，还趁机洗白帮派，有了自己的产业，一步一步地爬到了现在的位置。

福祸相依，这都没准，王九胜一辈子经历过那么多的大风大浪，每次事故都仿佛是他的机会。他相信这次也不例外。

他本想暂时出来避一避，都没往远处走，等风平浪静一点就回国。可谁知这风浪不但没有要停的意思，反而越翻越大，他的人一个接一个地失联。知道这个电话号码的人越来越少了，让王九胜有种被独自抛在海岛上的恐惧，他几乎有点盼着有人来电话了。

“王总，”电话里的人语气急促，“她开始带着红蝠令活动了。”

王九胜：“谁？”

“张美珍。最近咱们的人三天两头被警察带走调查，车队拉活儿的地方都有警察蹲点，店里也在到处查牌照，没牌照的直接封。帮里有不少流言蜚语，他们都说您老婆孩子早就挪出国了，您肯定是不准备回来，也不准备管我们死活了。张美珍趁机联系了一帮外地的老不死的，在商量着把您驱逐出行脚帮。”

三十年来，王九胜一直觉得行脚帮就是他的私产，一时没反应过来什么叫“把他驱逐出行脚帮”。

他梦游似的问了一句：“什么？”

“是真的，现在人心惶惶的，不少人都坐不住了。老太婆还联合了丐帮的杨清、那个喻家的小兔崽子发了盟主令，月底召集两派成员，说是要把两派三十多年的宿怨说明白。对了……他们还不知道从哪儿找来了一帮律师，说要查咱们的账，查……查您的账，还说福通达这么多年被您一手遮天，明明是咱们帮派的产业，现在都姓王了……”

王九胜诈尸似的坐了起来。

“您什么时候回来？您再不露面，咱兄弟们真不知道要跟谁的姓了啊，北舵主！”

王九胜刚在药物作用下平缓下来的心又开始“突突”乱蹦，他倒吸了一口凉气，觉得自己心里全明白了——那克夫克子克全小区的老太婆自己过了那么多年，怎么就突然要招房客？怎么就那么巧，招来的房客是卫骁那个出狱的徒弟？

闹了半天，原来都在这儿等着他呢。

王九胜想，这都是阴谋。张美珍故意拿这个万木春当饵，引着自己上钩，再跟丐帮的杨清勾结在一起，逼自己出国避祸，是要抢夺他三十多年的心血。

“那个万木春呢？”王九胜问，“我让你们办的事，办成了吗？”

电话那头沉默了一会儿：“对，我正要跟您说这第二件事，应该……是办成了。”

王九胜怒道：“什么叫‘应该’！”

“我没亲眼看见，那天去了两个许家人，一个跑了，一个折在警察手里了，咱们几个跟他们联络的兄弟现在也联系不上。您想，要是没成，警察怎么会无缘无故地出现？”

王九胜：“警察是怎么回事？许家人那边没传来什么风声？”

“王总，那边放出话来，说您前脚借他们的刀除掉万木春，后脚就招来警察害他们，以后跟您不共戴天。”

王九胜：“放屁，警察他妈跟我有什么关……”

说到这儿，话音突然一顿，王九胜抬起头：“你刚才说什么？这是许家人的原话？说我借刀……除掉了万木春？”

“是啊。”

王九胜听完，长久地沉默下来。他站起来走到落地窗边，拉开窗帘，远远地望向海边。

为安全起见，他知道自己应该再谨慎一点，不能在这个风口浪尖上回国露面——他一辈子都讲究个谨慎为上，一击必杀。

可是……张美珍是前任北舵主，远离是非三十年，帮派内也还有老不死的认她，王九胜现在能联系到的人越来越少。这次为了把万木春斩草除根，仓促行动，又招了许家那帮搅屎棍的不满……难道他就只能孤立无援地在这个小破岛上，鞭长莫及地睁眼看着别人撬走他的心血？

电话里的手下跟他一起沉默了一会儿，期期艾艾地说：“王总，不瞒您说……福通达天天有经侦的警察上门，我这两天也都不敢回公司了，到底该怎么办？都等着您的话呢……”

王九胜闭上眼。

就算他一辈子不回国，把那些东西都拱手让给张美珍，以他的境外资产，也够他吃穿不愁地平安养老了。何必呢？这次闹这么大，行脚帮这个有今日没明日的破玩意儿以后还不定怎么样呢，也许他大方一回，正好能及时脱身了。

人活一辈子，辉煌过、呼风唤雨过，还要怎么没够呢？

王九胜猛地睁开眼：“给我订机票，我回去。”

可是，贪婪也是一种药石罔效的绝症啊！

燕宁近郊一处民居的小二楼里，许林的后背已经被冷汗浸透了——他的同伙都在楼下睡得人事不知，可他不敢叫一声。

月光照进窗户，隐形的渔线缠缠绕绕地把他圈在一小块地方，最凶险的一根就横在他的咽喉前，仿佛咽一口口水，那玩意儿就会割断他的喉管。

除此以外，他颈侧还架着一把剃须刀。

“你以为‘庖丁解牛’就是拿着小刀画弧线吗？谁教你的？杀手的入行门槛可没有这么低啊，大哥。”捏着他小命的人在他身上闻了闻，从他手里抽走手机，“你自己真的闻不到自己身上沾的这股味吗？”

许林惊惧地转着眼珠，不敢吭声。

“不过还是谢谢你‘除掉’了我。”甘卿想了想，缓缓地抬起了剃须刀，“本来就是行脚帮的王九胜利用你们，咱们把他骗回来，我替你们出气，好不好？”

许林刚要松一口气：“你……”

话音没落，他后颈一痛，眼前一黑，就朝着渔线栽了下去。

“完了，”许林最后一个念头闪过，“我要被大卸八块了！”

然而那些渔线只是虚虚地搭着，许林砸下去的瞬间，就软塌塌地裹在了他身上，把他缠成了一个纺锤。

同时楼下响起了撞门声：“警察！有人举报你们窝藏通缉犯！”

“吓死你。”甘卿轻巧地从窗口钻了出去。

她穿过郊区热闹又莫名带着荒凉气息的小路，上了一辆刚好停下来的小巴士末班车，把挡着脸的兜帽往上推了一下，翻出手机，发了个“Ok”的表情出去。

对方秒回：“格式。”

甘卿：“……”

她把掉下来的兜帽重新推回去，看了看周围没人，于是插上耳机，小声地回了条语音：“许林被带走了，我报的警，没伤人、没受伤、没露脸，用的吓唬人大法……现在许家人知道自己被王九胜利用了，他这个盟友没了。”

喻兰川的声音从耳机里流出来：“知道了——你午饭吃了什么？”

甘卿一噎，以为自己耳朵出了毛病：“什么？”

“中午吃了什么？”喻兰川重复了一遍，“昨天在哪儿落脚的？”

甘卿无奈：“吃喝睡也要早请示晚汇报吗，盟主？”

“废话，折腾出胃病难道不算受伤？还不如挨一刀恢复得快呢！”喻兰川催促道，“快说！”

“别催，你让我想想……”

“想不起自己中午吃了什么是老年痴呆的早期症状之一，你都到这种程度了，还不给自己准备养老保险，还浪！”

甘卿把额头抵在车窗上，摇曳的路灯灯光在车里来回穿梭。摇晃中，竟依稀像是凝结了一层颠沛流离的岁月静好。

第十章

在各方人士的蠢蠢欲动中，“月底”就要到了。

三中组织高一、高二春游，不想参加的只要拿到家长签字就可以不去。一般这种情况，喻兰川都会提前签好，让刘仲齐自己决定交不交。

“哥，”刘仲齐端着牛奶杯，追着喻兰川问，“今天报名就要截止了，你不给我签名了吗？”

正在整理领带的喻兰川顿了顿，若无其事地说：“我建议你去，高二春游差不多是你中学阶段的最后一次集体活动了，等明年再想去也没机会了。”

刘仲齐：“倒不是，就是觉得有点奇怪。哥，你是不是故意想让我去外面住两天？”

喻兰川的目光从穿衣镜里偏出来，看了刘仲齐一眼。

“哦，是我想多了吗……最近总觉得咱们院气氛怪怪的，”两耳不闻窗外事的高中生抓了抓头发，半带自言自语地说，“也可能是杨爷爷生病的缘故，晨练队没人组织，天天稀稀拉拉的，我觉得院里都不热闹了。隔壁也没人……对，那个大骗子是出门了吗？我上次没带钥匙去敲门都没人开。”

喻兰川眼皮一垂：“过两天我换个指纹开的电子锁。”

刘仲齐有些吃惊，他们搬过来的时候，喻兰川就是一副不打算常住的样子，家里家具用的都是以前的，添的少数几件几乎是网红租房神器。

“还有什么需要换的，一起列成清单给我，等你放暑假了，我把这房子收拾收拾。”喻兰川拎起包，像往常一样准备出门上班，走到门口的时候，脚步忽然一顿，问刘仲齐，“你还想学剑吗？”

刘仲齐眼睛一亮：“想啊！”

喻兰川用一种奇异的目光端详了他片刻，问他：“学剑有什么用？以后没有剑给你用了。”

当年喻怀德老人也是这样问他的。

少年喻兰川一本正经地回答：“没有剑，我可以用棍代替，没有棍，还可以用拳头。练好剑，以后不管在外面遇到什么事，都不会再有无能为力的感觉了。”

喻怀德老人听完一笑，告诉他：“哪儿有这种好事啊，小子。”

刘仲齐愣了愣，很实在地嘀咕说：“就是……想学啊，为什么要有用？三角函数跟完形填空又有什么用啊？不还是要来来回回地考？自己学了剑，以后听武侠故事更带感……这算理由吗？”

读遍书山，也不一定能过好一生。

练到神功盖世不行，攒出家财万贯不行，握紧权势地位也不行。

“算，这用处不小了，”喻兰川冲他摆了一下手，“等你明年高考完吧。我去上班了，你自己当心别迟到。”

去年冬天，武林大会办成了集体相亲，来参加的人们一个个欢天喜地地顶着“凑热闹”仨字，自带花生、瓜子、矿泉水，前来围观喻老盟主的孙子。提前好几天就有人专程从外地赶来，前后一个礼拜，杨老帮主家里有络绎不绝的客人。

谁知道不到一年的光景，燕宁刚从一片肃杀里缓过来，春暖花才开，人事就已经翻天覆地代谢了好几回。这一次，“一百一”的小院悄无声息，到了月底最后一天，人们却都像从地里钻出来的一样，神不知、鬼不觉占满了场地。对于喻兰川来说，来的几乎都是生面孔，没几个年轻人。

丐帮老帮主杨清踩着点入场，手里已经没有了打狗棒。他是坐在轮椅上，被张美珍推进来的。

喻兰川过去同他打招呼，杨老努力扒开越发明显的老年斑，掀起沉重的眼皮，疲惫地冲他笑了笑。

闫皓给他发微信：“我们在最后一排。”

喻兰川一回头，闫皓就冲他招了招手，悄悄坐在他身边，戴着顶棒球帽。大概是二进宫刚出来，她瘦了一圈，脸都不水灵了，看着像是长大了好几岁。喻兰川实在不放心这女孩的精神状态，把衬衫袖子挽起一些，坐在悄悄另一侧。

“美珍姐身后的那几位，都算是行脚帮的人。”凑过来的韩东升小声解释，“美珍姐和王九胜其实都不叫‘帮主’，叫‘北舵主’，因为行脚帮分片儿，除了咱们这一片儿，还有南边的和西边的，基本是分家状态，类似于出了‘五服’的远房亲戚，各管各的，也不互相干涉，这回大概是有什么大事要宣布，来做见证的。丐帮四大长老，现在有三个都在警察局扣着，今天来的这几位我也不认识——听说都是很久以前就退隐的。”

说到这儿，韩东升看了悄悄一眼：“……都有家人死在那场大火里，不知道杨老是从哪儿把他们挖出来的。”

悄悄的拳头握紧了。

这时，张美珍弯腰和杨老说了句什么后，独自走到了简陋的台前，拿起话筒对准音响，全场“嗡”一声，打断了人们的窃窃私语。

“我是前任行脚帮北舵主张美珍。”张美珍的目光在台下扫了一圈，鲜亮的嘴唇露出一点笑纹，“有些老朋友好多年没见了，没想到还有把诸位聚在一起的机会。”

她的开场白还没说完，底下就有人阴阳怪气地出声：“我们也没想到你还有脸站在这儿说话——张美珍，当年你为了个野男人，把帮派架在火上烤，害了多少行脚帮的兄弟？你自己倒是拍屁股就走，管都不管我们死活，你算个狗屁的北舵主？行脚帮不就是个你标榜身价的工具吗？怎么？现在是你老皮松了，死皮赖脸倒贴男人贴不住了，还是杨清不行了，让你这老破鞋又想起我们来了？”

他说完，四周传来“咯咯”的笑声，透着一股说不出的猥琐狎昵意味。

这种笑声仿佛是一段永不过时的背景音乐，但凡有个女人站在大庭广众之下，只要她不是一身白衣的圣女或者朴实苍老的母亲，都可以插播这么一段。

“谁签的盟主令？小喻爷？你召集了这么多人，就是让我们听母鸡打鸣？”

“张美珍，你再抹红嘴唇，牙也都掉了。你但凡还有一点知道要脸，就应该回去把你那张老脸遮好了。”

“小喻爷人呢？出来说句话。”

“小喻爷，你青春年少的，可不能染上爱闻老娘儿们屁的习惯啊！哈哈……”

后面的话越来越不能听，闫皓和韩东升一起转向喻兰川。

喻兰川眼皮都不抬：“都坐着，没事。”

韩东升：“小喻爷，我还有几个朋友，让他们……”

“你还没听出来吗？”喻兰川摸出手机，给于严发了微信，“王九胜回来了。”

闫皓看了看台上的张美珍，年过古稀，口红已经没法遮住她下垂的嘴角了，卡在皱纹里的粉黛被灯光打得分毫毕现，她像一朵落成了枯秆的残花，闫皓说：“可……他们、他们也太过分了。”

“张美珍什么风浪没见过，还在乎这点小场面？”喻兰川随口说。他发完微信，目光就顺着会场边缘溜了一圈，有人跟他交换了眼色，喻兰川冲那人略微一点头。

“哈，”张美珍笑了起来，“我听说你们前几天都恨不能把脑袋扎进沙堆里，怎么？撑腰的回来了，又有底气了？王九胜，你这一辈子，哪怕有一次光明正大地露面，出来说句话，我也当你有点人样。”

“你也配跟我们北舵主说话？”

张美珍：“你们北舵主养狗不绝育，满地拉屎，一天到晚流着哈喇子操桌腿，眼里还只看得见破鞋——路人都可以报警查他狗证了，是不是啊警察同志？”

这会场里有警察？！

韩东升猛地转头看喻兰川。

“看我干什么？本次活动是报备获批的，”喻兰川面无表情地说，“不然我才不给你们签盟主令。”

韩东升：“……”

会场一下鸦雀无声起来。

“我今天召集诸位，有几件事，既然有人指责我当年不管行脚帮‘兄弟’死活，那我也有话要说。当年入狱的，证据确凿，都是参与绑架的。间接致人死亡，不管哪国的法律他们都得进去。诸位打算让我怎么管他们呢？是劫狱，还是替他们贿赂公检法？”

这话太敏感，她方才“警察同志”几个字一出来，很多人就紧张了，怀疑张美珍不怀好意，要拿话柄陷害自己，一时没人接话。

“我不管的人，王九胜管了吗？三十六年了，早放出来了，当年参与这事的，今天还有活着的吗？站出来，告诉我们一声。”

一个声音从角落里冒出来：“我……我。”

众人齐刷刷地转过头，看见一个瘦小的男人站了起来，头发油乎乎的，两鬓斑白，身上穿着件不合身的外套，沾满了机油。他站在人群中间，局促又畏缩地咽了口唾沫，缓缓地站起来。

张美珍：“阁下是？”

“我……我叫阮小山，三十六年前，因为那桩绑架案入狱……被判了七年。”

紧接着，又有三四个人默默地站了起来，有男有女，都带着那种服刑人员特有的臊眉耷眼。他们站成一排，束着手，好像手腕上还挂着手铐——张美珍和杨清居然把受害者和加害者一起找来了！

悄悄猛地一震，就要站起来，被喻兰川和闫皓一人一只手，强行按回了座位。

与此同时，角落里有人悄悄地拿出手机，飞快地编辑了一条信息发了出去，片刻后手机回执显示发送失败。那人这才发现，会场里不知什么时候已经没了信号。这正是刚刚其中一个给张美珍恶意起哄的人，穿了件灰色的短袖衬衫，发现这里突然没了信号，他莫名有种不祥的预感，不动声色地往窗边蹭了蹭，试图找一点信号。同时，他竖着耳朵留心听张美珍他们说话。

就听张美珍问：“王九胜管过你们吗？”

“没有，我出狱以后，也想过去找以前的兄弟，但他们都阔了，成‘总’了，也联系不上人家……底下跑的都是小辈人，我也不知道谁是谁。”自称阮小山的这位没完没了地扯着自己的衣服，占着手和眼，不敢往丐帮那边看，“我因为一时冲动，法制观念淡薄，只知道讲究所谓的‘江湖义气’，没能充分考虑到自己行为的后果，以至于闯出大祸，害人害己……”

他这一长串话，说得比“贯口”还顺溜，一口气下来没有停顿，可见在监狱里改造期间没少做思想汇报，七年有期徒刑，舌头经过千锤百炼，已经养成了肌肉记忆。

张美珍一个愣神，他已经“突突突”地念叨完了“悔不当初”和“痛死悔改”两大主线，马上要进入升华主题——展望未来部分。

张美珍连忙打断他的思想汇报：“你现在靠什么生活？”

阮小山茫然地看了她一眼，站在原地想了半天，似乎是没法对自己的生活做出有效的归纳总结，只好含糊地说：“到处……帮帮忙吧，人家给点零花钱。”

张美珍问他：“当年那桩绑架案，是你带的头吗？”

阮小山低头盯着自己的鞋尖，生无可恋地点点头，这个问题他已经回答过太多遍了。

张美珍尖尖的眉梢一挑，又意味深长地问：“你好好想想，是你自己要去的？没有人指使，没有人撺掇过你吗？”

角落里，穿灰衬衫的男子第三条微信又发送失败。额头见了汗，他焦躁起来，正好听见张美珍这句话，忍不住扯开嗓门儿：“张美珍，你这是什么意思？你要拿三十六年前的事攀扯谁？”

“我只想彻底了结了这桩恩怨，”张美珍淡淡地回答，“当年我们两边的人因为这事闹得不可开交，都没有坐下来好好聊一聊前因后果，现在大家都冷静了吧？也该把旧事都掰扯清楚了，省得带进坟墓里去。”

阮小山听了这话，“扑通”一声跪了下来，他身后那几位条件反射似的，也都跟着跪了。踮着膝盖往前挪了几步，阮小山带着哭腔对着杨清的方向说：“我对不起你们……我其实就想吓唬吓唬你们，没想着能出人命……我没想到……”

杨清身后稀稀拉拉地坐着一排老年人，一眼望去，凝成了一团沉沉的暮气，被仇恨和愧疚磋磨了三十多年，这些苦主连拍案而起的力气也没有。这会儿，他们就寂静麻木地听着凶手号，几双眼睛盯着阮小山，谁也没吱声。

“杨帮主，”张美珍转头对杨清说，“这些孩子都是我当年看着长大的，当年做错了事，该坐的牢坐了，该毁的生活也毁了，他们到现在也不知道那把火是怎么着起来的，有错，但是罪不至死，对不对？”

杨老帮主的手搭在塑料拐杖上，略微一闭眼。

“但这里面总有人该死。”张美珍说着，朝门口的方向看了一眼，又问阮小山，“你起来说，当年为什么要绑人，你们是怎么想的？”

阮小山拖着两条不灵便的腿脚，艰难地站起来：“我那时候……虚岁刚二十一，给一家招待所的饭店拉货送货。饭店里……有个服务员，小男孩，又瘦又小，还是外地的，老有人欺负他，我帮过他一两回，那小男孩就特别崇拜我，觉得我认识的人多、厉害、有面儿，一直缠着我想加入行脚帮。”

阮小山说到这里，神色有些恍惚，仿佛是没有真实感，觉得回忆的都不是自己的事——当年他也是个人物吗？也有人崇拜吗？也这么意气风发过吗？

张美珍轻声问：“后来呢？”

“那天我上他们店里去，老板清点东西的时候，那小男孩跑过来，偷偷跟我说……”阮小山的目光躲躲闪闪地投向杨老身后的苦主们，逡巡几圈，也是好不容易才从这些老脸中认出了一点旧迹，最后，他的目光落在了最左边的一位，正是张美珍亲自去养老院找来的“老宋”。阮小山盯着他，喃喃地说：“我当年就说过了……他们反复问我，我反复说，可是没人信……”

老宋缓缓地站了起来：“是哪个招待所？”

“叫……平安路招待所。”

“平安路？”老宋眼角轻轻地抽动了几下，露出一个有几分古怪的笑容，“杨帮主，那年杨平跟你闹别扭，把老婆和刚出生的孩子扔家里，自己招呼也不打就一走了之，他住的地方你没打听出来吧？就是平安路招待所，我们都知道，只是没告诉你。你们二位情深义重，非得按着头把两大帮派凑在一起，不管别人怎么想。我和朱长老心里闷得慌，就去平安路招待所找杨平喝酒，顺便商量怎么把这事搅黄了……没想到隔墙有耳，被行脚帮的小奸细听见了。”

阮小山接着说：“我那个小兄弟说，听见你们密谋炮制一场假绑架案，挑拨离间，要逼杨老帮主和行脚帮翻脸……我听完，就打听了杨平住在哪间，扒到窗根底下监视他，听他跟别人联系，没多长时间，我就把他们打算怎么办、把人安置在哪儿都听明白了。”

他还没说完，全场就“嗡”的一声，头一次听明白这其中内情的人们炸开了窝。

阮小山眼眶通红，不理会别人，蜷在那儿自言自语：“那小男孩，我对他多好啊，跟他有什么关系？为什么非得偷听？听就听了，为什么还非得告诉我？他这不是害我吗……”

眼看气氛不对，行脚帮的灰衬衫男子趁乱贴着墙边，从后门钻了出去。一出门手机就有信号了，只是时断时续，他低低地骂了句什么，迈开两条腿跑到马路对面。

一过马路，手机信号又满格了。

灰衬衫男人找了个隐蔽的墙角缩进去，拨通了电话：“喂，王总，他们叫来了警察，还屏蔽了会场信号，刚才连信息都发不出去……老妖婆不知道从哪儿把三十多年前那事里的冤大头们挖出来了——阮小山，您还记得吗？就带头绑票的那小子——坐牢坐傻了，老妖婆一直在那儿给他挖坑，引着他说背后有人指使，我看老妖婆就是想让他把您牵扯进来。”

“拿警察壮胆，想吓唬我，让我不敢露面？”电话里的王九胜笑了，“美珍姐这个人，当了一辈子大姐大，看着是个霸气的女中豪杰，实际又傻又天真，没长大似的。就算她买通了那几个傻子，当场指认我是幕后主使，警察还能把我抓进去吗？三十六年了，她叫来充场面的小警察们那会儿都还没出生吧？”

“就是！”灰衬衫见缝插针地拍了个马屁，“她准知道您回来一露面，她就没戏唱了。”

王九胜听惯了马屁，充耳不闻，给自己点了根烟。

他知道张美珍是怎么想的，当年她一时大意，栽得稀里糊涂，把北舵主的位置拱手让给了自己。那回行脚帮和丐帮被“打黑”行动扫边，都狠狠动荡了一回，两边涉事人员不是死了亲妈，就是进了监狱，得利者只有他王九胜一人，这么多年过去了，就算是头驴，也该回过味来了。张美珍看来是想趁着行脚帮再次内乱，他避走国外的机会，把旧案翻出来拨乱反正。她准备得还挺充分，连丐帮都不知怎么被她请动了，出来配合她表演。

可这个傻老太婆，真知道她那正人君子的杨大哥干过什么吗？

灰衬衫问：“王总，咱们现在怎么办？您过来吗？”

“不了，让他们在台上蹦吧，我不上台演猴儿。”王九胜说，“等十分钟，我让人给你送点东西。”

灰衬衫接到了王九胜的指示，有了主心骨，放下电话，跑到附近的超市里买烟，站在街边吞云吐雾。

此时已是暮春初夏，暑气露出了端倪，燕宁满城的槐花开得铺天盖地，叶子密实地遮着天光，也遮住了视线——灰衬衫背后的大槐树上，甘卿静静地伏在树冠上。借着风吹树叶“沙沙”声的遮掩，她从兜里摸了一颗麦丽素扔进嘴里，巧克力边有点儿化了，黏在手指上，被她随手抹在树枝上。

会场里的凶手阮小山一开始是强忍哽咽，过了一会儿实在忍不住了，开始像小孩一样号啕大哭。现场气氛异常诡异，凶手们和苦主们面面相觑，似乎谁也没打算找谁寻仇，反倒是有点想抱头痛哭的意思。

三十六年，天大的义气也烟消云散了，再回想起自己这惨烈的半生，有什么呢？图什么呢？过的算什么日子呢？

可有多荒谬呢！

三条狗凑在一起也得咬出个高下尊卑，权力争斗无处不在，比这更惨烈、更荒谬的事数不过来，只不过因为旧江湖已经山重水复，江湖规矩与义气也都成了封建糟粕，他们在意争抢的东西在后人看来完全是吃饱撑的，所以惨烈之余，显得格外滑稽。

闫皓偷偷地看了悄悄一眼，小哑女像是已经成了一尊塑像，远远地站在局外，茫然地看那些人就着黄连泯恩仇。

他打了个哆嗦，缩脖弓腰，感觉自己的“社恐”更严重了。

等他们哭够了，一直冷眼旁观的张美珍才重新示意众人安静，又问阮小山：“你那个在招待所打工的小兄弟，现在还有联系吗？他在干什么？”

阮小山的反应比刚才还迟钝两拍，好一会儿，才摇摇头，嗫嚅着说：“后来就没见过了，听说是进了行脚帮，别人介绍的吧……现在应该是在福通达公司，改了个大名，到外地分部当副总去了。我想着找过他，联系不上，好不容易弄来个电话号码，他电话都是秘书接的。”

“哦，”张美珍轻轻一眯眼，“你们妻离子散的妻离子散，家破人亡的家破人亡，事后谁也没捞着好处，看来就成就了两位——一个是王九胜，‘临危受命’接任北舵主；还有一个是听墙角的小服务员，当初天天被人欺负的外地小盲流，摇身一变，现在也成人成‘总’了。”

老宋红着眼问：“这是什么意思？”

“没什么意思，”张美珍说，“就想知道，当年您、朱长老和杨平三位，不说是什么高手，可也不聋吧？一个小服务员，又不会飞天遁地，在外面偷听那么久，您三位愣是谁也不知道？”

老宋愣了愣。

张美珍又转向阮小山："你偷听完之后呢？"

"他们打算先找个招待所住一宿，然后租辆车去外地转一圈。我就找了几个兄弟提前埋伏到我偷听来的地方，半路偷袭，把人都打晕劫走了。当时喝了点酒，也没想好把这些人怎么办，就先找地方关起来，等着看……看丐帮第二天的脸色。"

张美珍说："那个旧工厂只有你们几个人知道吗？"

阮小山摇摇头："不是，还有北舵……王九胜。"

"王九胜是怎么知道的？"

"是手底下兄弟有人告诉他的，"阮小山嘟嘟囔囔道，"他人缘好。"

张美珍笑了："是啊，我脾气又急又暴，一天到晚只知道谈恋爱，对帮派未来也没个打算，所以你们有什么事，都去找王长老帮忙，是不是？"

阮小山小心翼翼地看了她一眼，说："他赶过去，是劝我们放人的，还带了酒，苦口婆心地跟我们喝了半宿，最后把我们都劝服了。人我们是肯定会放的，要不然还能怎么样？都是老的小的，气头过了，咱们也不可能动手打人杀人吧？但丐帮弄出这么恶心的事，我们也不甘心就这么饶了他们，就想等着看他们什么时候发现人丢了，急得火烧眉毛，我们再出面，非得逼着他们把自己做的事都认了，再把人质还给他们。我……当时真的没想太多，也没把这帮人质当回事，大家伙都喝多了，就留了个人看着，其他人都回去睡觉了。"

"我看这就说明白了吧。"张美珍站直了，目光扫过她身后的行脚帮众，"诸位，那个旧厂房平时都没人去，早不着，晚不着，偏偏在关了一屋人的时候着了，除了这几位把自己作进去的，就王九胜一个人知道这事……哦，对，他还把看厂房的都灌醉了。事后他自己片叶不沾，还飞黄腾达……咱们这位北舵主是披着皮的什么东西，你们心里不觉得奇怪吗？这么多年，行脚帮落在他手里，底下兄弟们除了开黑车、开黑店，还有什么出息？就他一个人手里握着福通达那么大个集团，在燕宁的别墅就不知道有几套，我说要查他的账，不合理吗？”

“当然不合理。”后门被人一把推开，方才溜出去找信号的灰衬衫大模大样地走进来，得意扬扬地举起一个牛皮纸信封，“诸位，姓张的当年就想跪舔丐帮，没成，现在又趁我们北舵主不在，抱着杨清的大腿回来兴风作浪，污蔑北舵主杀人放火——张美珍，杨清，你们看好了，杀人放火的到底是谁！”

会场外，给灰衬衫送信的行脚帮弟子侧耳听了片刻，目光往四下一扫，见没人注意到自己，就钻回小面包车里，吹着小曲，准备功成身退……没看见他的后备厢里悄无声息地钻进了一个人。

甘卿靠着后座的靠椅背做遮挡，打开手机，发送了自己的实时定位。

第十一章

“是我。”杨平得到了一根烟，他的双手被锁在桌上，只有手指能动，夹着烟，他把脸凑上去吸，一大口尼古丁进入肺腑，在他胸口里云山雾罩地兜了一圈后一口喷出来，他还喷出了点长吁短叹的意味，“是我找人点的火，不过我也不是故意的，没想杀那么多人。”

苗队把眉毛挑出了发际线，心说：又不是故意的，这帮王八蛋还有没有别的词？

“骗你干什么？没这个必要。”杨平盯着指尖往上浮的烟，漫不经心地说，“其实只要有伤亡，我的目的就达到了，死那么多人，把事闹那么大，又上报纸又上新闻的，一帮警察还追着不依不饶，对大家都没好处，对吧？我当时是真没想到那破厂房里有易燃易爆物，点了就炸。行脚帮那帮傻蛋挑的好地方，吃口屎都能忘了放盐。”

苗队冷冷地问：“伪造绑架案的主意是你出的？”

“哪儿能呢！”杨平皮笑肉不笑地牵扯了一下嘴角，“这馊主意能是我想出来的吗？一听就是那几位想闹事还不敢的丐帮元老脑子有坑——你说你伪造个绑架案，还能伪造一辈子吗？过两天人不还是得回来？一帮人又老又小的，脑子也不好使，要是有一个说漏嘴的，这就成笑话了——他们找我聊这件事的时候，正好王九胜在我那儿，我跟王九胜不是朋友，不过我俩都有一个目的，就是让张美珍死得远一点。因为不方便让丐帮的人碰见王九胜，我就让他先回避了一会儿，等把那俩蠢蛋打发走，王九胜才出来跟我说，这事可以假戏真做。”

杨平说这话的语气，就像是陈述“昨天吃了面条”一样，死了那么多人，似乎也只是他一时大意，不小心炒煳了卤料。他的皮肤上浮着一层蓝紫色的血管纹路，手背、太阳穴全是，法医说这应该类似于一种兴奋剂，搭配了某种目前还没有研究的使用方法，也就是他们所谓的“邪功”，能激发人体潜能，让他在短时间内爆发出超越身体条件的力量。

任何一种作用于神经系统的药物，都会在一定程度上改变大脑的生理结构，苗队不知道杨平是天生的冷血动物，还是练邪功练得走火入魔，反正看起来实在没有人样。

“然后我俩就分头行动了，他去安排手底下几个热血上头的傻子劫人，我就找了两个小兄弟，四处搜罗了几个混不下去的小混混，让他们放火……就那种得罪了仇家，或者欠了别人高利贷的。”

苗队追问：“这些人知道自己行为的后果吗？知道他们点的那个厂房里有人吗？”

杨平笑了起来：“你这话问的，真是相当天真无邪啊。我刚才不是都说了吗？这些人都是混不下去的，什么是‘混不下去’？就是实在走投无路、没办法的。你设身处地想一想，这时候有人来给你钱，答应把你安排到外地，让你重新做人，你管人家让你干什么呢？当面砍人肯定不敢，但扔个烟头嘛，又不费事，至于扔完后果是什么，无所谓啊！警察同志，等你到我这岁数就明白了，这世界上，所有的英雄都在做噩梦，所有的胆小鬼都敢蒙着眼铤而走险。”

苗队一开始听还觉得有点道理，慢半拍才反应过来，杨平最后这句话的重点在前半句，就是“英雄都做噩梦”那句，都到这儿了，他居然还能暗暗地顾影自怜！

杨平干瘪瘦小，形容狰狞，从头到脚，没一处招人喜欢。小时候他的母亲拒绝照料他；长大以后，他的父亲又和他断绝关系；他的狐朋狗友们趋名逐利，来了又走；他的老婆孩子把他视作自己一生不幸之源——所以他只好变本加厉地自恋，恋得死去活来，情深似海。

“谁知道那个旧厂房里什么破风水，人一个都没跑出来，全死在里头了。”杨平说，“这娄子捅得有点大，我们也没想到，都慌了，这事的后续是王九胜一手安排的，行脚帮的傻子顶罪进局子，剩下的都送走，连同我手下那俩小兄弟一起。”

苗队：“去邻省的面粉厂？”

“嗯，应该吧，”杨平点点头，“面粉厂大概是后来去的，我也不太清楚，应该也辗转过不少地方。王九胜有那么多钱，安排俩人有什么难？我练功忙，没那么多工夫管他们这些闲事。”

苗队的目光落在他手上狰狞的血管上：“你练的是什么功？”

杨平轻飘飘地看了他一眼：“外行，说了你也不懂。”

苗队又问：“从哪儿学的？”

“天下邪魔外道，都在许家。”杨平坦然回答，“我这门功夫，叫‘脱胎换骨’，就是得先天不足、经脉全废的人才能练。吃多少苦，呵，你们这种下班就知道看电视、玩手机的小年轻想都想不出来，非得是骨头最硬的人才练得出来，就是给我量身定做的。可能老天爷也知道，我不跟卫骁把仇报了，死都闭不上眼。”

苗队问：“他们为什么要教给你？”

“要不就失传了，也没人能练。”杨平一摊手，“许家人最如日中天的时候，是三十多年前的许昭时代。你自己掐手指头算算，许昭要活到现在有多大岁数了？一百一奔一百二了，那他妈不成‘人瑞’了吗？许老爷子早死了，这个主心骨一没，他们‘许家人’也是一天不如一天，没人压得住事，就会内斗，一天到晚不是在山沟里给空虚的留守老人洗脑，就是弄个‘极乐世界’之类的玩意儿四处骗钱。我是丐帮少主，跟他们混，是给他们脸。”

苗队问："谁把你介绍给他们的？"

"你反应还挺快的——也是王九胜。"杨平意味深长地笑了起来，顿了顿，接着说，"那场大火之后，我跟王九胜没怎么联系过。有一天，他突然来找我，说朱聪那个小崽子不知道怎么抱上了万木春卫欢的大腿，正在翻查旧案。我说万木春算个屁，卫骁都是个只会藏头露尾的小人，他的孬种徒弟能有什么新鲜的？王九胜就告诉我，卫欢已经叛出师门，正式把他们家祖宗洗手的水喝回去了。为了找人，他卖身给许家，替他们接活儿杀人。卫欢不算什么东西，可是许家人不能小看……不过大家都是为了混口饭吃，有钱有势就有合作基础，没什么不能谈的。我们一起吃了几顿饭，双方都挺有诚意，许家人缺有本事的人帮他们办事，我呢，只要能找卫骁报仇，怎么都行。他们反正已经拿到了'庖丁解牛'的功夫，卫欢用处就不大了，再说卫欢那小子跟卫骁一个德行，天天觉得自己高人一等，实在不怎么听话，朱聪更是个定时炸弹。"

苗队说："于是你们把卫欢和朱聪引到了面粉厂，设计了那场爆炸——面粉厂里的人不是你兄弟吗？你们连自己人一起杀？"

杨平冷冷地说："他们先不仁，就不要怪我不义。"

"怎么说？"

"他俩都不是什么好东西，被王九胜安排到外地后整天好吃懒做，觉得自己手里捏着当年的证据，靠敲诈勒索活着，好多次。他们都知道我肯定没钱，勒索对象主要是王九胜，这事是王九胜后来告诉我的。卫欢和朱聪追查旧案，一路杀过去，把他俩尿都吓出来了，这回那两个狼心狗肺的东西找到我头上了，写信让我想办法，还威胁我说，要是朱聪找上他们，我们都得玩儿完。结果那封信落在杨清手上，我差点儿被那老不死的活活打死！"杨平冷笑了一声，"既然这样，正好一锅烩了他们，灭口！"

苗队沉默了一会儿，端详着杨平，忽然笑了。

杨平最讨厌在别人脸上看到类似怜悯或是嘲讽的神色，整个人立刻绷紧了：“你笑什么？”

“笑你！”苗队说，“大叔，你挺逗的，知道吗？你自以为是王九胜的合作伙伴，其实是人家换卫欢的交易筹码。面粉厂是人家王九胜的产业，是人家的地盘，你那俩傻兄弟在人家的地盘上写信要挟你，你居然还相信王九胜跟你是一伙儿的受害者？你是怎么想的？”

杨平看见王九胜寄给甘卿的照片，就知道自己被出卖了，要不他也不会痛快交代。然而心里知道自己被人愚弄是一回事，听人明明白白地点出来是另一回事，杨平的鼻孔瞬间怒张出两个黑洞。

“卫欢和朱聪之所以查到面粉厂，就是因为听说了你不明不白地被亲爹打折了腿，觉得蹊跷，才会去查当年在你身边的人。你才是王九胜放出来的诱饵，是他的备用背锅侠。”苗队一字一顿地说，“你就没发现，这些事从头到尾都是王九胜策划，但他没有出面亲手做一件事吗？”

同一时间，行脚帮的灰衬衫大步走进武林大会的会场，一张嘴就吸引了所有人的目光：“杨清，你敢不敢回答，当年为什么把你自己的独生子打断腿，逐出丐帮？”

杨老帮主扶着拐杖，缓缓地站了起来。

灰衬衫大步上前，他的一个同伙不知从哪儿钻出来，手里抱着个非常老旧的录音机。灰衬衫三下五除二地撕开了牛皮纸袋，先是从里面掏出一张合影，上面有三个年轻人，正中间是杨平，跟另外两位勾肩搭背：“有丐帮的老人记得吧？杨公子年轻的时候排场大得很，身边没俩跟班跟着就不出门，可是这俩跟影子一样的跟班现在人呢？神不知、鬼不觉地失踪了，你们不觉得奇怪吗？”

说着，他又从牛皮纸袋里摸出一卷磁带，是过去那种老式的录音座机电话里的磁带，非常沧桑。灰衬衫把磁带高高地举过头顶，展览给众人看，随后冷笑一声，挑衅地盯着张美珍的眼睛，把磁带放进了录音机。

一阵年代久远的杂音过后，录音机里传来男人带着哭腔的声音：“杨哥，这跟咱们说好的不一样啊，你让我们办那事的时候，没说要死这么多人！我们现在怎么办啊？”

“不是说好了先把你俩送到外地躲一躲吗？”

这声音一出，老人们一片哗然，都听出来这就是杨平。

“那我们还能回来吗？杨哥，求求你了，给我们句准话吧，我跟小齐现在天天一闭眼就做噩梦。”

录音机里的杨平说：“你俩怎么就这点儿出息？他们行脚帮还没尿裤子呢，这事他们占大头，查不到你们身上。那几个放火的，除非他们是不想活了，不然不会说走嘴的，牵连不到你们身上。再说了，这事苦主们说得清吗？一开始假绑架案是谁策划的——为什么让你俩出去躲一躲？就是怕你们俩现在这副熊样露馅儿！放心吧，几个月，多说也就一两年，没人记得这件事了，你俩就回来该干什么干什么。”

丐帮的老宋愣了半天，难以置信地抬头看杨清：“老帮主……”

丐帮立刻做出回应：“这种录音可以伪造。”

“可不是嘛，”灰衬衫好整以暇地笑了笑，“当年这两位兄弟逃离燕宁之前，确实长了心眼儿，记得给电话录音了。可他俩大概没想到，这事这么久了才被翻出来，现在技术又进步得这么快吧。”

“就算是真的，这盘磁带怎么会落到你们行脚帮手里？”

“问得好，因为我们行脚帮也是苦主啊。”灰衬衫一拍手，指着阮小山“啧”了一声，“看看，看看这人都成什么样了？前辈，你七年牢白坐啦，知道吗？从头到尾，都是让人牵着鼻子走呢！”

阮小山好像已经傻了，整个人木呆呆地站在一边，灵魂出窍似的轻轻“啊”了一声。

灰衬衫唉声叹气地摇摇头："照片上的这两位也可怜，被杨平利用完一扔，管都不管。这二位东躲西藏，被朱长老家的后人追杀，实在是活不下去了，写信给杨公子求救，结果也石沉大海。后来这两位被杀人灭口，死在一个名不见经传的小面粉厂。临死前可能是冥冥中有种预感，他们把这些东西托付给了我们北舵主。杨帮主，这两条冤魂临死前的信里写了什么，你看过的，还记得吗？"

杨清终于睁开了眼睛，平静地看着他。不知为什么，看见那老人的眼神，灰衬衫忽然说不下去了。

丐帮最后一代帮主，五绝之一"穿林风"杨清终于开了口："信上写'我们都是为你办事的，你答应过保护我们，你还答应过，风头过了就让我们回燕宁，可是我们东躲西藏了十几年，他们也都死了'。"

嘈杂的会场一时鸦雀无声。

"诸位，美珍方才没把话说完，今天托小喻爷请大家伙来，是我的意思。"杨清又缓缓地往前走了一步，"我是来认罪的。"

五星级的燕宁大酒店客房里，王九胜慢条斯理地从兜里摸出一个望远镜，对着窗外瞭望城市风景。

王九胜身边一个油头粉面的中年男子一直在焦躁地踱步——如果阮小山在这儿，也许都认不出了，这一身名牌的中年男子，就是他当年在招待所打工认识的小兄弟，声称自己偷听到了丐帮密谋，让他们一步一步地断送了自己。

"王总，那玩意儿行吗？"中年人问，"它……它就算拿到警察局，能当证据吗？"

"不能，"王九胜不慌不忙地说，"三十多年了，铁证都锈成渣了。"

"可……"

"可是逼到这份儿上，杨清会自己承认的。"王九胜说，"不然他怎么解释当年不明不白地把杨平逐出丐帮的事？公检法要证据严谨，杨清不用，因为杨帮主要脸。当年他为了私心昧下了那封信，这么多年说不定都没睡着过，事到如今还狡辩？放心，他没长那条舌头……哎哟，真来了。”

中年人莫名其妙地抬头看王九胜，王九胜把望远镜递给他，指点道：“那儿，看见没有，警车——跟着咱们的人来的。”

给灰衬衫送文件袋的行脚帮弟子才把车开进一个小院，就被不知从哪儿冒出来的警车包围了，警察们不等他反应过来，就扑上去，七手八脚地把他铐走了。

小院距离王九胜藏身的宾馆不到五百米，望远镜里看得清清楚楚。

“切断会场信号，埋伏警察，想引我出去，”王九胜轻轻地笑了一声，“这是那个小喻爷的手笔……现在的小崽子们都这么会自作聪明吗？”

中年人擦了一把冷汗，喃喃道：“这太悬了。”

“悬什么？我早料到了。”王九胜说，“再说，就算我跟警察走一趟，他们还能把我怎么样？躲着他们也只是怕麻烦而已，走吧，这儿太近了，咱俩也稍微往远处转移一点。”

第十二章

“你这车真不错。”王九胜跷起二郎腿，摸了摸车里的真皮内饰，“外面看低调，坐起来真舒服——哎，小陈，我让个大区副总给我当司机，是不是委屈你了？”

开车的中年男子赔着笑说：“我以前就是给人端盘子的，连后厨都混不进去。要不是您，我哪儿有今天？应该的。”

他这话说了一半，忽然不再从后视镜里与王九胜对视，装作专心看路的样子，伸手打开了冷风空调，手从方向盘上滑下来，留下一片汗渍。

可是椅背挡着，王九胜没看见。他放松地伸展身体，饶有兴致地望着窗外的燕宁街景：“能跟对老板，你已经比世界上的大多数人都强了。慢慢你就明白了，脑子不清醒的人是大多数，你看杨清、杨平、张美珍他们这伙人，拿着智能手机点外卖、坐高铁，脑浆却还是二十个世纪那碗。时代变化这么快，以为自己是辣口的老姜啊？”

司机随口附和，但可能是当了“总”，拍马屁的本事退步了，没能附和出花来。

好在王九胜也不介意：“许家人都是傻子，丐帮那一帮臭叫花子，连傻都说不上，脖子上顶的都是夜壶。我看，整个燕宁城，按着头挨个儿数，也就那个喻兰川勉强算个正常人，毕竟学历高，就是还嫩了点……哎，你是不是觉得我这人说话挺矛盾啊，一会儿说经验不管用了，一会儿又嫌年轻人嫩？”

司机：“……”

王九胜可能是一个人在语言不通的小岛上憋的，表达欲望相当强烈，提完问题，又跟蹩脚的老师讲课一样，自问自答道：“其实不是，人事代谢，万变不离其宗，你得会提炼经验，抓住那个‘宗’，不是落表面功夫上——什么面子啊，江湖义气啊，桃李春风一杯酒啊，这都是要‘变’的，都是糟粕——过去兄弟打架你助拳，那是义气，现在你再试试，抓进去看判你几年！我就不明白，都什么年代了，许家那帮大傻子还没事收藏邪功玩？练成东方不败，你躲得过枪子导弹吗？不变的是什么？不变的就是势力、权力，帮派可以不存在，但势力在，你的人望在，就算没有头衔，也是无冕之王。想当年，咱们福通达是怎么做起来的……小陈，你是不是走错路了。”

司机说：“哎哟……是！忘了拐弯，听您说话太入神了，我这……这几年一直在外地，燕宁的路本来就不熟……”

“没事，反正咱们也不赶时间，多兜几圈，”王九胜摆摆手，没在意，饶有兴致地续上了自己的个人演讲，“经验都得这么提炼，看事情不能光看表面，得看这个故事告诉了我们什么道理——这回在桌子底下捡块肉干吃，下次依然只知道在桌子底下找，那是狗！”

“狗”字话音还没落，司机突然一个急转弯，左拐进了一处标明了不让左拐的路口，然后急刹车。

王九胜在后座没系安全带，整个人被颠得东倒西歪：“你……”

“王总，对……对不起。”司机僵在车座上，嘴里的话跟人以同一个频率发抖。

王九胜忽然明白过味来，睁大了眼睛：“陈大柱，你干什么？”

“我、我、我没办法，王总，我真……就是个混混，没别的本事……我还有老婆孩子啊，我老婆才刚生了二胎……她、她会杀人的！拿我全家威胁我，我真的不敢……”

一个十几岁就出卖朋友的人，长到了四五十岁，出卖朋友的价码会比小时候高一点。

陈大柱当年出卖了阮小山他们，现在当然也会出卖王九胜。狗除了会在桌子底下捡肉吃，还改不了吃屎。王总免费传道授业解惑，总结道理一套一套的，看来是忘了理论联系实际。

王九胜呆愣了两秒，反应不能说不快，趁司机嘀嘀咕咕地忏悔没来得及锁车门，一跃而起，打开车门就开始狂奔。

附近忽然响起了警笛声。

无论警方的出现是不是巧合，警察肯定不会拿“杀你全家”来威胁群众合作，王九胜大惊之下，理所当然地想：威胁陈大柱的，肯定是许家人。

王九胜是专门回国跟张美珍争权夺势的，因为这项活动的特殊性，再加上他本人又多疑，怕行脚帮内部有人意志不坚定被策反，所以身边只留了最信任的一个人。这人在三十六年前那件事上跟他是一条绳上的蚂蚱，而且之前完全靠自己发家，肯定不会倒向张美珍。

可他没想到，这人没倒向张美珍，倒向了许家人。而因为他的多疑，他身边没留下足够的人手。王九胜知道许家人对他借刀杀人，还让他们损兵折将的事很有意见，可双方认识这么久了，大家一直是以和为贵、和气生财，利用是互相利用。就算有误会，也该让他先收拾了自己的这摊事，再向他们慢慢解释，给补偿也可以啊！

现在这样对双方有什么好处！神经病吗？

光天化日之下，王九胜发足狂奔，觉得自己好像被两股影子追着，一边是警察，一边是许家人。

他呼风唤雨多年，全靠阴谋算计，年轻时练过一点功夫早就还给了死鬼师父。像大多数中老年男人一样，才跑几步，他那副贼心烂肺就一起揭竿而起。

王九胜太阳穴的血管暴跳，眼前发黑、大脑发白，来不及细想这里为什么会有警察，只能拼命祈祷让许家人撞上警方。可一转念，不对！那个陈大柱知道他太多事了，万一也落到警察手里可怎么办？

他一边胡思乱想，一边慌不择路，身后的车声越来越近，前路已经看见了准备拐弯的警车车头，这是要把他夹在中间！

王九胜狠狠一按胸口，使出了洪荒之力，瞄准了路边的墙，纵身一跃——人在危急关头确实能超水平发挥。这一起跳，几乎让他找回了年轻时的轻功功底。他没顾上被砖刮花的皮，一个跟头翻了上去，居高临下地一瞥，见警察已经堵死了两头，而许家人可能是害怕警察，并没有露面。

这就还好——被警察堵，比被许家人追杀强，好歹能脱身。

王九胜喘了口气，后背一阵刺痛，胸口发闷，他兜里有药，只是来不及吃了。他转身要往下跳，就在这时，耳畔突然刮来一阵小阴风，王九胜下意识地侧头闪开，感觉有什么东西擦着他的耳垂过去了，落在地上，发出一声轻微的响动。

然后，有人笑了起来："哎哟，王总，狼狈啊。"

王九胜难以置信地抬起头，看见在不远处一棵大树上，一个人双脚悬空一般，站在树梢上，在已经热起来的暮春时节，仍然穿了一件长外套，兜帽和口罩把整张脸遮得只剩一条缝，刀似的目光从那里射出来。

她伸出左手，修长的手指间翻滚着银色的小刀片，把声音压得又低又沉："咱们终于见面了。"

王九胜瞠目结舌地呆立在那儿，一时间连身后狂追不舍的警察也忘了。

卫欢、卫骁……他们一个一个死在他手上，可是万木春如其名，真能“随风潜入夜”。他无数次午夜梦回，在三寸二分长的刀锋下惊醒，或是被阴影下可疑的影子吓得心律失常，神经质地一遍一遍检查门窗。就在他以为万木春终于被除了根时，萦绕他多年的噩梦竟然忽而成真。

可她不是死了吗？

他们不是都死了吗？

这些杀手不都像吸血鬼一样，躲在黑灯瞎火的地方吗？

王九胜嘴唇开始发紫，脖颈上青筋随着呼吸暴露出来。

树上的人轻飘飘地一跃而起，连树枝都没有惊动，像个鬼魂，一步一步地逼近他。她的打扮像卫骁，但举止更像卫欢，戾气更重。

她每靠近一步，就像是把他喘气的空间挤压出一点，王九胜仿佛已经嗅到了刀口的腥气，艰难地抬手抓住胸口，脚却像是已经陷进了泥潭里，一动不能动。

下一瞬，那可怕的杀手忽然从原地消失，王九胜只觉得眼前一花，他想：完了！

奔过来的警察们只见目标王九胜原本要跑，却突然抽了羊角风，双手在眼前乱挥，然后就这么手舞足蹈地从墙上栽了下来。混乱间，他好像是把自己衣袖上的金属拉链头甩到了脖子上，他感觉到脖子一凉，发出了一声撕心裂肺的惨叫。

那惨叫声太瘆人，让冲在最前面的民警以为他是不小心把自己捅了，连忙跑过去一看，发现王九胜毫发无伤，只是他浑身抽搐，一手捂着脖子，一手攥着胸口，死命地在地上倒气。

“叫救护车！”

“这货有心脏病吗？”

“到底是做了多少亏心事？看见辆警车能吓成这样……快快快，谁过来给他做个心脏复苏！”

于严跟着同事们跑过来，抬头往墙那边的大槐树上看了一眼，槐花香气扑鼻，人影已经不见了。

欠债要还，欠命要偿。

懦夫背负千钧，总有一天会后继无力，被压在群山之下。

阴谋者，终于众叛亲离。

刺眼的天光照进鸦雀无声的武林大会里，杨清眯了眯昏花的老眼，被天光晃出了一点眼泪。

守在后门的民警冲喻兰川打了个手势，悄悄地走进来，把会场里几个行脚帮的余孽带走了。最后两个民警来到杨清和丐帮旧人们面前："您几位还是得跟我们回去做一趟笔录。"

杨清点点头，把拐杖递给张美珍，然后整理衣襟，颤颤巍巍地跪了下来，朝着人群磕了个头。张美珍站在旁边，看着他的背影。说来真是奇怪，她曾经觉得他高大极了，不管什么时候都站得笔管条直，身后那根高贵的脊梁像条山脉。可是这么一跪，他又小了，小得能团成一团，空荡荡的衬衣长裤包着，里面的灵魂和肉体干瘪如隔夜的药渣。

这回她没有眼泪了，因为眼线不太防水，眼泪一冲得成鬼。

"张……舵主，你看这……"旁边被她请来的行脚帮老人们面面相觑，意思地叫了她一声。

张美珍就从兜里摸出了红色的玛瑙蝙蝠，双手捧着端详片刻："散了吧。"

"啊？"

"丐帮散了，行脚帮也散了吧。"她摆摆手，随手把那通红的五蝠令一扔，"都散了吧。"

五绝最后一缕遗风，散了。

阮小山凄厉地大叫一声，不似人声，像报丧的老鸦。

第十三章

警察们一进来，就起到了清场的作用。

张美珍扔了五蝠令，独自离开，宾客们落下一声叹息，曾经的当事人们三三两两地走了。阮小山等人号得筋疲力尽时终于意识到，流逝的光阴如水，一切都已经无法回头，于是他们也彼此搀扶着，踉跄而出。

偌大的会场里，只剩下零星几个“活物”与窗户里透进来的光。

韩东升站起来帮忙收拾起会场的残局，心里无端生出几分说不出的滋味。起身的时候韩东升听见自己的膝盖响了一声，他为了排解愁绪，没话找话地跟喻兰川闲聊：“坐这么长时间，腰腿都难受了，真是老了。”

喻兰川随口回答：“有时间还是锻炼一下吧。”

“哪儿有时间？”韩东升一笑，“一家老小呢，熊孩子也不懂事，三天两头我就得被老师找过去挨顿训。破工作没几个钱，老加班，还不能不干，我这不是今年想提副主任吗？说来也没什么意思，不过每个月倒能多赚两千。唉，见笑，这点鸡毛蒜皮的事拿到小喻爷面前说……”

喻兰川：“笑什么？谁不想升职加薪？我还等着涨工资，好早点还完贷款呢。”

闫皓轻轻地拉了悄悄一把，悄悄茫然地抬起头，只是发呆，像是头顶开了个口，再也压不住魂魄了，而灵魂失了重，就要这样高高地飞出去。闫皓不知道怎么劝她好，只好也去帮忙收拾桌椅板凳，有一搭没一搭地听着韩东升和喻兰川聊天，不由自主地顺着他们的话头想到了未来——二十大几了，他也不能总是依靠江老板，自己读书不太行，不喜欢和人打交道，做服务性质的工作可能也不太行，大概还是学一门手艺好吧……在幕后默默干活儿的那种，以后只要勤快，走到哪儿都能混口饭吃。

每个人都有期待，但都不敢太期待，都在人世沉浮，但都努力地维持着自己生活的惯性。

悄悄忽然打了个激灵，像个梦游的人突然重回人间。她看着车水马龙不知所措，呆了良久，弯腰捡起自己的“行尸走肉”，没吭声，自己出去了。

喻兰川朝着不知所措的闫皓使了个眼色，闫皓愣了一下，连忙追了上去。

韩东升叹了口气：“幸亏……还小呢。”

幸亏，她还不到十八岁，人生才刚开了个头，来得及从头来过，也来得及逆风翻盘，不至于把余生过成狗尾续貂。

韩东升忽然问：“小喻爷，今年年底，武林大会还开吗？”

“不了，没人帮我组织，我也没那么多时间。”喻兰川说，“回头拉个微信群，各地的朋友在线联系一下，大家逢年过节互相发点红包，互相问候一下就得了。”

韩东升顺着他的目光，望向空无一人的会场。

喻兰川是明白人，也有能力，功夫扎实，人品端方。他刚搬到“一百一”的时候，老人们都在期待这个年轻的寒江七诀传人，期待他几十年后，能像喻老盟主一样，海纳百川，再把日渐衰微的旧江湖遗梦圆回来。

谁知他太明白了，韩东升想，干净利落地就把燕宁城里的这场

“梦”叫醒了。

老盟主喻怀德先生晚年不问世事，闲云野鹤得像个神仙，想来也是看明白了这大浪淘沙的时代，只是身为五绝之首，到底是意难平吧。

韩东升回过神来，再一偏头，喻兰川不知什么时候已经走了。

警方撤退，会场的信号终于恢复了，喻兰川沉寂半晌的手机振了振。他低头一看，有两条信息，一条是于严告诉他王九胜及其同伙已经被警方逮捕了，但是王九胜在逃跑途中运动过量，心脏病突发，只能先送去医院。

另一条来自某位“斗图天后”，是一张灰头土脸的微信表情“我要饭回来了”。

喻总凡事讲究效率，从来不回这种毫无意义的无聊信息，于是收起手机，面无表情地往家的方向走去。走了几步，他冷峻的表情渐渐裂开，露出了一个微笑来。

就这么着又过了一个月，螳螂生，鹏始鸣，反舌无声，暑气初露端倪。

“梦梦是回来了吗？她翻译的那个前两天在朋友圈里又开始更新了。”

“星之梦没开门，她以后还在这儿干吗？”

“店不知道，不过她不走吧？她现在好像接管‘星之梦’微博了，这两天官博更新也勤快多了，好多有意思的东西，不像以前一样就知道卖东西。”

杨清去了一趟警察局，很快就回来了——虽然是知情不报，但这事时间太久远了，过了追溯时效，再说他也那么大把年纪了。他回来以后和杨逸凡交代一声，就离开燕宁回老家去了，张美珍陪着他走的，托甘卿替她照顾家。

临走的时候，甘卿帮张美珍收拾行李，行李被塞得鼓鼓囊囊的，最后剩了一大把唇膏唇釉，有三四十根，实在是没地方放，甘卿只能到处找犄角旮旯塞，塞出一头汗：“美珍姐，你随便带两根口红不够用吗？”

一身是嘴怎么的？

张美珍翻了个白眼：“颜色不一样，质地不一样，色系也不一样，互相是不能代替的。你懂个屁，不讲究的色盲。”

甘卿：“……哦，那行吧。”

张美珍之前决定去医院找杨清的时候，曾经洗尽了铅华，但好像只保持了那么一小会儿，回来以后就光速原形毕露，又变本加厉地花枝招展起来，尽显妖女本色。

甘卿艰难地拉上最后一个小包的拉链，转头看向正一丝不苟刷睫毛膏的张美珍，忽然问：“美珍姐，您还……”

爱那个人吗？

张美珍：“嗯？”

“没什么。”甘卿觉得身为晚辈，问这种问题不太好，于是又咽了回去——到底是感情深厚吧？她想，要不怎么会陪他回老家呢？

“你是想问老杨吧？”张美珍用棉签蘸走了多余的睫毛膏，漫不经心地说，“看老杨的意思，他应该是不再回来了，燕宁墓地太贵了。孩子现在虽然手头挺宽裕，但老东西没什么财产能留给她，还是想多给她省点钱，老家什么东西都有，他到时候跟杨平他妈合葬就得了，现成的地方。”

甘卿：“啊？”

“我啊，我送他一程。”张美珍说，“这么多年的交情了。”

甘卿愣了愣，听出了一点别的意味。

张美珍转过身来，拍了拍她的头：“还是爱自己重要，把自己爱明白了，有余力再爱别人，没有就拉倒。也不用爱得那么隆重，轻松随意一点，对大家都好，是不是？”

甘卿抬头看着她，张美珍“啧”了一声：“算了，我看你也不用我嘱咐，你个没心没肺的东西，你……欸，说曹操曹操就到。”

她话还没说完，就有人按门铃，张美珍捏着嗓子答应了一声，拉开门，对喻兰川说：“哎哟，小帅哥，来啦？”

喻兰川弯腰帮她拎起行李：“车在楼底下等你们了。”

“行行行，这就走，我不在这儿妨碍你俩约会了，行了吧？”张美珍叹了口气，嘱咐甘卿：“你别忘了帮我收快递！”

甘卿送她出门，叹了口气：“知道，万一有中老年资深鲜肉找你，就让他们先拿号排队。”

张美珍背对着她挥了挥手，上了杨逸凡的车。

大概是乡下路不好走，杨逸凡从公司找来了一辆越野车，那车线条干干净净，大马金刀地往院子里一停，透着股混不吝的野性，把院子里其他小轿车和商务车都衬托得小家碧玉起来，喻兰川也难以免俗地多看了两眼。

甘卿用胳膊肘撞了他一下：“别看了，等有钱了给你买。”

喻兰川听完，非但没感动，还震惊地看了她一眼：“你不怕风大闪了舌头吗？我不等，要是等到死也等不到怎么办？向天再借五百年？”

甘卿：“……”

喻兰川怜悯地看了她一眼：“你是不是穷疯了，都出现幻觉了？”

甘卿查了查自己的银行卡余额，无话可说，灰溜溜地闭了嘴，回家干活儿去了——她一来练手，二来也是想赚点外快，替一帮神神道道的神棍公众号从外网上扒拉占星的小资料，拿回来抠着字眼翻译整理。这一阵还有个野鸡书商，闻讯找上门来，想让她帮着攒一本玄学和鸡汤结合的“畅销书”，她还没考虑好答不答应，因为在自学口译。

她现在手头的活儿都是小活儿，花时间，赚的也都是仨瓜俩枣。

甘卿每月初都志存高远，想养一个昂贵的喻兰川，每到月底都会对着余额跪一下。

有道是钱难赚，屎难吃。过日子到底是比考大学、练左手刀都艰难多了。

唉，真是英雄气短。

福通达公司被爆出大额洗钱、涉黑的事情，那一帮人谁也跑不了，底下人已经顶不住，开始卖王九胜了。这是刘仲奇小朋友刚放暑假的时候，小于警官带回来的消息。

于严来的时候也没空手，带了一堆饮料水果，来庆祝喻兰川“篡位”……不，顺利升职。

“兰爷，你这是要走上人生巅峰的节奏啊！”于严蹲在地上，一边帮喻兰川拆快递一边说。他“啧”了一声，发现喻兰川买了一堆家居用品，是打算把这老旧房子从里到外地收拾一回。“这回真是‘喻总’了。新名片什么时候印出来，给我一张，让我也沾沾喻总仙气，过瘾。”

厨房里传来喻总矜持的声音：“这有什么过瘾的？我以前也兼任了底下好几个项目公司的董事，少见多怪……你给我走！不许碰锅，切你的菜去！”

喻兰川眼疾手快地把甘卿从锅边拎走，以防这位朋克系的大厨搞出太先锋的口味：“你是个打下手的切菜小工，别老想‘篡位’当大厨，摆正自己的位置！”

于严震惊地说：“你让人家在你家干活儿，还只能打下手？为什么你这种货色都能脱团？”

甘卿探出头，小声说：“惯的。”

喻兰川在煎炒烹炸的油烟声里没听清，直觉他俩没说自己好话，于是一手拎着炒勺，一手伸长了，拎起甘卿的后领，把她拽了过来。

甘卿：“怎么又动手动脚的……”

她话没说完，就见喻兰川从旁边炸好的丸子里捡了一颗，仔细吹了吹，一脸严肃地递到她的嘴边。

甘卿看了看他，喻兰川一垂眼，挡住了眼睛里的忐忑：“别游手好闲的，给我尝尝咸淡。”

甘卿就着他的手咬了一口，喻兰川看着她的头顶，抿了抿嘴，紧张地观察她的反应——他留学多年，饭是会做，只是不爱做，因此水准平平。甘卿是跟着大厨长大的，虽然现在长成了一副吃屎也能活的样子，他却不想让她再受委屈。

甘卿十分捧场，说起好话向来不要钱：“嗯，正好，好吃！小喻爷干什么什么行。”

喻兰川听完，先松了半口气，再仔细观察她的表情，见她没有一点勉强的样子，又松了另外半口气。然后这位先生一边美滋滋的，一边还装得大尾巴狼一样，一抬下巴：“用你废话。”

于严没眼看，默默退出厨房，对蹲在沙发上背课文的刘仲奇往身后一指：“惯的。”

喻兰川这回听见了：“老咸，你没事下楼买包白糖，别给准高考生捣乱！”

于严：“老子是客——人！你怎么支使客人？不要脸！”

喻兰川：“……”

甘卿赶紧说：“我去我去。”

她说完，似乎才意识到有什么不对，自己也愣了一下。

于严：“哦，你不是客人。”

喻兰川若无其事地转过身，装作专心致志的样子打开一瓶酱油开始闻——仿佛是1982年的高贵酱油，脸上露出了一点笑意。

甘卿屈指弹了一下起哄的于严，转身下了楼，去最近的小超市买了包白糖。她又想了想，从冰柜里挑了几盒冰激凌，和白糖一起结账——喻兰川爱吃，但他不好意思说，每次她买，他都要展望一下她中年发福的未来，展望得她吃不下去，剩下半盒放在那儿，等她下次再去找，一准没有了。

盛夏蝉声嘈杂，“一百一”院前的林荫路有一片可以遮阳的绿廊，人走在其中，有种倦怠平静的惬意。

甘卿拎着冰激凌从小店里出来，脚下无意识地踩着超市背景音乐的节拍，有轻有重，有滋有味。

然而，就在要过十字路口的时候，她脚下的节拍突然乱了，发现马路对面一个在路边纳凉的老太太瞪着她，面露惊恐。与此同时，尖锐的风声“嗡”地掠过，一辆面包车毫无预兆地向甘卿冲了过去，角度异常刁钻。

这辆面包车前盖很“扁”，基本是平的，不像普通轿车一样有个突出的“鼻子”，即使甘卿反应过来了，也没法按住引擎盖借力把自己撑起来，只能选择跑。可人又不可能跑得过疯狂的机动车，别说是她，闫皓都不行，而她正好走到马路正中间，前不着村、后不着店，怎么也不可能在两步以内跑到路边找掩护。

甘卿像是沉醉在东风里昏昏欲睡，忽然有人往她脸上泼了一碗凉水，心里其实还没反应过来，身体已经先一步行动。电光石火间，甘卿倏地往前蹿了一小步，来不及细想，伸手一抓，全凭感觉，一把拽住了那面包车的后视镜，后视镜连她一起往车门方向甩去。甘卿把自己的身体蜷缩到了极致，刚好和那疯狂的面包车擦身而过，她的人字拖掉了一只，手里的超市塑料袋也飞了出去，冰激凌洒了一地，被车轮碾过，“横尸”马路。

后视镜承受不住人体的重量，“嘎吱”一下断了，在折断的瞬间，甘卿用五指扣住了车门顶，看清了面包车里的人。

那是个陌生人，四十来岁，一个男的，面部骨骼凸出，一点薄皮捉襟见肘，就快盖不住的样子，眼睛里冒着不像人的红光。隔着车窗，他居然还跟甘卿对视了一眼，随即龇牙一笑，猛打方向盘，面包车横着飞了出去，眼看就要撞向路边！

甘卿整个人像被大风掀起的裙摆，扣在车顶上的几根手指充血发紫，指甲瞬间就劈了。单凭一只手的指力是无法承受这么大力量的，甘卿被面包车甩了下来，她的腰腹以不可思议的力量在半空中一拧，仓促间，好歹保持了双脚落地。

甘卿半跪在地上，还没等她站起来，那辆车又自杀似的往路边小店的墙上撞去，是要把她挤死在里头，已经没地方可以躲了。就在这时，一辆越野车突然冲过来，撞在了面包车的车尾上，被追尾的面包车整个弹了一下，两轮翘起，砸在了两棵大树上，司机的头和左侧车窗来了个亲密接触，晕过去了。

地面上留下了一道杀气腾腾的刹车印。直到这时，方才差点儿被撞破门窗的店里的客人才反应过来，靠窗坐的一排全体起立，腿脚往里跑、脖子往外伸，站成了一排惊慌失措的斜杠。

甘卿浑身的冷汗一下冒了出来，浸透了她薄薄的T恤。她抬头往救了她一命的越野车望去，只见一个叼着烟、文着文身的壮汉推开车门走了下来，沉着脸看了一眼自己有点弯的前保险杠，正是悄悄工作的那个宠物店的老板。

悄悄离职走后，除了闫皓，她没给其他任何人留联系方式，店里的猫狗蔫了好几天，老板又一时雇不到人，只好每天亲自来看店，把人和动物都看得十分地愁云惨淡——附近的宠物主人临时出门想寄养的，看见这么一位老板，都不敢把猫狗往里送。

宠物店老板打完报警电话，上前拉开面包车门，探头看了一眼，冲甘卿说：“哎，这小子还有气……”

他话没说完，面包车司机突然睁眼，一道寒光劈向宠物店老板，随即只听见一声轻响，甘卿用手背撞开了面包车司机手里的匕首，横肘撞开了宠物店老板，他俩在狭小的空间里眼花缭乱地过起招来，那司机突然哑声惨叫了一嗓子，匕首“当啷”一下脱手了，虎口筋腱处落下一道血痕。

宠物店老板反应也挺快，上前一步踢飞了那把匕首，没等甘卿反应过来，他海碗大的拳头就怼向了面包车司机的脸。面包车司机本来就两边凸、中间凹的脸差点儿让他怼成陨石坑，两行鼻血潺潺而下，往后一仰，又不动了。

甘卿：“……”

宠物店老板瞄了甘卿一眼，一言不发地从自己后备厢里翻出一卷绳子，把晕过去的面包车司机拎出来，扔在地上五花大绑。完事后他用脚尖踢了面包车司机一下，对甘卿说：“我报过警了，这人你认识吗？”

人不认识，但甘卿认得司机方才那一刀的手法——刀光如惊霜闪电，短促地一闪，自下往上——他们自家门派的基本功。

这司机是许家人。

她一时沉默，宠物店老板也不追问，蹲在路边叼起根烟，翻开通信录找汽修和保险公司，声音有些含混地说：“我不知道你们是干什么的，不过既然不是普通人，就不要强行过普通人的日子了吧？要不然周围路人都得跟着你们倒霉。”

甘卿顺着他的目光看去，只见方才差点儿被殃及的店里，路人们鱼贯而出，但都不敢靠近，远远地围成一圈，拿着手机拍照。

她自言自语似的轻声说：“可我……就是普通人啊。”

“普通人？”宠物店老板看了看她的手，劈成两半的指甲留下了一条血痕，已经凝血了，干涸的暗红凝在她的指缝里，那里有一把带血的剃须刀片，“普通人你带刀干什么？”

甘卿无言以对。

“西一拗……骁。”年幼的女孩笨拙地拿着铅笔，在小田字格本上写鬼画符，“师父，这个字好难啊，怎么这么多画……哎哟。”

“我还没嫌笔画多呢，”卫骁在她的后脑勺上轻轻拍了一下，“那是你师父的大名。”

女孩歪头琢磨了好一会儿：“你不是叫卫长生吗？卫长生是小名呀？”

卫骁避而不答，伸手敲了敲她的作业本：“字认完了吗？别走神。”

女孩噘起嘴，不再纠结师父多变的姓名，唉声叹气接着写作业，屁股上长钉子一样，写一笔晃两下，小眼神老往窗外飘。

卫骁：“总共也没有几个字，写完了再出去玩。就知道玩！”

“我没想玩，谁想玩了？”女孩故作老成地皱了皱鼻子，“我想出去练刀，你说等我满八岁就教我‘庖丁解牛’的！”

卫骁敷衍地说：“你还够不着灶台呢，不急。”

“我没说要学切菜！”女孩说，“我要学‘庖丁解牛’，咱们门派家史上的那种，门派家史我都查字典看完了！我以后也要继承万木春的衣钵。”

甘卿小时候瘦瘦小小的，还皮，在外面什么都想摸一把，因此总生病，卫骁带着她练功夫，是为了强身健体，给她打了个很结实的基础。他是一代大家，触类旁通，什么都教，就是不教她“庖丁解牛”。小甘卿纠缠不过，于是每天赖在厨房看他切菜——因为据说万木春一手功夫全在指尖，不管动刀切什么都会带出来——然后自己摸索着瞎练，差点儿割伤自己。卫骁怕她自己鼓捣练坏了，实在没办法，只好大致给她讲了讲，嘱咐她不要用，也不要在外面提起万木春。

“为什么不能提万木春？”

“因为从你师祖那一辈开始，我们就金盆洗手了。”

“洗手了就不能提自己叫什么了吗？”

“你会有麻烦……”

“我不怕呀！等我长大了，我能把他们都打得满地爬！”

卫骁叹了口气，头疼地看着听不懂人话的小徒弟：“不吉利啊，小东西，万木春‘润物细无声’，无处不在、无处在——你一个活蹦乱跳的小姑娘，难道想变成声名的影子吗？不要和万木春扯上关系。”

小徒弟人话都听不懂，意味深长的人话更听不懂，听完只觉得自家门派更神秘、更厉害了，中二之魂嗞出一团小火苗，于是五迷三道地扑火去了。

二十年后，甘卿才知道师父当年是什么意思。

她扭头看向一百一十号院门前的林荫路，方才觉得清凉惬意，现在才听见树丛间聒噪不止的蝉声。细密的树叶间，像是有无数双眼睛盯着她，盯得她冷汗未消，又已经如芒在背。

警车很快来了，紧接着是喻兰川的电话：“白糖楼底下超市就有现成的，不用现榨，你是跑南方拉甘蔗去了吗？快点回来，我下午还约了换窗户的师傅呢。”

甘卿：“你们先吃吧，我……”

一个警察跑过来：“还得跟我们回去做个笔录！”

喻兰川从电话里听见：“什么？做什么笔录？喂？甘卿你又干什么去了？甘卿！”

开车撞甘卿的人是个通缉犯，公安系统里有他的DNA和指纹信息，据说是以前一桩抢劫杀人案的嫌疑人，一直在逃，没想到在这儿落了网。现场的目击者很多，再加上到了“一百一”以后掺和过那么多事，甘卿已经跟本地公安干警们混了个脸熟，所以三言两语把事情说明白了，民警们就让她回家了。

她走出来的时候，看见喻兰川和于严在街对面等着。

于严说：“我同事刚跟我说了，这些人都有同伙，不过你放心，我们会一直跟进的。最近出门小心点，有什么消息，我随时告诉你们……实在不行，想申请保护也可以。”

还能保护一辈子吗?

甘卿客气地冲他笑了一下，没回答。

小于警官又嘱咐了几句，急着去了解情况，步履匆忙地走了，只剩下喻兰川一个人沉默地站在街边。

“不是说下午要换窗户吗？”甘卿若无其事地冲他笑了一下，“改时间啦？”

喻兰川没回答，眼睛一眨不眨地盯着她。

甘卿于是走过去，拉起他的手，往回走去。

从这里回“一百一”，有两站地远，燕宁的盛夏，高温暴晒要持续到傍晚七点左右，喻兰川平时是一定不肯走回去的。然而今天，他却有点走一步少一步的感觉，任凭她牵着。

两个人的手心里很快出了一层汗，黏糊糊地粘在一起，喻兰川越走越慢，最后停了下来，甘卿往前一拉，两只手就在汗水里滑开了。

“我师祖沾了时代的光，才能借机金盆洗手；我师父改名换姓，连墓碑上都不是本名……可是我和卫欢这两个不肖徒弟，年少的时候都觉得自己很厉害，谁也不听老人言，”甘卿说到这儿，转过头来，“威风过了，当然也有代价。”

喻兰川的牙关绷得死紧，眼眶微微红了。王九胜被捕，行脚帮分崩离析，甘卿履行了她“平安回来”的承诺，他本以为风波已经过去了，自己一直担心的事是杞人忧天，一切都在往正轨上走。

可原来，凡事都没有侥幸。

他只能干巴巴地说：“你先别想太多，我来想办法……”

甘卿：“许家人大本营根本不在燕宁，这帮人在穷乡僻壤东躲西藏，你有什么办法？”

“他们东躲西藏我不管，但只要他们来燕宁……”

甘卿笑了一声，打断他：“只有千日做贼的，没有千日防贼的。”

喻兰川无言以对。

他从十六年前开始，就努力地想摆脱无力感，他自律、强硬、冷静而有条理，想要什么没有得不到的，渐渐几乎有种自己无所不能的错觉。

可原来生如浮尘，无力感才是贯穿人一生始终的东西，长大没有用，练成绝世剑法没有用，升任霸道总裁也没有用。

“不过话说回来，许家人怕我有怕的道理。”这时，甘卿忽然回头看向他，“东躲西藏的耗子，都怕无处不在的春风。”

“你放什么……”

“我不会像我师父一样躲起来，躲起来没头。”甘卿兀自说，“他们既然来找我，我当然也要拜访回去……嗯，当然，用合法手段，不让你为难……你等我吗？”

“我等你多久？”喻兰川问，“一年、两年、五年，还是十年？”

甘卿在两步以外凝视着他，没吭声，因为一诺千金，说到就得做到，拿不准的事，她不敢应。

假如一个女人出于其他的原因想离开，那么潇洒的人也许会挥一挥手，祝对方前程似锦，双方各自换人，从此老死不相往来。

深情的人也许会愿意放下尊严，一退三千里，恳求对方不要走。

可是喻兰川怎样都不行。

万木春的最后一个传人，远远一瞥能把王九胜吓得心脏病发，是不能留在人们视野中的。她理所当然地要终身与兜帽和口罩为伴，不能让人看见，看见了，她就成了一块肉体凡胎的活靶子。

无论是公义还是私情，喻兰川也不可能强行留下她，让今天的事再发生一次。

那么难道只有等待吗？

等……就能等到吗？

甘卿说，躲起来的日子没有头，所以她会干脆和许家人刚到底，喻兰川相信她的分寸——她已经不再是当年那个热血上头就挑断手筋的冲动少女了，她连在杨平身上开口子，都能精准地控制伤口长度，让他够不上轻伤。她也许会成为一个合格的“赏金猎人”，颠沛流离地到各地公安局领奖金……那也是条活路。

可是这样的日子就有头吗？

许家人到处都是，光他们知道的，就有在乡村传播邪教的、教唆家暴受害者杀人的、不择手段骗老年人棺材本的……品类繁多，不一而足，就算她艺高人胆大，能毫发无伤地挨个儿扛过来，可是百足之虫，死而不僵，毁一个窝点，就有一群漏网之鱼，她还会在这个过程中不断地结下新仇，越陷越深。

甘卿手心的汗被蒸干，她拍了拍喻兰川：“先回去再……”

喻兰川一巴掌打开她的手。

哦，生气了。甘卿想。她愣了愣，手指轻轻一蜷，若无其事地缩回，继续往前走去。

喻兰川却忽然一步赶上去，一把抱住她，手臂狠狠地箍在她的腰上。她身上不知是残留的沐浴液还是洗衣液，透露出温吞的玫瑰香，融化在这个难熬的夏天里。她的后背与腰线上隐约能碰到骨头，单薄的身体被双臂一拢，手臂还有很长一段富余，不能抱个满怀，空落落的。

一片流动的云忽然信步而至，短暂地挡住了太阳，燕宁城自一个建筑的角开始漫过阴影，马路上火苗一样跳动的反光瞬间寂灭。

喻兰川恍惚间觉得自己抱住的像一张纸、一幅画、一个镜花水月似的泡影，而他自己的四肢被看不见的丝线捆着，累赘的肉体被万有引力压在地面，只要一松手，她就会飘摇而去。

于是他只能拼命地把手臂压得更紧，勒出了甘卿皮下的青筋来。

凡不能割舍的，都是囹圄。

甘卿没有挣动，目光随着阴影的边缘，眺往远处。从在狱中接到卫骁的死讯开始，她就一直是轻飘飘的，前不着村、后不着店地活，是喻兰川一把将她拉到了滚滚红尘里，口耳尽没，行将溺毙在其中。她前两天还盘算过自己的存款，承认自己赚钱的本事不太行，不过心急吃不了热豆腐，她只能先一点一点磨炼，慢慢攒。

喻总养家糊口、清理房贷，她恐怕是插不上什么手了。走运的话，说不定等他还完房贷，她能攒出一辆车钱，一掷千金地博他一笑。

她对念书没什么兴趣，以前曾经为了亲人悬梁刺股过，只是无疾而终。

她对身外之物也不怎么看重，以后想为了喻兰川柴米油盐，大概也都不了了之。

她可真是天生半途而废的命。

甘卿想：你可不可以不要换窗户了。

念头一起来，就风驰电掣地卷到了她舌尖，然而随即又让她给咽了。

因为这话听来无理取闹，是有点自私了。

当天晚上，甘卿就收拾了行李。她这一年也没添什么东西，塞一个包裹，比搬来时候带的东西还少。她给张美珍发了一段长长的信息，说明以后恐怕不能替她收快递了，然后扒开窗户往外看。

以“一百一”现在的地价，应该不会像当初的泥塘后巷一样被拆得面目全非了，但她还是觉得不保险，还是觉得自己得把这一切都刻印在脑子里才行——就算风物不改，还有物是人非呢。

杨老以后要是没了，杨逸凡应该不会再住这院，她太潮了，跟这种叽叽喳喳的老居民小区格格不入；等韩周小朋友小学一毕业，韩东升他们全家也没必要再花高价房租，肯定还是要搬回自己家的；悄悄走了，闫皓大概也留不下几天，他年纪轻轻，总不能给洗衣店看一辈子大门；喻兰川的房子据说月底交房……

到时候他也会走吧。

喻总前途无量，随便找个相亲论坛，把简历一挂，大把年轻漂亮学历又高的小姑娘愿意来面试他老婆的职位。

老楼相邻的两个阳台相距不到两米，甘卿听见隔壁的窗户响了一声，她没回头，只是说："到时候我把新的联系方式发给你。"

隔壁的喻兰川没吭声。

"这个号码我不联系别人，一年两百估计够用了。"甘卿又说，"你有空替我续个费，哪天不想联系了，就别再续了。"

一停机，我就明白了。

她说完，旁边的人仍不应。甘卿终于忍不住偏头看了一眼："小喻爷，你倒是吱一声……"

隔壁阳台的窗户开着，里面却没人。

甘卿一愣，这时，大门突然被人从外面砸响了，她慢半拍地反应过来。刚一开门，喻兰川就抓着她的肩头，猛地把她往里一推，回手甩上了1003的门。

"我不等你。"他抵着她的肩头，把她按在了玄关狭窄的墙上。

喻兰川就像一盆行动的凉水，再严丝合缝的衬衫也能穿得十分清爽，自带降温气场；此时他整个人却好像烧起来了一样，连呼吸都比平时热，掠过皮肤的时候，几乎让人觉出滚烫来。

他泛着血丝的眼睛盯着甘卿，咬牙切齿地说："我才不等你！"

随后同呼吸一样炽热的亲吻落下来，仓皇又痛苦，落在皮肤上，有一点被灼伤的错觉。

甘卿听清了他的话，僵硬了片刻，随后，缓缓地抬手搭在他的后心上。

也行吧，她想，那就……留个纪念。

就当是分道扬镳前，更尽一杯酒。

蝉鸣声忽地变了调，从地下返起的丰沛水汽垂直上升，聚在云端，远处“隆隆”地滚起闷雷，潮声似的连绵不绝，大雨倾盆落下，这个寡淡平静的夏夜被雨水砸成了万花筒，一千个镜面里凝着一千个花花世界，光影摇曳、万红散乱，让人头晕目眩。

一宿如同一生，而浮生本就是一梦。

第二天，绒线胡同一百一十号院1003人去楼空，像从未热闹过一样。

三天后，喻兰川收到了一条陌生号码发来的短信与微信好友申请，留言是“年费两百”。

喻兰川给这个号码充了两百，一分没多，像个无声的约定。

我才不等你。他想，你给我等着。

尾声

“哥，万一练不好，我会走火入魔吗？”刘仲齐一边紧张地问，一边给喻怀德老先生留下来的剑谱包书皮。

喻兰川神色复杂地看着那本享受了课本待遇的《寒江七诀》，回答：“那倒不会。”

刘仲齐：“可是我听于大哥说，他们去年抓的那个杨平就是个走火入魔的，可吓人了，还没判完他就七窍流血死了。”

喻兰川的眼镜略微往下滑了一点，从镜框上看了刘仲齐一眼，不知道该怎么和少年解释这个问题——杨平虽然不是个东西，但从小勤学苦练，长大了还力争上游，自学邪功，可以说在练武方面真正做到了“终身学习”与“不断跳出自己的舒适圈”——剩下大多数人天资与努力程度之低，是没有走火入魔基础的。

“不用担心，”他随口糊弄刘仲齐，“正邪有别，名门正派的功夫安全系数高。”

刘仲齐兴致勃勃地问：“哥，那我什么时候能成一代高手？”

喻兰川诚恳地告诉他：“你要是带着这么功利的想法练，一般都练不好。心态要放平和，记住以身体健康为第一追求，没事就当是广播体操，每次有一点体会，都是意外收获。这样，才更容易体会到寒江暮雪、天人合一的境界。”

刘仲齐不知道是不是自己的错觉，总觉得他哥又在糊弄他。

“不懂？等你毕业以后天天爆肝加班，目睹身边的战友们一个一个倒在秃顶和‘三高’手里的时候，就明白了。”过来人喻兰川拍了拍他的肩膀，“你这专业是大概率事件——跟爸妈说一声，我还有事，先走了，今天不在家吃饭了。”

刘仲齐刚刚收到了大学录取通知书，成绩还不错，学校是第一志愿，软件工程专业。他父母特意从国外赶回来陪他过暑假，喻兰川上交了熊孩子，功成身退。

“对了，”喻兰川走到门口想起来，摸出一封实体红包，“生日礼物，喜欢什么自己买去吧，你生日我就不回来了。”

刘仲齐将满十八岁，就快成年了，被物欲横流的大人世界污染，已经不纯洁了，比起大哥的陪伴，新电脑、新手机、游戏氪金才是他的新欢。欢天喜地地捏了一下红包的厚度，他毫不留恋地说：“哥再见……你还回来吗？”

“回。”喻兰川背对着他穿好鞋，“过两年的，有工夫去你们学校看你。”

刘仲齐：“哥，我觉得你超酷的！”

“别羡慕，没结果，”喻兰川说，“你们家就没这个基因。”

说完，他就叫了辆出租车，打车走了，避免跟他妈碰面，省得老太太逮住他，又用那种看失足少年一样痛心疾首的眼神看他，说他“真是喻家人”。

他本来就是喻家人。

喻兰川径直回到了绒线胡同一百一十号院，韩东升已经在那儿等着他了：“小喻爷，今年武林大会还照常开吗？”

“开，”喻兰川说，“盟主令我签了，场地、时间照常，备案托付给于严了，十一月份我赶回来。到时候你催着点他……哎，说谁来谁。”

于严气喘吁吁地从外面跑进来，飞快地跟韩东升打了个招呼，一把拖起喻兰川：“去你家，我跟你说几句话。”

1004收拾得窗明几净，喻兰川后来没有大兴工程，只是换了家具，重新摆布了一下，老旧的房子立刻就透出了跟主人气质相符的精致气息……只有窗户没换，依旧是那种老式的插销窗户，窗框上的油漆都掉了，斑斑驳驳的，与整个空间格格不入。

于严一步跨进他家，后脚还没来得及迈进门槛，就急急忙忙地说：“兰爷，我听人说了件事，吓我一跳，不知道从哪儿传的谣言，他们都说你……”

喻兰川：“辞职了。”

于严倒吸了一口气，气沉丹田，“嗷”一嗓子：“你疯了吧喻兰川？你不愿意干介绍我去啊！”

喻兰川挑出一双拖鞋扔给他。

“是老板脑残，下属智障，还是客户‘奇葩’？我告诉你说，喻兰川，你们拿那么高工资，就有脑残、智障、‘奇葩’等精神伤害补偿在里头，你没事作什么？还没出任CEO呢你就飘了！你老婆本存完了吗？买你这一身名牌刷的信用卡还了吗？还有二十多年房贷呢！”

喻兰川转过身，朝他一摊手：“卖了。”

于严像生吞了一根鸡骨头，哽住了，目瞪口呆地瞪着喻兰川：“卖、卖……你把什么卖了？”

“那边的房，卖了，压在手里两年多，一手转二手，刨除各种税费，净赚一百万多一点，年投资回报率大概百分之十六，加了杠杆的结果……嗯，不过这两年投资环境也不怎么样，算差强人意吧，不赔不错了。”喻兰川一边说，一边不慌不忙地洗瓷杯，烧水泡茶，一系列动作如行云流水，让于严无端想起他们第一次向杨老求助时的场景。

于严：“……”

有人说，当代青年买房也像钱钟书先生说的围城，外面的想进来，里面的想出去。可其实不太恰当，因为围城外面的人看着房奴狗们抠抠搜搜，每天疲于奔命地被房贷支使得团团转，笑话归笑话，回头还得埋头努力攒首付，预备着早一点把自己关进去，也过上这种疲惫又安全的日子。

围城里的却很少想出来，还会在一定时期之内染上没事看房价的毛病，一旦发现自家厕所一平方米涨了一千块，立刻就心满意足，获得了近似于“赚了钱”的错觉，连第二天出门搬砖都有劲了。

喻兰川是于严认识的第一个活的卖房人。

于严半天没回过神来，颠三倒四，嘴里就剩下一句话：“疯了疯了，喻兰川你疯了，你日子不过了？去年十一月……不对，梦梦老师一走，我就觉得你不正常了……”

丐帮和行脚帮宣布解散的时候，韩东升曾经问过喻兰川，十一月的武林大会还开不开，喻兰川当时一口拒绝。然而临到十一月，出乎所有人意料，他却托于严帮忙走了手续，重新签了盟主令。

他把各地、各门派逐个登记，然后用了大半年的时间，以燕宁城里跟他比较熟的老人们为桥，亲自联系，梳理出一张明明白白的关系网，资源共享，自己先把寒江剑派历代掌门批注过的《寒江七诀》拿了出来。

当代人没那么多门第保密意识，响应的人不少，尤其以年轻一代为主。随后，介绍工作、招租、大病求助、江湖救急、帮忙照看外地朋友到本地上大学的子女……都顺理成章地发展出来。

喻兰川完成铺垫，直指东躲西藏的“魔教”许家人。

上个月，西南地区就有三大门派合作，端走了许家一个给人洗脑的窝点，从里面抖落出一大帮在逃犯，个个身后带着悬赏，加在一起还挺可观。这事传开以后，不少一直觉得自己英雄无用武之地的“高手”都有点跃跃欲试，喻兰川笑了笑，心想：某个人的生意要被抢没了。

“我换一种活法，就是疯了吗？”喻兰川静静地反问，“世界上只有西装革履、上班还贷一种活法吗？我大爷爷只有退休工资，每月月光也要出去浪；我爸连退休工资也没有，背着个相机四海为家。我比这二位强多了，起码不缺住的地方，也不缺钱，以后就算不干本专业，开个外语学习班都能混口饭吃。”

于严苦口婆心：“喻总！你混到现在容易吗？”

“坦白说，不容易，”喻兰川叹了口气，“小心谨慎，兢兢业业，连跟人打架都放不开手脚，好不容易能够得上‘青年才俊’了。”

“那你还……”

“可是老于啊，一切成就也是枷锁，你同意吗？”

于严一顿。

喻兰川一摊手：“想明白了，说放也就放下了。”

于严沉默了好一会儿：“你要去找她？”

“我跟她约了，让她等我一年。”喻兰川从玄关的柜子底下拉出行李箱，“我把我弟送进大学，该清理的资产清理了，该铺的网也铺好了，时间马上就要到了。”

于严：“什么时候？”

“明天。”

巨大的遮阳帽檐落下来，遮住了甘卿半张脸，她慢吞吞地走进旅游区的小客栈，接过同事递给她的一瓶水，听见身后警笛声呼啸而过。

“听说抓了个邪教，叫什么‘极乐世界’。”同事好事地打听了一圈回来，兴致勃勃地对甘卿说，“好像前几天在反邪教宣传册里看见过，他们那窝点可隐蔽了，在这儿藏了十几年，也不知道被谁举报了，还都给捆起来了，你说神不神？”

甘卿淡淡地说：“不是不报，时候没到吧。”

同事把这离奇的八卦故事来回咂摸了好几遍，想起了什么，又问她：“对了，小卫，我听说你要辞职啊？”

甘卿胸口挂着导游名牌，写着“导游卫梦梦”。

“这条线路跑腻了，”甘卿冲他一笑，“想去别的地方转转。”

“唉……你，行吧，你真潇洒。今天后面还有一个散团，你还带吗？”

甘卿一口灌了半瓶矿泉水，站起来：“走着，跟你站好最后一班岗。”

半个小时以后，甘卿坐在空荡荡的小巴士上，跟她的司机搭档去接一批客人。途中同事几次三番地试图跟她聊藏匿在旅游区里的邪教团伙，她回得有一搭没一搭，渐渐地也就安静下来了。同事用余光瞥了她一眼，见她在翻手机，不是她平时用的那部。

“换新手机了？”

“嗯？”甘卿心不在焉地说，“没有，私人号，联系家人用的。”

从三天前开始，就已经显示欠费停机了。

她盯着“发送失败”的信息发了会儿呆，恍然发现，真的过去一年了。

那也许……就这样了吧？

甘卿茫然地望向窗外，碧水青山，桥归桥、路归路。

带完最后这一批客人，她也该换地方了。那么……要回燕宁看看吗？可是回去发现他换了窗户，进不去了怎么办？

直到司机把车停在接散团客人们的地方，甘卿心里的天平仍在“回燕宁”和“算了吧”之间两头倒，没个准主意。

她勉强收拾心情，挂起服务性的微笑，朝背包握伞的旅客们无差别放送。没心情仔细观察客人，因为她的神魂已经飞回了燕宁，只剩个身体机械地指挥游客们放好行李，有序上车。

词都是说熟了的，不用过脑子，舌头自动往外弹。

“一会儿我们会走比较长的山路，有不舒服的旅客请及时向我说明，我们为大家准备了常备药……”

一个人突然插话：“什么药都有吗？”

“像感冒、腹泻、晕车等比较常见的……”甘卿说到一半，忽然察觉到什么，猛地扭过头，朝问话的人看去，宽大过头的软帽檐却掉下来，遮住了她的视线。她近乎惶急地去掀，这时，一只手伸过来，压在她的手背上，轻轻地抬起了她的帽檐，袖子上沾着清淡的薄荷味，目光相接——

“那……治相思病的药，你也有吗？”

番外一

山区历险

No Pollution
No Public Nuisance

“靠路边……”喻兰川从牙缝里挤出一句话，“停车！”

破破烂烂的吉普车连个缓冲也没有，“嘎吱”一下就停下了。喻兰川哆哆嗦嗦地推开副驾驶的车门，下了车，深深地吸了几口大山里的新鲜空气。

司机甘卿莫名其妙地往外看了一眼：“你下车干吗？”

这是一段山路，路两旁是山崖，喻兰川正好站在崖边上，背影悲壮，仿佛准备马上一跃而下。听闻，他幽幽地回头看了她一眼：“我要调整一下心理状态。”

“唉，我是实习期的新手司机，开得不好，批评指正就可以了，”甘卿劝他，“想开点啊，‘萌主’，为这寻短见不值当的。”

“萌主”当场奓了毛：“作为一个刚拿驾照俩礼拜的新手，我可以理解你犯错误——刹车当油门踩，停车倒库横着占俩车位，雨刷器当转向灯……这都没关系。但是我不能理解你为什么从实习期就开始超速！玩漂移！你不觉得自己太早熟了吗？”

甘卿：“……”

喻兰川：“给我滚下来，方向盘交出来！”

甘卿：“等等。”

喻兰川：“你还等什么……”

甘卿忽然往前一指：“你看那儿。”

喻兰川顺着她的目光望去，两个狼狈的少年冲他们的车狂奔过来，前面的男孩有十四五岁，留一头能气死教导主任的飘逸长发，后面的女孩看着更小一点，跟得踉踉跄跄的，脸上还有擦伤。

两个少年拼命地冲他们挥着手，连滚带爬地奔到车前。女孩子一看就细皮嫩肉，喘得面无人色，扶着车前盖说不出话来。男孩的目光在喻兰川和甘卿身上转了一圈，代表两个人开了口："哥哥姐姐，您车上还有空余地方吗？能不能搭我们一程？"

"等等，什么就要搭你们一程？"喻兰川皱了皱眉，"幸亏这会儿天亮了，要是刚才天黑那会儿，山上突然跑出俩人，得吓人一跟头——你俩儿哪的？干什么的？"

女孩飞快地看了男孩一眼，似乎在看他脸色："我们是……"

"我们是一起离家出走的。"男孩飞快地打断她，说话间，故意把半长不短的头发往后一拢，透出一股模仿二十世纪黑帮电影里的小流氓气，"我俩不想上学了，包了辆车，上山玩——就前面那个岩洞景区，你们也是要去那儿吧？结果走一半，开车那人突然要加钱，不想惯着他，我们俩就下车了。"

"呦，"甘卿笑眯眯地扒在车门上，"这么小就学会私奔啦？"

这男孩露在外面的手脚晒得黝黑，皮肤粗粝，一看就是干惯了活儿的；旁边的女孩喘得快要断气，双腿不停地哆嗦——走不惯山路的人多次上下山时才会有的反应。男孩却只有一层薄薄的汗珠坠在头发上，脸不红气不喘。

甘卿："你俩是哪个学校的？"

男孩的目光飞快地闪烁了一下，旁边的女孩接过话来："一中。"

"市一中？"甘卿挑了挑眉，转头问喻兰川："咱俩从市区开过来，开了六个小时吧？什么包车能包六个小时？下次我也叫一辆，省得自己开了。"

"不是，是县一中，"男孩立刻纠正，"我们县城也有一中。"

他下意识地避开了甘卿笑盈盈的目光，迅速透过表象，看出这两位里谁是真正好说话的那位——靠近了喻兰川，央求道："大哥，搭我们一程吧。”

喻兰川不吭声，拍了拍甘卿，两个人换了主副驾驶位置：“我们是要去景区……”

“我们也要去。”男孩忙说，“我俩不占地方，车后备厢也行，回程您把我们放在县城就行。”

女孩神色紧张，一边忐忑不安地等着车主回答，一边不由自主地回头看，垂在身侧的手无意识地搓着裤缝。

“好吧，”甘卿一摊手，“我们是无所谓，你俩不怕我们是坏人就行。”

喻兰川这才惜字如金地一点头。

吉普车外面看又脏又旧，内饰却颇为讲究：车里又干净又宽敞，一点也不闷，飘着一股若有若无的青草薄荷香，后视镜上挂着一串干花，一条羊毛毯搭在后座，盖着一本纪伯伦诗集。女孩小心翼翼地把毯子和书放在一边，越过椅背，回头往车后备厢里看了一眼——车后备厢里可热闹了，有帐篷、渔竿、啤酒、野炊用具、摄影器材……角落里还竖着一把吉他。

透着股“诗酒歌行”的味道。

男孩搭讪着问：“哥哥姐姐从哪儿来？听口音你们不像本地人。”

甘卿说了一个旅游小镇的名字：“听过吗？”

男孩愣了愣，女孩却飞快地一点头：“嗯，前几年很火的，好多地方都有直达车，我小时候经常去。”

甘卿：“我们在那儿开了家客栈。”

女孩略微放松了一些：“叫什么客栈呀？下次我带家人一起去。”

“已经关店转租啦。”甘卿回头看着她笑了笑，“我们在这儿住了将近四年，有点腻了，马上打算换地方了。临走度个假，把本省没看过的风景都看一看，然后就要往南边走了。”

女孩眼睛亮了亮：“还可以这样生活吗？”

“客栈不赚钱的，只够维持日常生活，”甘卿笑了起来，伸长胳膊一搭喻兰川的肩，“我主要是傍了个投什么都赚的大款。”

喻兰川：“去你的。”

女孩一个笑容还没绽开，甘卿忽然问：“你叫什么名字？”

女孩脱口回答：“姜玲。”

“姜玲，”甘卿顿了顿，眼睛里闪过一点笑意，故作疑惑地说，“哎，我怎么好像在哪儿听过这个名字……”

“不……不是那个‘玲’，是……‘铃铛’的‘铃’。”女孩一慌，开始语无伦次，“我们这儿好多人都姓姜，可能名字听着像……”

男孩用力拉扯了她一把，女孩意识到自己越描越黑，脸一下白了。

甘卿斜靠在副驾驶的椅背上，似笑非笑地探头看她：“咦，你怎么知道我说的是哪个‘玲’？”

她话音没落，喻兰川突然一脚急刹车。

甘卿缓缓地转过身去，手指有一下没一下地敲着自己的膝盖，微笑没收，眼神沉了沉。

这条山路很窄，大约只有两辆车的宽度，上山和下山的车都得从这儿走，碰到一起，将将够错身而过。可是对面突然下来两辆并行的皮卡，怼着头过来，一下把前路挡了个密不透风。紧接着，身后传来排气管的“突突”声，几辆破摩托不知道从哪儿冒出来，堵住了他们的后路。

喻兰川的目光往四周一扫，一字一顿地说：“离家出走？”

男孩把嘴唇抿成一线，女孩一下崩溃大哭：“救命，求求你们救救我……”

这个事，得从几天前说起，女孩姜玲的父亲，是地级市公安局刑侦支队的负责人——

三天前。

警车在山区小镇外围严阵以待，随时准备围堵漏网之鱼，不远处突然传来一声呼喝，紧接着，一帮把自己包得跟食死徒一样的神经病从一个小院里跑出来，分头逃窜，埋伏在各处的刑警见状，立刻一拥而上，防爆盾、警棍、电击枪全上，还有几位持真枪的掠阵。

这次是由省级公安厅下达指示，在全省范围内，针对邪教组织“极乐世界”的统一严打行动。

这个“极乐世界”特别喜欢在穷乡僻壤建窝点，忽悠一些留守老人当他们的忠实信徒，然后以此为据点，走“农村包围城市”路线扩张，一有风吹草动，转头就往那些个公路都没通利索的地方一钻，来年再“春风吹又生”。跟他们斗，就跟城市除蟑差不多，一家一户撒灭蟑药不管用，非得全小区、全市范围内彻底除一次虫，才能消停几年。这回警方酝酿良久，准备充分，跨省合作，调动线人、赏金猎人无数，还联系到了大量外出务工的本地青年回乡做“卧底”，再集中突击，把这个盘根错节的邪教连根拔起。

小镇上这个窝点是个重点任务，市局姜队亲临现场督办抓捕行动，力求一网打尽。一阵暴土狼烟后，邪教分子都被捉拿归案，总共十一个人，之前就藏匿在镇上的一处民居里。房主是信徒，每天跟上供似的照顾他们日常起居。

姜队看了看，人数跟线报对上了，一挥手：“都带走！”

他话音刚落，一个干瘪瘦小的老太太就冲了出来，奓起两条芦柴棒似的胳膊：“不许走！那是大导师，是来救我们的！你们要干什么？”

一个刑警说：“什么大导师啊？大妈，那都是大忽悠！”

老太太“呸”一口，啐了年轻的警察一脸，恶狠狠地说：“你们会遭报应的！”

警察猝不及防，没躲开，站在原地摸了把脸，十分错愕。

姜队余光扫见自己手下小孩挨了欺负，火冒三丈：“怎么回事？”

“那是老两口，房子是他们家的，儿女都在外地，三年多了，就寄钱，没见过人——他们家还算富裕，您看，这三层小楼是自己盖的。这老两口身边就一个孙子，没个精神寄托，平时也没什么事，一天到晚跟着这帮人胡搞，信他们那个‘极乐世界’，连自己亲孙子都不管——孩子逃学半个月了，快被学校开除了。”

姜队听完更火了，就说：“那不就是窝藏犯罪分子吗？一起带走！”

“您看看这二位，七十多奔八十了，走大街上您都得躲他们远点，弄回去万一出点事算谁的？咱是拘走俩窝藏犯，还是请回一对儿活祖宗啊？姜队，我看啊，还是以批评教育为主吧。”

姜队想了想，也是这么个道理，于是亲自上去进行批评教育工作，对老太太说：“我就纳闷了，亲孙子你俩不管，出钱出力养这帮龟孙子，图什么呀？他们是能给你俩养老呢，还是送终呢？”

老太太说：“你们都被世俗骗了，眯眼了！有脏东西附了你们的身，为的就是将来不让你们回极乐世界，不信，你们都得烂在土里！”

姜队：“那不能，我们死后都火化。想烂在土里呢，国家政策也不允许呀。”

老太太怒道：“执迷不悟！”

“你才执迷不悟呢，老大妈，这些人非法传播邪教，借此牟取不正当利益，严重危害公共安全，你窝藏他们，也是犯法，懂吗？就那个领头的，什么他妈导师，初中肄业，就是个混混，文化水平还不如你孙子呢。”姜队一边说，一边从钱包里掏出手机，“我还有他以前的照片呢，给你看，黄毛……”

老太太感觉自己被侮辱了信仰，扑上去打算撕咬一番，撞飞了姜队的钱包和手机，几个警察连忙上前帮他捡。姜队把双手往后一背，不碰到她，好整以暇地说：“他身上还有通缉令呢，盗窃抢劫——你看他犯的这破事，在罪犯里都属于比较没档次的。”

老太太被人拉开，翻起一双生了白翳的小三角眼，狠狠地盯着姜队，嘴里念念有词，现场咒他。

“想咒死我啊？”姜队百无禁忌，很光棍地一挥手，“反弹。”

完事，他感觉自己已经彻底摧毁了无知群众的愚昧，就指挥着众人押着犯罪嫌疑人，扬长而去……没看见方才钱包里掉出一张干洗店的过期单据，上面写着他本人的电话号码，还有他家小区门口干洗店的地址，正好夹在了路边的石头缝里。

然而，愚昧的土壤上赤地千里，寸草不生，皲裂的地缝三尺多厚，批评教育这一场“和风细雨”扫过，连点痕迹都留不下。

三天后，姜队十三岁的女儿姜玲就在家门口丢了。

姜玲只记得自己像平时一样跟同学结伴回家，刚跟同学分别，就听见有人喊她的名字。当时正值傍晚，天又不黑，大街上人来人往，她也没什么警惕心，还以为是碰上了熟人，循着声音往旁边胡同一拐，什么都没看清，就被人捏住了脖子，然后什么都不知道了。

再醒过来，她就已经被绑到了山沟里，那些绑匪把她五花大绑，用一个一人高的白纸袋罩着她，上面写着铁锈色的“极乐世界”，绑匪举着一尺来长的镰刀给她拍照片。

跟她一起被抓来的还有不少人，外面那些“极乐世界”的绑匪关于怎么处理人质，意见发生了分歧——有几个人认为应该效仿恐怖分子，把他们挨个儿拎出来砍了，用血淋淋的复仇震慑那些公家的走狗；剩下的则认为砍完人不好收场，再说砍了他们也没什么用，拍视频传网上还容易暴露自己的位置，不如悄悄联系受害人家属，暗中要挟，争取早日渗透进公安系统内部。

这拨绑匪是“极乐世界”的漏网之鱼，现在四面楚歌，也没什么主意。持不同意见的双方虽然在异想天开方面势均力敌，但很遗憾不能互相理解，争论了一天没个结果，于是姜玲他们的头暂时还寄存在自己的脖子上。

绑匪们以水泥厂为据点，山腰上几个自然村里都有他们的信徒，有人按时往山上送饭。姜玲就是送饭的男孩趁天黑放出来的。

送饭的男孩——她身边的这一位，父母在外地打工，从小跟着神神道道的爷爷奶奶过日子，早就想跑了。他偷了他爷爷六百块钱，临走顺手把姜玲捞了出来——不是因为他喜欢小姑娘，而是因为这个小姑娘家的地址，就是他奶奶朝绑匪们泄露的。

两个少年连夜逃窜，钻林越沟，跑了一宿，翻了好几个山头才敢在路边拦车，拦车还不敢说实话，怕人家嫌惹麻烦不敢载。

没想到，还是没逃成。

一般来说，绑匪对待人质都是冬天式的严酷，对待在自己眼皮底下逃过一次的人质更是如同西伯利亚寒流——要不是送饭的少年拦着，追上来的绑匪们差点儿要在路边打死姜玲。

至于甘卿和喻兰川两个路人，虽然没他俩啥事，但谁让他们赶上了呢?

于是车没收，人五花大绑带走。

喻兰川面无表情地说：“我要换内饰，座椅、脚垫，全部都换。”

“那还不如买个新车呢，”甘卿懒洋洋地靠在皮卡车的栏杆上，也不知道是因为她瘦，还是绑匪特别对她手下留情，即使双手被扭到身后，她看起来依然很松快、很舒展，“回去我给你找个洗车的地方，咱消个毒就好了啊，乖，得照着日子过啊。”

喻兰川怨气横生地看了她一眼。

“行，”甘卿叹了口气，斩钉截铁道，“换。”

喻兰川这才满意，目光跃过惊惧的姜玲，落在男孩身上。男孩一边脸上的皮肿得快透明了，上面有几个骇人的血手印，眼睛挤成了一条缝——他刚才替姜玲挨了打。

喻兰川："哎，你没事吧？"

男孩看了他一眼，慢吞吞地摇摇头。

姜玲哭着说："都是我……"

"打我的是我三舅，"男孩的话音有点含混，"他又不会打死我，你别哭了。"

姜玲一愣，喻兰川和甘卿隐晦地交换了一个眼神。其实绑匪动手的时候，喻兰川就差点儿没忍住，被甘卿拉住了。老江湖都看得出来哪种打法要人命，哪种只是看起来凶狠——盟主离老江湖还有一点距离。

甘卿："怎么？你家人是土匪？"

"不是，信那个'极乐世界'嘛，我爷、我奶、三舅……这边山里住的都是亲戚，一传十，十传百，好多人都跟着信。"男孩轻描淡写地看了姜玲一眼，"昨天晚上看着你们的那个是我二表姑夫。"

姜玲睁大了眼睛："你……你昨天晚上带我逃出来的时候，告诉我你报不了警，手机没信号……"

"嗯，我骗你的。"男孩淡定地说，"我不想报警，就想自己跑。我早在这儿待腻了。既然不上学了，就打算出去闯荡闯荡，先去县城，坐火车去找我父母。捞你是顺便，其他人我也根本没打算管。"

姜玲："可他们是邪教分子！"

男孩漠然地看了她一眼："是啊，怎么了？"

姜玲："……"

"不信这个，也会信别的。人都这样，不管真神假神，家里总得供一位。不信点什么，让他们干什么去？"男孩别过头去，望着身后渺茫的天色，"你们城里人热闹，我们不一样，我们这只有这个，没的选。"

十五六岁大的男孩，就像沙漠里长出的骆驼刺，习惯了满眼风沙、灰头土脸，几乎修炼出了貌不惊人的神性。

甘卿装出一脸惊异，问他：“这些绑匪不会都是你家亲戚吧？”

“不是，”虽然有“神性”，但少年毕竟涉世未深，很轻易地就被她套出了话，“这两天也来了不少不认识的人，好多别的地方来的‘导师’。”

甘卿转向喻兰川，眨了眨眼——看来“极乐世界”被围剿得没地方立足，漏网之鱼都跑这儿会师来了。

就这样，皮卡车上拉着一个逃跑未遂的人质，一个吃里爬外的内奸，还有一对倒霉的“路人”，穿过越来越狭窄、越来越曲折的山路，来到了一家废弃的水泥厂。

水泥厂以前是这一片的支柱产业，后来因为环保问题被关停了，人们作鸟兽散，年轻力壮的纷纷往外省奔生路；奔不出去的，只好守着这片遗迹吃饱混天黑，期待着有个救世主横空出世，能给死气沉沉的生命带来一点希望。

几根灰突突的烟筒并排立着，院墙都被村民们搬得差不多了，前些年走货车用的山路上长满了杂草，靠着牛羊的粪便，郁郁葱葱。

这是个“风水宝地”，地势很高，背靠一片山坡密林，前面只有一条盘山公路，就算警察知道他们在这儿，警车也只能从一条公路上来，开不到半山腰就会被发现，足够绑匪们把人质杀干净，再钻进林子里撤退。

喻兰川他们几个被推进了集中关押人质的厂房里，原本相对松散的看守这下紧张了，七八个男人团团围着他们，看谁眼神不对，就动手打一下。他们被关了一天，天黑的时候，送饭男孩的三舅进来过一次，嘀嘀咕咕地跟男孩说了几句话，又恨铁不成钢地打了他一巴掌，把男孩偷走的钱没收了。

窝在角落里的甘卿低眉顺目，不动声色地瞟着。

“看什么？”男孩一边的脸刚消肿，另一边又有要“痄腮”的意思，“年轻的才这样，像我爷我奶那样的，根本不管我，反正他们就快到那个‘极乐世界’去了，这边的亲戚就是路边的石头。”

甘卿几不可闻地问：“他们大概有多少人？”

男孩抬头看了她一眼：“怎么？你还想跑吗？”

甘卿抿嘴一笑，不置可否。

“别做梦了，”男孩目光从死气沉沉的人质们身上一扫，压低了声音，“不可能的。信徒就不说了，主要还有五六个‘导师’在，那些人很厉害的，普通人七八个不是对手，要没点本事，怎么让这么多人都信？”

喻兰川：“导师都在哪儿？”

“那边，原来水泥厂的活动室，最新的房子就是，一眼能看出来。”男孩动作很轻地一努嘴，“你们不是真打算去找……”

他话没说完，震惊地看见甘卿笑眯眯把食指竖在唇边：“嘘——”

这女的从哪儿又弄出一只手？

看守们在旁边瞪了一天的眼，这会儿也累了，四个人在门口打牌，剩下三个一个坐在墙角打瞌睡，一个在无聊地翻看“极乐世界”的宣传册，还有一个有一搭没一搭地在人质中间转。

就在那个四处巡视的人溜达过来的时候，听见有人咳嗽了一声，绑匪下意识地循声看了一眼，正好对上喻兰川的目光。喻兰川朝他翻了个教科书式的白眼，巡视的绑匪先是一愣，没想到还有这么胆大包天的“人质”，怒上心头，当即就要过来给他点颜色看看，一脚对喻兰川扫了过去。谁知没踢到目标，脚踝先被抓住了，绑匪一脸惊愕，还不等他叫出声，一道人影鬼魅似的晃到他身后，一掌切了下去。

绑匪应声而倒。

喻兰川松了手，甘卿很有技巧地从后面撑住绑匪的身体，刚好挡住自己。看宣传册的绑匪隐约听见一点动静，抬头往这边扫了一眼，借着昏暗的灯光，只看见同伙在那儿晃来晃去，就没在意，重新沉浸在了“极乐世界”的感召里。

甘卿用眼神示意喻兰川——门口四个我的，厂房里的两个你来。

喻兰川皱着眉一摇头——不，我四你二。

甘卿瞥了一眼厂房内两个绑匪的位置——走位太远了，你腿长。

喻兰川：“……”

无法反驳。

两人交换视线只在电光石火间，随后，同时出手打碎了厂房里的两个灯泡，本来就昏暗的厂房一瞬间黑了。

门口牌桌上正对着厂房的绑匪：“哎，停电了吗？”

“可能是跳闸了，打完这把我去看看……”背对厂房的人头也不回，“我出个顺子，从三到老Q。”

“滚蛋！再多两张你一次出完多好。”

“操！”

其他仨人的注意力立刻被吸引回来，一个人探头去查他方才出的一堆牌，另外两个人掰着手指头翻自己的牌，刚出完牌的那位脸上的表情十分清爽，好似“排除毒素，一身轻松”，大大地伸了个懒腰，腰没伸开，他就僵住了——他脖子上被系了个绳套。

不等这位出声示警，一大把洋灰从天而降，被夜风一卷，牌桌上三人集体在暴土狼烟里眯了眼，只听几声闷响，离厂房最远的一个人好不容易揉开了眼，却愕然地发现同伴们都躺下了……一把剃须刀压在他“突突”跳动的颈动脉上。

有人在他耳边说：“嘘——”

与此同时，喻兰川已经悄无声息地解决了厂房里的两位，站在窗前月光下，冲甘卿打了个手势。

不等甘卿回应，远处突然有人爆地喝一声：“干什么的！”

甘卿：“唉，不好，神婆干太久了，运气欠佳。”

水泥厂里瞬间喧闹了起来，夜色中，男孩指的那个活动室果然异常显眼，窝藏在那儿的几个许家人听见动静，立刻出来查看：“怎么回……”

一把剃须刀从远处飞过来，擦着其中一个人的脸砸在墙上。

“万木春！”

一听这仨字，几个原本撸袖子准备上的立刻大惊失色，领头的大叫一声“糟了”，掉头就跑。底下信众不明所以，连忙也跟着跑。反应最快的一拨已经上了车，还没开出院，迎面两个信徒又屁滚尿流地跑进来：“山下好多警车，正在往上开！”

剩下的人听说，掉头往后门的山林里跑。

谁知刚一进山林，就跟惊动了一串声控灯一样，林子里手电光此起彼伏地亮起来，不知什么时候埋伏在那儿的一拨人兜头把“极乐世界”卷了回去。

两面退路、易守难攻的水泥厂被人包了饺子，不到半个小时，一个没跑成，从导师到信徒，蹲成了一排。

甘卿找到自己的吉普车，从驾驶座底下抠出一个信号发射器：“人带走还不算，还惦记车，贪小便宜是没好下场的。”

凑过来的喻兰川幽幽地说：“下山换内饰。”

甘卿无言以对，只好从车后备厢里摸出一包消毒湿纸巾，上上下下给他擦了个遍，喻大爷这才老大不乐意地坐上去，缓缓地把车开了出去。

他开着车窗，消毒湿巾的清香随着舒缓的小风往外蒸腾，不时有人过来打招呼。

“小喻爷。”

“喻盟主。”

山上埋伏的那些，都是平时生活在本省的江湖朋友，喻兰川四年来接待南来北往客，结交了不少。

喻兰川挨个儿跟人点头道辛苦，有人开玩笑说：“小喻爷，这么急着走，协助办案还有奖金呢，不领啦？”

“不了，就当是售后服务。”喻兰川一笑，飘然而去。

下山换车内饰之前，他俩还得去景区拍照片。

“从这里赶过去时间刚好，能拍到日出。”甘卿熟练地摆弄着后座的照相器材，她还欠旅游杂志一篇专题稿。

喻兰川凉凉地说：“拍到日出给你加钱吗？”

话音没落，就听“咔嚓”一声，甘卿对着他的侧脸拍了一张。

喻兰川：“……但我出镜可是要加钱的。”

甘卿低头看方才拍的照片，山路间微弱的路灯光给喻兰川描了一层朦胧的边，人顺着岁月漂流而去，剪影刚刚好地凝固在画面上。

甘卿忽然眨了眨眼：“哎，我说，你会不会有一天不想过这种漂泊不定的日子了？”

喻兰川想了想，坦诚地回答：“现在还没有，将来说不定。”

甘卿没吭声，抬起眼看着他。

“那就不漂了呗，”喻兰川无所谓地说，“许家人有兴就有败，现在不是已经被清理得差不多了吗？到时候我回去找个工作或者创业都行，又没跟以前的圈子中断联系。这些邪教要是实在灭不掉，咱俩还能去海外定居，怎么过不是过？人还能找不着事干吗？你现在想定居，我现在给你出未来三年的家庭财务管理计划。”

“我没问你计划……”甘卿无奈地一撩头发，笑着叹了口气，

“喻总，咱们现在讨论的是人生的战略高度，你不要把格局都拉低到执行层。”

喻兰川诧异地偏头看了她一眼：“这我倒很意外，‘战略’这俩字有一天也能跟你扯上关系——行吧，你想讨论什么战略问题？”

甘卿：“你的一生，将以什么立足？”

喻兰川听了这问题，愣了片刻，随后笑了。

甘卿一看他这熟悉的笑容，就知道即将迎来一轮嘲讽，连忙提前制止：“说人话。”

“就你那种给三流杂志拍小图片的水平，也就能问出这种档次的问题了。”果然，喻兰川不但嘲讽，还“连坐”了她的雇主，“我干吗要立足？我又不是插在那儿就不动地方的水稻。”

甘卿歪头问：“那怎么过？随波逐流吗？”

“谁还不是随波逐流？谁还能违逆时代？王九胜能吗？杨老帮主能吗？追求人生的确定感本来就是刻舟求剑，伪命题。”喻兰川耸耸肩，点评道，“所以啊，我是执行层，你是打手层——咱俩这层次，就不要强行探讨这种高度的问题了。”

甘卿：“……”

“你要是困了，就去后面睡一会儿，怎么还突然伤春悲秋了呢？”喻兰川说，“漂累了我给你当港湾，你要多少平方米的？”

甘卿：“城堡那么大的。”

“行！”喻兰川眼都不眨地答应，“你在乐高店里下个单，买回来我给你拼。”

“谁给谁拼？上回那个完全是我拼的，你就负责支嘴和添乱！”

“上回那个是六到十二岁的，适合你，十六岁以上的你来不了。”

“……喻兰川，你最近是不是有点膨胀了？”

番外二

春随烟雨去

No Pollution
No Public Nuisance

春先生拎着个蒲扇，坐在葡萄架下的摇椅上，“咯吱咯吱”地晃。一阵小凉风穿进院子，他发现自己想把背心撩起来晾晾肚子，顿时有了危机感，连忙端正仪态，挺直了腰板，试图把肚子上多出来的那块肉抻平，假装它不存在。

这时，徒弟喊他：“师父，吃饭了。”

“先放着。”春先生漫不经心地一摇蒲扇，眉心微蹙，哼起了一段凄凄惶惶的“西皮二六”，“春秋亭外风雨暴，何处悲声破寂……”

徒弟一声不吭，端着盘盘碟碟，往院里的小石桌上一摆，色是色、香是香。

得，这回也不用“破寂寥”了，“风华绝代”的春先生咂咂嘴，馋得拿腔拿调的：“天太热，实在没什么胃口，看见饭就够……昨天熬的那山楂酪有没有了？给我盛一碗去，那个消食。”

就这么着，饭前先矜持地消了食，完事吃了两大碗饭并一碗灌封的汤，春先生暗暗地打了个饱嗝，又后悔吃多了。再看一眼小徒弟，劲瘦清俊，一双袖子挽在手肘上，两条胳膊上就薄薄的一层皮，底下筋骨清晰，肌肉分明。

“啧，”春先生不忿地想，“同吃同住，这小子凭什么不长肉？不就是年轻嘛。”

这还真不是——

小徒弟大汗淋漓地做饭，伺候师父吃完，又闷不作声地收拾碗筷，一通洗涮后，顺手把小院扫了一遍，还泼了一层消暑的凉水，里里外外都打理干净了，晚饭也消化得差不多了，于是洗了手，给师父沏了壶茉莉花，练功去了。这期间，春先生的屁股就没离开过椅子，他老人家饭前坐那儿等吃的，吃完接茬儿坐着，有一搭没一搭地摇着扇子，又想晾肚子了。

可见肉也都是有来龙去脉的。

春先生看小徒弟练刀，他手里的刀好像是活的，像是海面上的波光，层层叠叠、连绵不绝，往院里一站，月光和蝉鸣都不入他的眼，他那双眼宁静得像是风暴中心。春先生旁观了一会儿，蒲扇不摇了，叹了口气——这小子，心真静。

习武练功，人的资质有三六九等，有那悟性高的，师父教一遍就会；笨的，可能练十几二十年都不得要领。万木春传承的是杀术。杀术不用力大无穷，整天胸口碎大石；也不用精妙绝伦，一亮相满座皆惊。修习杀术的，最大的天赋就是心静，能随草木吐息，把自己的五官六感附在目标的五官六感上，等一个机会，一击必杀。

不花哨，但必须精确——千锤百炼的精确。

小徒弟是棵好苗子，春先生遗憾地想，要不是中华人民共和国成立后万木春金盆洗手，小徒弟这手青出于蓝的“庖丁解牛”，没准能成一代传奇。

“小骁儿啊，”春先生慢腾腾地说，“差不多就歇会儿吧，你要是晚十年生，这些功夫我都不教你。”

小徒弟卫骁是春先生捡的。动荡年月，没人要的孩子满大街都是，春先生有一天跟一帮票友玩，喝多了，顺手捡了个徒弟，第二天酒醒了一看，发现这孩子长得不粗，挺有眼缘，他也不缺那一口饭，就稀里糊涂地把人留下了。

那会儿春先生还没“洗手”，就把功夫和衣钵一并传给了小徒弟卫骁……然后把徒弟培养成了一代名厨。

春先生说："将来我死了，你就是掌门，不过咱们门派从南宋传到现在，也够本了，祖师爷也不指望你把门派发扬光大，放轻松点吧。"

卫骁从小话就少，听完只是笑，手里刀光不停。

古时候，万木春一门不是什么名门正派，师父为了磨炼出徒弟的"极险之刀"，什么手段都使，打骂都是小事，练功不专心，一不小心被师父要走小命也没什么稀奇的。春先生回忆起往昔，就说："我们都是从小被逼出来的，长大了要靠这玩意儿吃饭活命、求名求利，你练刀是为什么呢？"

卫骁仍然只是笑，轻声细语地回答："就是爱好，感觉这刀像会陪我聊天似的。"

春先生听完，胸口咯噔一下，心想：那还不如求名求利呢。

因为求名求利，是人之常情；不求名利的，往往近似于妖。

春先生小时候听过一个传说，说有些古时候传下来的名刀宝剑，铸出来就跟凡铁不同，经年日久有了灵性，能托生成人。这样的人一万年不准有一个，能跟刀剑对话。别人看，是刀剑，是伤人的凶器；在他们眼里，都是久别重逢的故友，所以不管是练刀，还是练剑，都一点就透、触类旁通，都是些惊才绝艳的刀客剑客。

可是……这样的人，往往结局都不好。

从古至今，民间传说里那些大妖小怪，有几个下场好的？

春先生临走的时候，拉着小徒弟的手，嘱咐给他两句话。

头一句是："别出头，别较真，得过且过，就当个泯然众人的凡夫俗子吧。"

第二句是："万木春的刀法，就到你这一辈，别往下传了，杀术不祥啊。"

卫骁痛哭着送别恩师，记住了生离死别，没记住师父的话。

有人上门挑战，卫骁有请便应，无一败绩，怎能败了先辈声名？喻老先生召集群雄围剿许家人，盟主令下发，卫骁当然听凭调遣，五绝之后，怎能龟缩不出？武林大会上露面喝茶，点完卯就走——卫骁就是那样的性格，强留下来，也跟别人没什么话说，没那个左右逢源的本事。

被丐帮后辈围攻，不退不缩，以一敌众，打红了眼，这样都没闹出人命来，只是一人挑断一根手筋，已经是卫骁竭尽全力地手下留情了。

名刀是藏不住锋芒的，春先生担心的，全成了真。

卫骁出了头，较了真，不肯得过且过，又不是那种能在风口浪尖上一呼百应的英雄，只好被声名所累，东躲西藏。

知慕少艾时，卫骁也曾经有过心仪的人，只是那会儿社会没那么开放。他生性腼腆，也不敢表现，只藏在心里。后来女孩嫁给了他一位老友，多少情意也就只能埋在心里了。又过了几年，这夫妻俩出于一些特殊的时代原因过世，只剩下一个男孩，托孤给了卫骁，孩子就是卫欢。

五岁以前都叫“严欢”，后来跟别的小孩出去玩，别人笑话他没爹没妈，是野种，被卫骁听见，这才给改了姓。从那以后就当自己的孩子养，于是流言蜚语掉转矛头，说这孩子是他没结婚就弄出来的私生子。

不过那都不要紧，反正他卫骁的名声本来就不怎么样。

祖宗们练“庖丁解牛”，是为了安身立命；不能安身立命了，当然也就不练不传了。卫骁不一样，他传徒弟刀法，像给晚辈介绍一位老朋友，忍不住。

卫骁一生中犯过两次错，第一次是看见卫欢翻出“庖丁解牛”的刀谱跟着比画，他忍不住纠正指点了几句；第二次是小甘卿拿着他的剃须刀笨拙地跟他学，反复纠缠，他没扛住。

卫欢天生不是活泼外向的孩子，卫骁总觉得这孩子像自己，跟了自己以后更闷了。那会儿家里又穷，买不起玩具，教他点功夫是磨炼心智，也是解闷。可是他错了，卫欢一点也不像他，长大以后，被命运推到了他够不着的地方。

后来，卫骁又机缘……孽缘巧合，收养了甘卿。那会儿，他年纪已经大了，性情更平和了，像照顾一朵小花，小心翼翼地照顾着这个身世复杂的小女孩。刚开始想得总是很简单，小女孩那么一丁点儿大，家破人亡，没人管，落到这步田地，都是因为他没把徒弟教好。把这孩子拉扯大，他责无旁贷。

可是人并不是花草，养着养着，他就忘了自己为什么收养这小姑娘。

卫骁老了，刀剑会生锈卷刃，人也会寂寞。他年轻的时候被卫欢拖累，一辈子没成家，老来膝下荒凉，不可免俗的，也开始像别的老人一样渴望烟火气，一个活蹦乱跳的小累赘，成了他一生中最浓重的一笔。

甘卿和她师兄性格完全相反，聪明伶俐，皮得要命，五岁以前爬树上房无所不为，膝盖就没好过。上了学，三天两头被老师叫家长，书读得居然还不错，老师从小就说她将来要上大学。

他开始为了她收敛锋芒、隐姓埋名，一天到晚跟在她身后，有操不完的琐碎的心，有时候恍惚觉得这就是他老来慰藉的小女儿。

可是，池塘里一旦沉着个不能碰的真相，表面上的月影花香，就都成了稍纵即逝的浮光。偷来的慰藉，总归要还回去的。

祖宗传下来的规矩，万木春一代只能传一个弟子，卫骁破了戒。

那天太冷了，甘卿已经离家出走一个礼拜，卫骁快要找疯了。就在他已经别无办法，甚至不惜暴露藏身地，求助“一百一”的时候，孟天意捡回了一身是血的甘卿。

卫骁心里咯噔一下，心里知道准出事了。

“真是卫欢？”孟天意一脑门热汗，“不、不可能吧？卫欢真回来了，他能下这么狠的手？你不是说丫头上学，他当年还寄了钱……卫兄，你干什么去？”

“我去看看，他敢动手，敢不敢来见我——你看着甘卿，别再让她出去！”

“我？”孟天意指了指自己，又看了看甘卿，一个头像变成两个大，“唉，卫兄啊，你们家这就是个活祖宗，我哪儿管得了她啊？”

卫骁脚步一顿，快步走向书桌，从里面抽出一张信封，一低头，在信封上写下“敬万木春一门列祖列宗”几个字。

“欸！”孟天意大惊失色，“你干什么？真舍得把她逐出师门啊？”

“不这样吓不住她。”卫骁把几张零钱和一沓洋快餐的优惠券卷在一起，塞进了信封，让信封里看着像有点东西——那会儿洋快餐对于他们这样的家庭来说，还是非常奢侈的东西，偶尔吃一次，不舍得直接点餐，总是小心翼翼地攒很多这种小优惠券，拼拼凑凑出自己想吃的东西。

可是卫骁看了甘卿一眼，又叹了口气，把优惠券抽了出来，换了二十块钱进去：“你是我债主啊。”

他不忍心叫孩子跟着一起抠抠搜搜。

而那竟是他看他的小债主最后一眼。

有的人，大概这一生就是来还债的，还完了，人也走了。

只剩下三两传说，随那江湖旧事一起，烟消火散。

番外三

长生斋的鸡毛蒜皮之三鲜豆腐煲

No Pollution
No Public Nuisance

街角新开了一家私房菜馆，名叫“长生斋”，很小，里头就四张桌子，每天傍晚六点开张，招待四桌，不翻桌，来往的好像大多都是熟客，生人得预约。据说老板和老板娘都有其他工作，开菜馆只是兴趣爱好。

“我看就是闲得没事装的，现在有点钱的人都喜欢小清新的那套，吃饱了撑的。”王雪月说完，又尖酸刻薄地评价了一句，“肯定也不是真有钱人，人家真有钱的都不让你看出来。”

说话间，她远远地看见老板娘推门走出来，用小木牌挂上了今天的菜单。王雪月吸了吸鼻子，眯起眼看向小木牌，念出了声，那木牌上写着：“滚三九——三鲜豆腐煲。”

三鲜豆腐煲里有哪三鲜，王雪月没吃过，但“煲”这个字很微妙，尤其是西北风呼啸的时节，哆哆嗦嗦的行人们看见，未及把这字认个囫囵，已经先行想入非非，脸上仿佛已经能感觉到温热的蒸汽，舌头仿佛已经被汤汁连根浸没，从口鼻一直暖和到了胃里，唇齿生津。

王雪月嘴硬着，却没忍住咽了口口水，给寒风一扫才清醒过来，又酸溜溜地说：“随便炒个家常菜，外面卖十块，换个好看点的碗，他们就敢卖一百，傻子才去上这当。”

她的声音近似于耳语，可是二十米开外的老板娘忽然转过头来，朝她看了一眼，仿佛听见了她的嘀咕似的。王雪月下意识地闭了嘴，把额角长长的头发往下拽了拽，挡住右眼眶上的淤迹，挑衅地看了回去。

老板娘冲她一笑，转身进屋，门口的木风铃发出轻巧的声音，那店里窗明几净的落地窗上浮起浅浅的白雾。

里面一看就很暖和，王雪月想，她只穿了一件薄毛衣。

“别这么说人家。”旁边的孙老太直起腰来，“那小两口是好人。”

孙老太手里拿着个破破烂烂的编织袋，正在沿街翻垃圾桶，主要是找纸盒跟饮料瓶。偶尔撞了大运，她还能捡到别人刚扔的食物。可是近来寒流过境，在外面闲逛喝饮料的人越来越少了，连垃圾桶都跟着萧条起来，孙老太走了半条街，只捡到了四五个空瓶。

“人家用过的饮料瓶都没扔，上次攒了一箱专门留给我。”孙老太说，“都是洗干净的，我拎回去一看，才看见那底下还有一盒包子，热腾腾的呢。”

王雪月嗤之以鼻：“卖不出去剩下的给你了吧？这些小清新都这样，拿剩饭喂个流浪猫，爬山拜个佛什么的，就把自己感动得不行不行的。也不知道他们捐了几所希望小学。”

“话不能这么说。”孙老太本想教育小姑娘不要那么愤世嫉俗，直起腰，回头看了看女孩肿起来的半张脸，她又把话咽下去了。

王雪月是个弃婴。她那遭瘟的父母把孩子生出来一看，是姑娘，于是把她往医院门口一扔，跑了。一个偷鸡摸狗的流氓团伙捡走了她，老大姓王，她也就跟着姓王，捡她的那天是个雪过天晴的满月夜，所以她就有了“雪月”这么个名字，名字是她身上最有人样的东西。王雪月从四岁开始，就流窜在各地当盲流，挨打是家常便饭——偷东西失了手，要挨苦主打；偷不来东西，又要被王老大打——身上常年带着各种瘀青。

而孙老太是个“弃老”。她家原来在郊区农村，本来是个农民，生了三个儿子，老头死了，儿子们长大结婚成家，她的房和地也都给儿子们分了。按旧例，她应该由儿子们赡养，可儿子们互相推诿，儿媳们给她气受，孙老太脾气硬，受不了，于是自己跑到城里来打工，做了十五年。后来她实在太老了，没人敢请她干活了，租房也租不到合适的，房东都怕她死在自己屋里，再说她也没那么多积蓄。孙老太不想被遣送回原籍，于是成了个无家可归的人。她在胡同里用废砖头和塑料布搭了个窝，蜷在里头，以捡垃圾为生。

王雪月有一次偷东西被人追了三条街，慌不择路，钻进了老太太的窝棚里，老太太在旁边捡剩菜叶，跟恐惧的少女对视了一眼，鬼使神差地没有声张，于是就这么认识了。年长的女性与无助的少年人之间天然有一种吸引力，反正她们都是没人要的人。从那以后，王雪月没事就往孙老太那儿跑，天长日久，几乎有了点相依为命的意思。

孙老太知道王雪月脸上的伤是因为什么——前两天大风降温，她压顶棚的砖头被坏小子们偷去玩，那几层塑料布被大风刮走了，晚上回去，小小的“家”已经随风而去。王雪月知道这事，用偷偷攒的钱给她买了一套御寒的棉被，被人看见，告诉了王老大。

孙老太叹了口气，温和理智，那都是有人疼出来的，流浪的疯狗有什么呢？她老态龙钟地抬头看了一眼渺茫的天光，心里忽然有种预感，自己可能熬不过这个冬天了。

于是老人在路灯昏暗的地方回过头来，看了看王雪月，心想：我走了，这丫头可怎么办呀？

十六七岁的小姑娘，就像一朵生长在淤泥里的花，就要这样黯淡而贫瘠地度过这一生吗？

“年轻时候我在人家里当保姆，给人家包三鲜馅饺子，包的是韭菜猪肉虾仁。韭菜水多，猪肉抱团，虾仁提鲜，从和面到擀皮都是我自己做，小饺子拇指头那么大，一口一个……奶奶手可巧了。”

王雪月皱了皱鼻子：“奶奶，我这一整天就喝了半碗西北风，两口哈喇子，您是怕馋不死我吧？”

“等年夜，上奶奶这儿来，这半年攒了不少钱呢，给你包。”张老太说着，又呵着白气说，“也不知道三鲜豆腐煲是什么味，听着真暖和呀。”

可是，王雪月没能吃上一口一个的三鲜馅饺子，孙奶奶这天晚上出门起夜滑了一跤，没起来。

纷飞的大雪簌簌地往人眼里撞，奔跑的少女觉得自己连呼吸都凉透了。她憎恨雪天，因为她在一个雪夜里被遗弃，又将在另一个雪夜里被遗弃。

跑到长生斋门口的时候，她浑身已经湿透了，长发打着绺地垂下来，喉咙里泛着腥，还不等敲门，门却“吱呀”一声，自己从里面打开了。白天出门挂菜单的老板娘披散着头发，靠在门口看着她，懒洋洋地打了个哈欠：“有什么事吗？”

“你能不能……”王雪月话没说完，声音先劈了，带着哭腔问，“能不能卖给我一碗三鲜豆腐煲？”

老板娘似乎愣了一下。

王雪月也回过神来，忽然意识到自己这事办得莫名其妙，像个走投无路的神经病。

她在对方诧异的目光下无地自容，转身就走。

“哎，”老板娘却叫住她，“你先进来吧。”

长生斋里灯光温润，四张小桌子分立四角，中间围着开放式的厨房和吧台，客人能看见厨师在做什么。老板娘就是主厨，给了王雪月一个发热电油壶暖身，又把一个小盒放在蒸锅里热，不一会儿就冒出奶香。她高挑瘦削，是个左撇子，眼睛半睁不睁的，沉默的侧脸在灯光下露出某种特殊的冷峻气质。不问王雪月来路，也不聊天，她只是麻利地洗菜备料：挑虾线、片火腿，动作行云流水，一气呵成，薄如蝉翼的火腿片码了一层，又把鲜虾和豆腐分别过滚水去腥。

这时，一个高挑的男人一边擦着眼镜一边从小店后门走进来，是那个不怎么露面的老板，进来也不和客人打招呼，爱搭不理的，满脸起床气地往老板娘身上扔了一件毛茸茸的外套，抱怨道：“吵死了。”

“你睡你的，起来干什么？”老板娘低声说。

男人不吭声，里出外进地跟着她，表情像只不高兴的猫。老板娘在厨房里团团转，转身时不小心踩了他一脚，男人一开始毫无反应，表情依然又严肃、又高冷，过了足有两分钟，才皱着眉“嘶”了一声，嘀咕：“踩我。”

老板娘被他逗笑了，她一笑起来，身上那种冷冷的感觉就全融化了，飞快地在男人脸上摸了一把，支使道：“把虾和蘑菇过个油。”

“你肯定是胖了，”男人一边挽袖子点火，一边一本正经地评价，接过锅铲，打了个慢吞吞的哈欠，撇去浮沫，把微微泛红的鲜虾沥干，又抹了一勺油，跟几种蘑菇放在一起炒，“我的脚说的。”

老板娘一脚朝他那脚丫子形的“体重计”踩了下去。

“刺啦”一声，细微的水珠被半热的油点得原地跳脚，鲜虾和蘑菇混出特殊的香味，狡猾地从油烟机的吸力里逃逸，弥散得满屋都是。炒到生硬的蘑菇柔软下来，老板娘说了句“行了”，绕过他的腰，从他身后探手关了火，把八成熟的鲜虾蘑菇和沥干的嫩豆腐一起，撒进了小砂锅中滚滚轻响的高汤里。

浓烈的香味冒出个头，又被砂锅盖堵了回去。王雪月不小心嗅到些味儿，肚子响亮地叫了一声，觉得整个人被香气和暖气蒸得空荡荡的。这时，一个骨瓷盘落在她面前，几个雪白的蒸团子冒着热气在盘子里颤，老板娘拿起巴掌大的袖珍小筛子，往上筛了一层糖霜：“吃饱了暖和，不够锅里还有。”

王雪月刚要伸手，突然想起了什么，正襟危坐道：“不用了，我不吃甜的。”

老板娘抬眼看了看她：“我请，不收钱。”

王雪月又迟疑着问：“一碗……一碗那个煲，多少钱？”

“不知道，我们这儿都是按桌定价的，我算不过来账。”老板娘随意地说，回头冲看着砂锅的老板说：“掌柜的，定价多少钱合适？”

“掌柜的”不知道是不是已经站着睡着了，树懒似的抬起头，严肃又茫然。

老板娘看着他，“噗”一声笑出来，又对王雪月摆摆手：“你随便给吧。”

王雪月中二病又犯了，挑衅道：“随便是多少？我要是就给一毛钱呢？”

老板娘不在意：“你觉得行就行，心意到了，一毛两毛不嫌少。”

王雪月最后还是掏出了身上所有的钱——零的整的加在一起，她还剩十六块五，老板娘看也没看，只让她自己放收银台。

菜出锅的时候，沉默寡言的老板拿出一个粗陶小碗，盛了一碗汤推给王雪月，提醒她说：“上了年纪的人味觉不敏感，口味加重了。”

王雪月一愣：“你怎么知道给上了年纪的人带？”

“急着想吃一口什么，连天亮都等不及，应该是很留恋人间的人吧。”老板娘扣上外衣，“等会儿我开车送你过去，省得凉了，尝尝——我们家不是只有碗好看。”

王雪月往嘴里填了一口，汤里冒出浓郁的白雾，炽烈的鲜被华润的豆腐搅和得缠绵悱恻，从舌尖烫到胃里，就跟她想象的一样。不知道为什么，王雪月眼睛一眨，眼泪就下来了。

就算过着这样的生活，也依然会留恋人间吗？

为什么呢？只因为人间有味吗？

番外四

长生斋的鸡毛蒜皮之驴打滚

No Pollution
No Public Nuisance

“甘卿啊，冰激凌还有吗？”

“没了，”甘卿翻了个白眼，一边说，一边把长生斋门口的“休息”木牌翻过来，变成“营业中”，“四大爷，我在这儿给您煎炒烹炸，您老倒好，也不说留点肚子，一进门先把我给自己做的零食吃完了。”

四大爷吧唧一下嘴，摇头晃脑地说：“从小我就爱吃这口，门口推小车的一来我就坐不住，年轻时候还好多人笑话我呢，说我一个大老爷们儿，光抢小孩零嘴——外面卖的不如你这个味浓。”

甘卿没好气地嘀咕道：“敢情。”

她的冰激凌是把不同的茶叶用擀面杖压碎，分别混进奶油、牛奶和蛋黄的混合液里熬，熬到茶香都被萃取，静置后过滤，放一点糖浆冷藏过夜，第二天再来回翻搅后冷冻。给自己吃的东西，做得耐心，下料又实在，一共用了四种茶叶，还没等她试出哪种口感最好，先让四大爷给截了和。

四大爷嗓门儿敞亮，是个游手好闲的退休人员，因为拆迁，成了包租公，从此过上了幸福生活，是长生斋的熟客。他老人家早年跟喻老盟主颇有交情，店面还是他帮着装修的，平生一点毛病都在嘴上——又馋又欠，好吃，好八卦。

这回还没到开业时间，预约的客人们都没来，店里没别人，四大爷就探身问：“哎，我跟你说，上回那小姑娘走了。”

甘卿：“什么小姑娘？”

“装！你接着装！”四大爷趴在吧台上，垂涎三尺地看甘卿做饭，“你上回半夜三更开车送那小姑娘去医院，不是送给别人看的？”

甘卿正在做红酒炖牛肉，肉已经炖得差不多了，等预约的客人来了，就可以把新鲜蔬菜放进去滚一滚装盘。所谓“私房菜”，就是自己想做什么做什么，没有中西派系的门户之见，要有本事融合，四不像也好吃。法式红酒炖肉也好，中式砂锅炖肉也好，酸香和咸香的分歧是细枝末节，要吃的都是慢慢“咕嘟”的工夫，须得让人在十分钟备餐都嫌不够“快手”的时代里嚼出从容味来才行。

甘卿用木勺翻着牛肉，漫不经心地“哦”了一声：“她呀，给老太太送饭的那个小女孩吗？老太太天没亮就走了。”

“对呀！”四大爷说，“要我说，她早该跑，挺好的小姑娘，一辈子长着呢，干点儿什么不能吃口饭？跟这帮偷鸡摸狗的人渣混在一起，那不毁了吗？他们团伙那老大姓王，就是个欺软怕硬的地痞无赖，听说你送她，以为小丫头片子抱上盟主大腿了，屁也没敢放，还担心得罪你们了，这两天也打算要溜呢。”

甘卿笑而不语——要不然老太太临走的时候，为什么非得让小姑娘来买这道三鲜豆腐煲呢？她哪儿是嘴馋牵挂那口饭！

别看老太太平时不声不响的，她走街串巷，其实耳目灵敏得很。

四大爷耸了耸鼻子，嗅着弥散的酒味，又说：“不过话说回来，这些外来口味，虽然吃着新鲜，也就是新鲜了，吃的时候高兴，吃完了不想。非得是小时候吃过，又不能经常吃的东西，才能跟你一辈子——你像我们小时候，什么都没有，过年时候生产队发肉回家，我妈拿肥肉炼油，炼出来的油渣……嘿哟喂……”

“您自己回家‘嘿哟’吧，”甘卿说，“商场里天天放‘燃烧卡路里’，高油、高脂我可卖不出去。”

“你们这代人不行，小时候不缺吃、不缺穿，这辈子，差一味‘惦记’。”四大爷哼唧一声，正要发表长篇大论，外面忽然一阵喧闹。

正好一个预约的客人跟喻兰川一起推门进来，把门外的喧闹也带了进来。客人一手扶着门，脖子还扭着张望，尖锐的叫骂声从街对面传来，高亢得几乎听不清词。

说来有趣，不管是什么动物，昏头时发出的叫骂声都很像狗叫，男声像大型犬，女声像吉娃娃。甘卿把锅盖扣上："这'汪汪嗷嗷'的，吵什么呢？"

"拆迁闹的，财产分不清楚。"喻兰川裹着寒意进来，绕过前厅去后面自己住的小院，换了件衣服洗干净手回来，顺手往客人们的餐桌上插了几把新鲜的花，又打开冰箱，震惊地望向甘卿，"四碗冰激凌，你一个人都吃了？"

甘卿："……"

四大爷假装什么都没发生过，溜了。

喻兰川不好在大庭广众之下跟老婆抢冰激凌吃，只好板着脸，偷偷在甘卿腰上掐了一把，心想：吃，看你把腰围吃成三尺！

同时暗暗地计划着自己买一个带锁的小冰柜。

"一家兄弟姊妹五个，"跑出去看热闹的食客回来讲，"因为老头那房，人脑袋快打成狗脑袋了！"

预约的客人们都很准时，陆陆续续地来了，七嘴八舌地说："老头九十二了，老伴早没了，平时都自己过。大儿子退休每天过来给他做三顿饭，打扫打扫屋子什么的……其实做饭收拾都是糊弄人的事，老头腿不好，天天蜷床上，被单都臭了也不说给换换。其他兄弟姐妹早都有意见，可你们有意见你们倒是管啊！"

"这回拆迁能拆三套房，那五家不够分啊，老大就说，他伺候老头有功劳，自己得占一套；小闺女又说，因为自己户口没挪出去才有三套房，要不有两套不错了，她也要占一套，这不就打起来了吗？"

"嘿！动手了！动手了！怎么还把老头抬出来了？"

长生斋的店面用的是落地窗，甘卿抬起头，看见几个中年男女在街对面掐成了一团，不知道谁用担架把老头也抬出来了，放在路边展览，供过往的好事之徒围观。

九十多岁的老头，不管年轻时候是高大威猛，还是孔武有力，到了这光景，都剩下干瘪蜷缩的一小团，孤零零地坐在担架上，似乎跟旁边的喧嚣都没有关系——反正他们嘴里虽然嚷嚷着“让爸评评理”，却谁也不听他的。

老人百无聊赖，一抬头，看见了对面热火朝天的长生斋，颤颤巍巍地伸手朝店面一指，张嘴说了句什么，以甘卿绝佳的目力，能辨认出他的唇语。

老人说：“饿了，想吃饭。”

可没人理他，他自己一个人重复了几遍，就落寞地放下手，缩起肩膀，吧唧了一下嘴，盯着长生斋的门脸，不吭声了。

甘卿愣了愣，顺手把方才切好的菜撒进牛肉锅里，被百味杂陈的小锅嘘了一下。

第二天清早，甘卿正在琢磨今天换什么菜单的时候，旁边一边拌冰激凌一边自己吃的喻兰川忽然站起来，出去开了门：“您找谁？”

甘卿一抬头，看见昨天游街一圈的那位老大爷居然自己拄着拐杖过来了，吓了一跳。家人们可能忙着吵架打官司去了，估计也顾不上他，老头跑了都不知道。

“快先进来……我的天，您自己过的马路吗？”甘卿连忙说：“萌主，联系一下他们家人。”

“萌主”冲她皱眉：“瞎叫什么？”

老人一笑，嘴里只剩下零星几颗牙，摇摇欲坠地固守阵地。他每走一步，得用拐杖试探半天，才能攒够力气和勇气迈腿，看得人心惊胆战。

喻兰川扶着他坐下，老人就从兜里摸出一个布包，里面有零有整，大概有一百块钱。

“我买……”老人伸出一只手，含含糊糊地说，“半斤驴打滚。”

喻兰川一边打电话找人问老人家人的联系方式，一边说：“爷爷，我们不是开点心铺的，没有驴打滚，再说今天也没开张呢。”

老人脸上挂着和善的微笑，不解地看着他，又重复了一遍：“给我来半斤、半斤驴打滚。”

他像是已经丧失了智力，只知道饭馆卖吃的，拿钱可以买。

喻兰川：“唉，都说了我们不是……”

甘卿叫住他，摆摆手，写两笔在今日菜单上添了道“驴打滚”，挂了出去。

“驴打滚”是北方的一种点心，用糯米、豆沙和黄豆面做成。黄豆面有现成的，下锅炒炒就行，糯米面上锅蒸就行，主要是豆沙，厨房里还有新鲜的红豆沙，但甘卿拿出来看了一眼，又鬼使神差地放了回去。

回头看了蜷在小桌上的老人，她自言自语似的问：“爷爷，小时候吃的豆馅儿是现熬的吧？”

老人不知道是没听见还是没听懂，笑眯眯地看着她，不回答。

甘卿拿出大锅，煮起了红小豆，又给老人下了一碗快手的热面汤。老人听不懂话了，但好像仍明白她在干什么似的，兴高采烈地接过来，耐心地等着，把面汤吃了一脸，又靠在角落的软垫上睡着了。

家人一直没来。

在甘卿的记忆里，熬豆馅儿似乎都在懒洋洋的下午，往往天气都不太好，或雨或雪，没法出门。红小豆被小火慢煮，氤氲的水汽和豆子的香味会飘得满屋都是，煮到快烂，再跟糖一起慢慢熬，熬到糖和豆不分家，就把豆沙盛出来过滤网。这时，大人会故意不把锅刮干净，那是熊孩子们最喜欢的活计，用小勺把大勺和锅里残留的豆馅儿一点一点刮下来吃，刮完锅都干净得不用刷。

今天这个光荣而艰巨的任务落在了喻兰川和老人身上，甘卿过滤豆沙，炒黄豆面，那两位就一人抱着锅，一人举着勺，动作都比较不雅观，像两个抱着蜂巢啃的熊——尤其人模狗样的小喻爷，穿着件高冷的黑色高领衫，一丝不苟地吃“锅边”，可认真了，比绣花还仔细。

“太甜了。”喻兰川注意到她的目光，点评道，又往嘴里填了一大勺，声称，“齁嗓子。”

甘卿：“……”

“你那是什么表情？”喻兰川举着小勺作势要来敲她，甘卿刚要躲，勺子却很温柔地停在了她嘴边，要喂她。她颇为受宠若惊，连忙张嘴，喻兰川飞快地缩手，一口塞进自己嘴里，得意扬扬地把舔过似的空锅展示给她看。

“不好意思，先干为敬。”

甘卿：“……”就知道这个讨厌鬼干不出人事。

驴打滚是蒸熟的糯米裹上豆面，抹上新鲜红豆沙，卷成一卷，热刀切下来，撒一层糖霜和黄豆面。

“我估计他有一碗面就饱了，”甘卿小声对喻兰川说，“给他拿两块，尝尝就行了，糯米的东西老年人不好消化。”

老人欢天喜地地接过去，浑浊的眼睛里闪着孩子似的光：“驴——打滚！”

他拖着长音嘟囔了一句，张开嘴，一口咬了半个。

“您别噎着！”甘卿看得有点紧张——这位老爷爷现在身价好几百万，身后还跟着一帮“穷凶极恶”的儿孙，万一在店里吃出个好歹来，那可万万赔不起。

老人回过头来，嘴里塞满了糯米豆沙卷，张不开嘴，含含糊糊地冲她笑：“好吃，好吃。”

甘卿："……行吧。"

有人捧场，掌勺的总是欣慰的。

突然，老人的嘴不动了，若有所思地盯着甘卿看了一会儿，好像想起了什么，咬着半块驴打滚，缓缓地、缓缓地低下头。

喻兰川不知道他怎么了，走过去半跪在老人旁边，屏息小声问："您怎么了？"

老人本来说话就不清楚，嘴里有东西，更含混，颠来倒去地说了三遍，喻兰川终于听明白了。

他说："我想我妈。"

老人的家人一直没露面，据说是都在准备打官司，忙得不可开交，喻兰川只好找了片区民警来把人领走。

甘卿把他们送到门口，扭过头看见自家门口上那个颇有韵味的"长生斋"木牌——小喻爷写的，这"闷骚"也没找她商量，自己悄声置办的。

可能是后来物质更丰富了，甜嘴的零食太多，那一点豆沙边角料不稀罕了；也可能是她大了，世界上让她痴迷赞叹的东西太多了，跟在年迈的师父身边花大半天煮一锅豆馅儿太无聊了。甘卿想起来，刮豆馅儿的事，她在八岁以后就没再干过了。

也许人要等到年纪很大，才明白"无聊"是多么珍贵的事吧。

四大爷说得不对，他们这一代人，吃遍南北东西，心里还是有这一味求而不得的"惦记"。

甘卿无声地叹了口气，一转身，嘴里却猝不及防地被塞进了一个小木勺，浓郁的豆沙味倏地在舌尖散开。

"看把你馋的，都快哭了。"喻兰川若无其事地伸手在她头上按了一把，走开了，"给你留了，没出息样！"

图书在版编目（CIP）数据

无污染无公害. 大结局 / Priest著. -- 北京 : 中国友谊出版公司, 2020.3
ISBN 978-7-5057-4802-6

Ⅰ. ①无… Ⅱ. ①P… Ⅲ. ①言情小说－中国－当代
Ⅳ. ①I247.5

中国版本图书馆CIP数据核字(2019)第299917号

书名 无污染无公害. 大结局
作者 Priest
出版 中国友谊出版公司
发行 中国友谊出版公司
经销 新华书店
印刷 天津旭丰源印刷有限公司
规格 880×1230毫米 32开
9印张 228千字
版次 2020年5月第1版
印次 2020年5月第1次印刷
书号 ISBN 978-7-5057-4802-6
定价 48.00元
地址 北京市朝阳区西坝河南里17号楼
邮编 100028
电话 （010）64678009